激情，在脱贫攻坚一线挥洒

『精准扶贫驻村调研』记者手记

中共中央宣传部新闻局 编

学习出版社

图书在版编目（CIP）数据

激情，在脱贫攻坚一线挥洒 ："精准扶贫驻村调研"记者手记 / 中共中央宣传部新闻局编. -- 北京 ：学习出版社，2017.12

ISBN 978-7-5147-0821-9

Ⅰ. ①激… Ⅱ. ①中… Ⅲ. ①新闻采访－作品集－中国－当代 Ⅳ. ①I253.3

中国版本图书馆CIP数据核字（2017）第263281号

激情，在脱贫攻坚一线挥洒

JIQING, ZAI TUOPIN GONGJIAN YIXIAN HUISA

——"精准扶贫驻村调研"记者手记

中共中央宣传部新闻局　编

责任编辑：宋　飞
技术编辑：周媛卿

出版发行：学习出版社
北京市崇外大街11号新成文化大厦B座11层（100062）
010-66063020　010-66061634　010-66061646
网　　址：http://www.xuexiph.cn
经　　销：新华书店
印　　刷：北京盛通印刷股份有限公司

开　　本：787毫米×1092毫米　1/16
印　　张：23.75
字　　数：314千字
版次印次：2017年12月第1版　2017年12月第1次印刷

书　　号：ISBN 978-7-5147-0821-9
定　　价：75.00元

目　录

激情，在脱贫攻坚一线挥洒

——全国新闻媒体“精准扶贫驻村调研”采访活动综述

新华社记者◎李亚红　罗争光　高　亢

天黑后，温度骤降至摄氏零度以下。点起火，帐篷内变得亮堂温暖。

从西藏拉萨坐车一路攀升到海拔4500多米，相当于珠穆朗玛峰一半高度时，法制日报社记者李豪来到当雄县乌玛塘乡郝如村。他顾不上休息，伴着头脑胀痛的高原反应，进贫困户家采访，倾听群众摆脱贫困的奋斗心声，感受世界屋脊的时代脉动。

党的十八大以来，以习近平同志为核心的党中央高瞻远瞩、深谋远虑，以高度的使命感和责任感，把扶贫开发工作提升至治国理政新高度，广泛凝聚社会各界力量，推进实施精准扶贫方略。世代贫困的山乡，正发生沧桑巨变。

全国新闻媒体130名记者，用一个月的时间扎根全国22个省（区、市）110个贫瘠乡村，与奋战在脱贫攻坚一线的干部群众一同生活、一起劳动、一起见证。他们参与并记录着波澜壮阔的“中国式反贫困”行动，激情澎湃，用心用情谱写脱贫攻坚的时代篇章。

投身其中，与人民同呼吸共命运
肩负崇高使命扎根脱贫攻坚一线

“从茅草房到瓦房，再到大平房。”在海南省琼中黎族苗族自治县湾岭镇鸭坡村蹲点的工人日报社记者杨召奎记录了当地村民王万启等家庭在政府帮扶下住房变迁的故事。

村民们感叹“这些政策就好像专门为我们设计的一样”。这也让驻村一个月的杨召奎深信：“精准扶贫”找准了病症，开对了药方。党和政府对贫困群众的念念不忘，在贫困群众那里必有回响。

“言必信，行必果。农村贫困人口如期脱贫、贫困县全部摘帽、解决区域性整体贫困，是全面建成小康社会的底线任务，是我们作出的庄严承诺。”

党的十八大以来，以习近平同志为核心的党中央吹响了打赢脱贫攻坚战的进军号。2013 年至 2016 年 4 年间，每年农村贫困人口减少超过 1000 万人，累计脱贫 5564 万人，脱贫攻坚取得了举世瞩目的巨大成就。

岁月如歌，初心不忘。消除贫困、逐步实现共同富裕是社会主义的本质要求，也是党的重要使命和历史责任。

国家的伟大，在于成就逐梦传奇；记者的荣光，在于记录时代变迁。“五一”节假日前夕，参与蹲点的记者启程，奔赴脱贫攻坚一线。

他们深感，当前脱贫攻坚已到了啃硬骨头、攻坚拔寨的冲刺阶段，此行责任重大、使命光荣，要履行使命责任，捕捉打动人心的故事，发出带着泥土芬芳的新闻报道，为脱贫攻坚战助力加油。

新华社记者在井冈山、遵义、延安、西柏坡脱贫攻坚地区蹲点，见证亲历这些“孕育新中国”的红土地，正以一往无前的勇气开启脱贫攻坚新征程。

一个月以来，各媒体大量“沾泥土、带露珠、冒热气”的报道在田间地头孕育。一篇篇报道，既有奋斗，也有期盼：

驻村故事：12 名新闻人的故事：最是那难忘的驻村 1 月

在湖南的光明日报社记者唐湘岳《粽子的别样味道》写出贫困村百姓的幸福和期盼；在云南的新华社记者许杨一路随行，拍摄制作《背 80 斤山货爬 6 小时山路　怒江赶集小伙：期盼有条公路》；在新疆的中央人民广播电台记者张孝成随干部入户走访，播发《驻村现场报道：你听群众心声　群众听党声音》……

当记者们亲历了河北、贵州等地百姓从山窝里的老屋搬进楼房，吉林、湖南等地办合作社让群众的钱包鼓起来，重庆、安徽等地的“致富路”让百姓生活好起来……纷纷感叹：如期脱贫的目标一定能实现！

既做调查研究、采访报道，也要与困难群众结对子，帮助群众解决一些实际困难——这是驻村调研活动的初衷，也是党的新闻工作者的使命。

很多驻点记者除了采写报道，还帮助村民翻地锄草、修房垒厕、上课支教；借助媒体平台发布医疗救助、产品销售等信息，解决村民实际困难。

山西省汾西县永安镇太阳山村村民李根旺计划养蓝孔雀，但“市里县里都没遇过这个情况，手续不知道咋办”。在此蹲点的农民日报社记者吴晋斌立即和山西省林业厅相关部门联系，帮忙解决特种养殖手续办理问题。

记者们表示，见证 110 个村庄贫困群众的奋斗，深切感受到基层困难群众的艰辛。作为党的新闻工作者，要全身心投入脱贫攻坚决战，为坚决打赢这场硬仗付出更多努力、作出更大贡献。

感同身受，融入群众聆听大地心跳
赋予中国故事更蓬勃生动的传播力

5月1日，车子驶抵青海省大通回族土族自治县向化藏族乡上滩村。打开车门的瞬间，清新冷冽的雪花扑面而来，经济日报社记者吉蕾蕾感觉自己从夏天一下子穿越到冬季。

这里平均海拔3100米。吃农家饭，睡大土炕，村民们把吉蕾蕾当“亲戚”。

蹲点采访条件艰苦，很多记者都遇到大风大雪、无网缺水、山高路远、语言不通等困难。“屋内停电窗外飘雪”“入村第一天遭遇停电”，蹲点记者在微信朋友圈里晒出自己的经历。

各地驻村记者大多吃住在村民家，村民们也把奋斗的苦恼、无奈与这些记者“亲戚”交流分享。

人民日报社总编室编辑曹怡晴在前往重庆市开州区满月乡双坪村驻点时，经过了一段胆战心惊的“天路”，近乎垂直的崖壁上，外侧是万丈深渊。听听当时筑路人的故事，走走曾经的“没路可走时的路”让她深感震撼。曹怡晴说，不论报道的形式如何变化，“好新闻需要用双脚去探索，用一颗真心去触碰另一颗真心。”

现代快报社记者王冬艳来到四川绵阳平武县南坝镇洪溪村蹲点的第一天，就去蜂园采访蜂农的脱贫故事，为了近距离拍摄蜂箱里的蜜蜂，被蜇了满手的包。这满手被蜇的包，换来了她报道的“村支书的脱贫经”。

驻村故事：“双百三同”是啥？人民日报奏响砥砺奋进的中国礼赞！

记者们贴近实际、贴近生活、贴近群众，聆听大地心跳，为人民抒写，推出一大批有思想、有温度、有品质的新闻作

品，用生动的笔触、鲜活的镜头全方位呈现脱贫攻坚的历史进程：

驻村故事："绣花"功夫真不易

澎湃新闻记者邵克和张呈君在河北省阜平县龙泉关镇顾家台村，体味着百姓生活的酸甜苦辣，"真正融入老百姓的生活，才能让我们更好地写出优秀感人的作品"；新华社记者王作葵在广西富川瑶族自治县朝东镇岔山村，写下了与村民一起劳作的所见所思，"村民的朴素和热情让我们格外感动"；中国新闻社贵州分社记者刘鹏，在贵州省黔南布依族苗族自治州惠水县长岩村深入挖掘当地把茶产业和旅游业融为一体的发展特色，将昔日"空壳村"村民变身"上班族"的生动故事讲述给世人……

在田间地头、广袤乡野，驻村调研记者笔下的中国故事有了更加蓬勃生动的传播力。

宁夏盐池冯记沟乡马儿庄村是革命老区。生态治理前，风沙肆虐，沙堆一晚上就能盖过村院 2 米左右的围墙。如今，经过防沙治理、退耕还林等，这里映入眼帘的是一个美丽的村庄。

"想让更多人看到自己曾经看不到的世界，想让更多人理解自己曾经不理解的事情。"看到村里巨大的变化，通过与当地干部群众深入交流，中国国际广播电台阿拉伯语部助理翻译吕谋表达了自己的感受。

在重庆奉节阳坝村蹲点的中央电视台新闻中心记者石云松，连续几个星期都跟着当地的工作队翻山头找泉水，为村民解决吃水难问题，最终找到泉水，修建了 200 立方米的蓄水池。当地一名干部说："我们现在这么做，实际上是在还以前欠老百姓的债。"一句话，让石云松对基层干部朴素实干的作风终生难忘。

蹲点记者真正融入群众生活中，在贫瘠的乡村，翻高山走乱石路，与基层干部共同奔走。新华社记者在贵州与“挂”在山坡上的村民一起劳作，陪孩子踩着乱石路上学，撰写的报道《在石头上飞舞的人》，感动了无数网友……

驻村故事：记者蹲点贫困村　体验脱贫攻坚战

面对来蹲点的中国国际电视台新媒体记者周金玺和金子雄，湖南省宜章县黄沙镇一位干部说：“这种同吃同住同劳动的调研方式非常好，只有这样才可以真正地了解基层的扶贫工作是怎样开展的。”

多家中央媒体负责人表示，此次驻村调研形成的作品有分量、接地气、有故事、很精彩。这次采访既挖到新闻富矿，又锻炼记者队伍，是“走转改”的深化和拓展。

催人奋进，吹响脱贫攻坚总攻号角
激荡起中华儿女投身反贫困伟业的正能量

130 名驻村调研记者，记录下脱贫攻坚一线最真实、最鲜活的样本；记录下过去五年来，贫困地区驻村帮扶干部的奉献、贫困群众的奋斗、致富“能人”的发展历程……他们的乐观、对脱贫致富的渴望，他们身上的那股冲劲，震撼人心、催人奋进。

《从白富美到黑富美——驻村第一书记是这样炼成的》，是中国妇女报社记者徐旭和同事合作的新媒体报道。她在广西南宁邕宁区百济镇新平村蹲点，报道中驻村第一书记杨修凯的经历，得到大量转发评论，网友纷纷为“黑富美”书记点赞。

“真实才能获得读者共鸣，才能得到更多人的关注。”徐旭认为，“用脚还原，用笔记录，使这篇报道成为同类题材中的‘爆款’。”

自5月18日起，各媒体统一开设“砥砺奋进的五年”专栏，连续推出系列重点报道，掀起热潮，形成声势，为迎接党的十九大宣传开好局、起好头。

驻村故事：用双手开创全面小康的美好明天——新华社记者一线直击脱贫攻坚的基层实践

很多网友被基层群众自强不息的精神感动、激励。一位广东深圳网友说：“村民们面朝大山，生活依然充满希望，为他们加油。”

人民日报评论版推出“砥砺奋进的五年·驻村手记”栏目，所有驻村记者都可以投稿讲述身边的故事；中央电视台财经频道播发《经济信息联播》《第一时间》，让所有驻村记者反映所驻村的需求和呼声。

许多人看到报道后，积极参与直播活动、互动讨论。脱贫的成功经验被报道后，得以广泛传播；困难家庭的故事打动人心，政府和企业等表示要想办法帮扶资助……

一名基层干部看到报道后表示，中央媒体记者们的妙笔，让很多默默无闻的贫困地区受到关注，更让这些地方奋力脱贫的干事创业精神和干部群众面貌得到了极大的展示，让有些地区找到了出路，有些人觅得了商机。

贵州省黔西南布依族苗族自治州兴仁县回龙镇塘山村山大沟深石头多，当地干部、村民为脱贫付出的努力，深深震撼了蹲点的中国青年报冰点周刊记者袁贻辰，他的《追赶时代的折返跑》等报道，记录“脱贫攻坚战里最鼓舞人的力量，和脱贫攻坚时代命题下最鲜活的注脚”。

“希望通过报道为村里带来一次小小的发展机遇。”袁贻辰由衷地说，“想留住这些故事，作为未来的一面镜子、时代的一个横截面，让这些火花四溢的瞬间被新闻纸留下。”

（新华社2017年6月1日电）

知贫困才能更好新闻扶贫

个 人 感 言

人民日报记者◎顾仲阳

我从事扶贫报道10多年，进村入户、访贫问苦基本是采访常态。虽然对脱贫攻坚还算了解，但我深知，更知贫困才能更好新闻扶贫。因此，我非常珍惜这次蹲点，不仅把它当作调研精准扶贫的好机会，更把它视为零距离了解乡土中国的好窗口。驻村采访一个月，我错过了孩子幼儿园毕业、生日等家庭大事，克服了语言不懂、饮食不习惯等工作生活困难，但收获也是满满的，这次驻村采访报道必将在我新闻扶贫从业经历中写下浓墨重彩的一笔。

2017年5月，我在内蒙古鄂尔多斯市杭锦旗巴拉贡镇昌汉白村驻村采访一个月。驻村期间，我如饥似渴地深入采访。白天到田间地头、农家户院，深度体验贫困农户的生产生活，深入了解当地脱贫攻坚工作，晚上整理采访笔记，随记随写直到睡前。房间里的电视机，一个月基本没打开过。更深入更全面了解，才能更好报道精准扶贫。每次采访，我都问得很细很全，基本上采访一户贫困户都要花两小时左右。采访过的每一个贫困户，到现在我都能随口说出他们的基本情况、脱贫办法和面临的困难。

脸晒黑了，人憔悴了，但通过深入采访、体验，我整理了两万多字的采访笔记，收集了不少线索，加深了对“三农”和国情的了解，也陆续发表了一批稿件,《村里修了一条更宽的路》《有了这群羊，脱贫稳稳的》《思想脱贫，先把心焐热》《种啥能稳定脱贫》《驻村三记》……我采写的稿件，充分展现当地干部群众精准扶贫精准脱贫的好办法、好状态和好成绩，同时客观指出不足和困难，提出改进的意见和建议。稿子里，读得出我对贫困群众的温度，读得出我对脱贫攻坚问题的思考。当地干部看后也心悦诚服地说，报道客观真实，除了喜大普奔，还富有建设性，看后受鼓舞、受启发。对此评价，感谢之余，我在心里回应，稿子里所有的思考、建议甚至批评，都是善意的，都是为了一个共同的目标——尽快帮助贫困群众日子过得更好。之后还将陆续发表的一些稿件也将坚持这种风格，有的可能还会更“麻辣”。

人民日报记者顾仲阳（左二）与村民同劳动

驻村故事：他的西瓜为啥 15 元一斤

除了做好本职新闻报道工作，作为一名“老扶贫”，我还利用驻村采访的便利机会，做了些“兼职工作”。看到贫困户代玉飞种养收入少，打工身体吃不消，在我建议下，他把流转出去的耕地收回，今年自己种玉米当饲料，扩大养羊规模，增加收入。看到贫困户郭建祥在家门口找不到活干，外出务工畏首畏尾，我帮他联系了一家劳务公司，消除他外出找不到活干的担忧。看到村里的电商扶贫在缓解卖难方面发挥了不小的作用，同时希望借助更大的平台对接更大的市场，我牵线搭桥苏宁易购和京东，拉村里的电商扶贫中心一把。采访中发现一些干部帮扶不够精准，我也向有关方面反映情况，督促改进到位。当地扶贫部门负责人说，我不仅是一个报道扶贫的好记者，也是一个优秀的精准扶贫工作者和督查员，对于这个评价，我感到很开心。

我对驻村的这片土地和这里的群众满怀深情，因此非常想为村里留下点什么。驻村进入下半场，我有意识地在这方面加了点功夫。按照贫困退出标准，昌汉白村已经脱贫摘帽，但稳定脱贫面临两大挑战：其一，产业结构单一，种植收入不稳定；其二，务工机会难找，打工收入难以持续。结合村里实际，我和村干部群策群力，推动村里办成了两件关乎稳定脱贫、持续发展的“大事”。第一件，促成村里将撂荒 5 年的 2000 亩集体土地承包给龙头企业，种植葡萄和板蓝根，这将每年为村集体增加 10 万元的收入，提供 100 多人的务工机会，同时示范带动村民调整种植结构，让黄土变成金。第二件，促成内蒙古千牛服务集团结对帮扶昌汉白村，年内为村里培训、转移就业 80 个剩余劳动力，这将为很多贫困户带来稳定的打工收入。

驻村一个月已结束，深情献唱、泪眼拥别的场景还历历在目，我将继续关注昌汉白村，继续新闻扶贫，为打赢脱贫攻坚战贡献一个新闻人最大的能量。

叶家辛窑村里的小幸福

个 人 感 言

人民日报记者◎马　晨

我所驻的村是个静谧的小村庄，在蓝天白云下生机勃勃。这一个月的时间不长，却让我留恋那里的蓝天白云，更留恋那里的乡亲们。从语言交流困难到基本听懂方言，在乡亲们递来的草帽和关心话语中，他们的纯朴和热情让我久久不能忘怀。

在与村民朝夕相处的日子里，我走进许多农户家中，聊起过很多故事，和他们一起锄地、浇水、修剪果树，最感动的还是他们为脱贫致富流下的汗水。“下次你再来，这里就建好了”“记得常回来……”驻村快结束的那几天，听到这些话，心里暖暖的，甜甜的……

已是 5 月的天气，傍晚却还是透出丝丝凉意，夕阳的余晖下，几个老人聊天的声音显得格外高亢。经过 7 个小时的长途跋涉，我终于来到这个宁静的小村庄，感受着风卷起沙砾的摩擦，一股苍凉高远的气息扑面而来，一个月的驻村生活就这样开始了。

在河北省张家口市怀安县叶家辛窑村，种地是乡亲们一直以来谋生的手段，就像这周围大部分村子一样，相对干旱的气候和多山的环境让农民的耕

人民日报记者马晨（左）采访园区打工的村民

作只能维持着简单的生活。但这片土地上同样赋予了人们勇敢和忍耐，2012年，在叶家辛窑村党支部的带领下，村集体流转村民土地265亩，成立了蔬菜种植和牲畜养殖合作社，以实地采摘和循环农业为主要发展方向，一步蹚开了脱贫致富的路子。

种植错季水果、培育无公害蔬菜、发展柴鸡养殖，借着怀安县的政策，几年时间村支书赵建根和他的乡亲们就实现了园区的建设和发展，2016年年底园区盈利近百万元，村里贫困户114户179人，2016年年底103户164人脱贫出列。

“采摘园就像是孩子，看着他生机勃勃，乡亲们高兴得很！”说起现在取得的成绩，这个平时讷言少语的北方汉子也变得口若悬河起来，滔滔不绝地讲述中透出由衷的喜悦。这样的成绩确实值得骄傲，从怀疑到信心，从分散到聚合，从贫困到富足，改变的不只是乡亲们的生活，更多的是人心的奋发与团结。

成功的路上总是遍布荆棘。大棚建好后第一年采摘园就遭遇了大雪，有的棚损失几千块，多的甚至几万块；第二年种植的 70 多个大棚的西红柿，因为市场原因损失了 17 万元，这个刚刚起步的园区陷入困境。一些人怀疑采摘园的发展模式是否能够给村里真正带来富裕。但勤劳的双手总能顶住压力，克服困难。2014 年后带着失败的经验，命途多舛的采摘园走上了正轨。

来到园区，我和村民一起铺大棚草毡，一起修枝剪叶，一起刨地锄草，一起摘果称重，一天“简单”的劳动让人精疲力竭。以前看到“日出而作，日落而息”总觉得是一幅诗意的画卷，但亲身体会了才更能感受到生存的不易。

“我老伴儿在园区鸡场打工，我在采摘园这边照顾果树。”村民张凤娥说，在园区打工比外出打工强得多，每天工钱 50 元，他们两口子每月各挣 1500 元，半年挣了一万多。

“在外面一天挣一百，也不如在家挣五十，这离家近，没有额外开销，我们在园区又有分红，给自己干心里踏实。”张凤娥和老伴儿参加了村里的合作社，除了流转土地的租金和园区分红，还有务工所得，生活十分满足。

这是我可爱的乡亲们，为了更美好的生活他们勤奋工作，克服挫折，充满信心。

但村里发展还存在许多难题。“产业要干下去，新鲜血液不能少。村里最缺的就是人才，年轻人都在外打工，少有回来的。我们的一些想法很难及时跟上市场变化。”在与村书记的交谈中，他向我提到了园区发展面临的诸多挑战：采摘园同质化越来越严重、规模扩大后剩余农产品销路堪忧、产业转型

驻村故事：种桃种李种幸福

过程中资金技术紧张、互联网时代担心被抛下的焦虑、新引进的食用菊花品种的发展、4560 亩林下采摘项目能否建成，等等，一件一件摆在心头。这样的思考带给我很大的震撼，村庄里的乡亲们一样感受和体会着社会的进步与发展，但囿于现有的条件需要慢慢改变。

这让我不禁有些赧然，自己的到来并没有像一开始设想的那样，能够带来一些新的思路和方法，能够给予村子一些帮助。但这一个月的生活也不是毫无意义，沉下心用劳动交流沟通，用心去看、去倾听、去思考，和他们融为一体，成为这个村子的一员。从乡土中我感受到村干部带领村民勤劳致富的勇气担当，乡亲们靠自己双手努力奋斗的精气神。

参加记者工作半年多来，出差采访也去了很多地方，但少有这样连续一个月和乡亲们同吃同住同劳动的，很少有这样长时间去感受村里真实生活的机会。沉到一线、放下架子，才能听到最真实的声音，才能真正了解乡亲们所思、所想、所盼、所愿，驻村拉近的是彼此之间的距离，带来的是更多的信任与理解。临别时，赵建根和我说："脱贫致富了，好日子会一直过下去。下次你再来的时候，这里会更美！"

我微笑回应着，脑中也映照出阳光下金灿灿的菊花海洋和乡亲们灿烂的笑容。

让我依依不舍的，不止石勒沟的温柔

个 人 感 言

人民日报记者◎乔　栋

端午节的晨雾笼罩在窗外，一个月的驻村生涯就要结束了。这一个月，有目睹农民辛苦的辛酸，有感叹基层干部不易的共鸣，也看到了这里人们奔向更美好未来的希望。清晨，村民们去给村头的那棵两百年树龄“老人家”上香，他们世代在这里，也世代爱着这里，衷心祝福他们一切顺利。

风卷着杨树叶子发出哗哗的声响，黑云笼罩在石勒沟的上方，终于要下雨了。

我的第一反应是山上刚栽下的苗不用受罪了。这雨，今年来得格外晚。5 月 1 日，我来山西省和顺县下石勒村驻村一个月，只是在刚来的第三天晚上挤了几滴雨，将将能把石勒沟干涸的黄土润湿一层。而这，对于刚从拱棚里转栽到山上的万寿菊苗来说，远远不够。这几天，暴晒而死的苗太多了。

“时人不识农家苦，将谓田中谷自生。”农家不易，没来蹲点之前，只是

人民日报记者乔栋（左）在采访劳作的村民

会在采访的时候走马观花，看看农村的“新产业”，就以为农民们已经集体解放双手双脚了。

哪有那么容易。我驻的村，是石勒沟里经济底子搞得最好的一个，但是这里大部分农民，还是会每天下午两点顶着烈日暴晒，去地里栽万寿菊苗。虽然不是再种仅能维持温饱的玉米，而是回报更高的万寿菊，虽然不用像以前那样赶着牛、镢头挖渠、浇水干活，取而代之的是栽花器、自来水管等，但受的苦依然不轻。

农民们是合作社成员，虽然成了“股东”，他们依然是最辛苦、最纯朴的人。看到我双手笨拙地拿着栽花器用力捶地时，他们会哈哈大笑，也会在我双手快起泡时，善意地接过我手里的农具，并在晚上邀请我去他们家吃一碗端午节的凉粉。

驻村故事：村第一书记是顶“责任帽”

这就是山里的农民，这些年来，也许他们一直是这样，又或许他们改变了很多。去年，石勒沟里的土路都硬化了，摁着喇叭穿行的小轿车越来越多，沟里两侧山上架起来的信号塔也越来越多，墙上的“电商进村”的标语刷得醒目。60岁的老农，也费力地划拉着手机要扫我的微信，尽管手上的茧子让他操作起触屏手机来不是那么顺溜。

时代裹挟着石勒沟和这里的人们，都在往前走。但其实，留守的人们都想走了的人回来。村支书杜继英点燃一根烟，一声长叹：“村里现在的主要劳力年龄都在50岁以上，60多岁都得顶一个‘硬劳力’，年轻人都走了，没办法。”

杜继英烟瘾很大，一天要抽两包。他今年49岁，算是村里的年轻人。和他搭班子的村主任张瑞红年龄和他一般大，两人经常蹲在山上，边抽烟边望着平整出来的一块块土地：“钱都不愁，就愁没人。”

周边村镇的情况都大抵如此。隔壁沟里的梧桐掌村，最少的时候只剩下三户人家。他们不可避免地卷入了这场城镇化的洪流，但杜继英他们的理解比较微观：“学校撤了。村子里没了学校，孩子和年轻家长们就都跑到城里啦。”

我在《回村操起老本行》的文章里说：“下午六七点，合作社的老李等几个人吹着口哨，赶着20多头牛回来了，牛脖子上叮叮当当的铃声在夕阳里回响。村头，杨桃祝老人正在翘首盯着眼前的盘山路，儿子女儿晚上要开车回来看他。”

我没敢点出来的是，在这场城市和农村对人口的争夺战中，走与归，成了一个常态化的命题。对于村干部而言，他们是矛盾的：觉得城里方便、生活水平好，但村子不能没有人、村子不能在他们手上消失。

村干部的难题还有很多。杜继英是个耿直、爽朗的人，在他家只吃了两顿饭，他说话也不跟我避讳：“县里光说让限时拆牛棚，说是为了搞好环境，但你看看，没有任何拆迁补助就算了，这几天能动的劳力都在山上栽苗，哪能顾得上这些！”

我还没敢跟他说接班人的事情。他看好村里的会计，想重点培养。但前几天和会计闲聊，这个 38 岁的年轻人表达了想走的意思，原因还是孩子上学需要人照顾，村里事多、杂，但挣得太少了。

村里的事确实杂。我刚来没几天，隔壁的义兴镇着了大火。当天下午，杜继英领着村里的森林防火队员赶去救援。晚上 10 点，我顺着他给我发的定位摸了过去，发现他们一堆人蜷在离着火处 200 米远的地方，庆幸着刚才跑得快，要不然就被突变风向的火给包围了。凌晨 1 点我下山的时候，他们才领到了县里送来的面包、火腿、矿泉水，有了这些干粮，他们能够撑到后半夜了。

滴答滴答，时间在走，雨还在下。明天就是端午了，这一个月，意犹未尽，收获满满。还没回去，已经开始怀念和感伤。其实我最怕的，是我在这里打搅了他们一个月，除了发了几篇关于村里的稿子、协调下石勒村的新闻在中央电视台经济新闻联播播出，别的啥也帮不上。但杜继英、张瑞红老哥俩说，要给我颁发一个下石勒荣誉村民的证书，还让以后结婚的时候记得告诉他，他要跑到太原、北京给我上礼。

我想，让我最留恋的，应该就是这种村里的人情味了吧。而这种人情味，也将继续施力给出去的人们，让他们在心累的时候，看到归途在哪里。

深入基层收获富矿　做中国故事最忠实的记录者

个 人 感 言

人民网记者◎夏晓伦

带着发现的眼光和关爱的情怀，走进火热的生活，感受时代的脉搏，倾听真实的声音，讲述动人的故事。做中国故事最忠实的记录者，我们努力践行。

从事记者工作已近 7 年，长达一个月的蹲点采访，还是我第一次经历。经过蹲点的磨砺，我的稿子更加生动了，更加耐看了。

我这次蹲点的地点是在江田村，江田隶属于安徽黄山市休宁县龙田乡管辖，村子不大，户籍人口 576 人，常住人口则不到 200 人。初到村里，我疑虑：这么小的村子，会有那么多新闻点吗？

蹲点到了第三天，我便打消了最初的想法。改革开放的新时代，每时每刻都有无数的故事在中国大地发生。

稿子不是想出来的，不是写出来的，而是跑出来的。一个新闻工作者，只有深入群众当中，了解他们的语言，运用

驻村故事：脱贫村里有个“大忙人”

人民网记者夏晓伦（左）与村民同劳动

他们的语言，才能拉近新闻报道与人民群众的距离，让人们轻松接受。

清晨到山上采茶，中午回家剥笋，下午去合作社干活，晚上在茶厂炒茶……忙碌的吴秋九，曾是十里八乡有名的贫困户。短短几年间三位亲人去世，花光积蓄欠下外债，自己又患癌症。扶贫队长丁新志为他发动社会捐助，落实了孩子学杂费，吴秋九也得到治疗，病情好转后还参加了合作社，积极生产劳作，渡过了难关。

张四杰，以前在外打工，腿部受伤，不得不做了截肢的手术。但人穷志不穷，在村两委的大力扶持下，领补贴、租厂房、办贷款，“张四杰饰品加工厂”很快创立。张四杰不仅自己实现了脱贫，还帮助村里的其他贫困户就近就业，村里的贫困户、老人、妇女来厂里上班，张四杰手把手地教村民制作工艺品。由于订单量激增，张四杰在政府的帮助下还在黄山市区开了分厂。

驻村故事：红白理事会 便民又文明

这些感人的故事，这些行进中的步伐，这些光辉的精神，让我作为一名记录者，投身于宣传伟大时代、宣传主流价值观的工作中，很是自豪。

两杯烟蒂兑换一支牙刷、15 节旧电池兑换一包盐、40 个塑料袋换一包黄酒或酱油……“垃圾兑换超市”的设立让江田村美了环境，也美了村民的心情。

驻村故事：小村庄再现“鸡毛换糖”：美了环境，美了心情

江田村的“红白理事会”专门管理村民的婚丧嫁娶，为村民免费提供场地、桌椅、碗筷，控制酒宴规模，反对大操大办。理事会由村中有威望的村民组成，规范管理，村民们称办酒席比原来方便多了。

这些创新的社会治理政策，为其他地区的脱贫攻坚提供了良好的政策经验。

驻村调研结束后，笔者有幸受邀参加中央电视台财经频道的《对话》栏目录制。在节目的最后，我说：“在离开江田的那一天，我跟村民有了约定，以后每年至少要去一次，用我手中的笔和相机，记录下江田村脱贫后的每一个变化。”

“要想富先修路”老套吗？

个人感言

人民日报记者◎魏本貌

通过和村里贫困户采访聊天，更加认识到脱贫的“志气”尤为可贵，党和政府能够在物质层面给予帮助支持，但脱贫更要依靠自身努力奋斗。贫困户孙波浪面对各种困难，没有自暴自弃，而是勤劳地忙来忙去，在扶贫干部帮助下，他家日子眼瞅着好起来了。生活工作中谁都会遇到各种困难，孙波浪积极向上的精气神，非常值得去学习。

要想富先修路，早在二三十年前，就是句耳熟能详的脱贫致富经。

5 月 21 日，《人民日报》头版刊发笔者在江西寻乌县白面石村蹲点采写的稿件《大路修进深山里》。稿件刊发后，在江西本地媒体评论圈内引起了一些讨论，有些人直接批评，“要想富先修路”思路和模式太老套了，不值得专门写篇报道。

驻村故事：大路修进深山里

要想富先修路，真的很老套吗？

如果不是在白面石村蹲点采访，利用充裕的时间，走到村里最偏远的村庄去，真的很难理解村民们对道路的那份渴盼。

白面石村是寻乌县贫困程度最深、基础设施薄弱、脱贫难度最大的贫困村之一。村子沿着白面石河分布，呈狭长带状，“小集中、大分散”。从村头腊树下村小组到村尾桂龙村小组，主干道有20多公里，骑摩托车跑一趟得一个多小时。10多年前村干部们跑断了腿、磨破了嘴，多方争取到200多万元资金，2006年建成通往村委会白面石村小组4.5米宽的水泥路后，村里再没有修建硬化过道路。

刚到村里不久，扶贫干部和村民们说起脱贫攻坚遇到的难题时，首先提到的都是道路。而村里基础设施改善、脱贫产业发展等，都离不开通畅的道路。

村里的路到底有多难走？还得靠脚底板来说话。

从村委会出发，一路爬山越沟步行五六公里，衣服湿透后才到达黄背村小组。沿途道路崎岖陡峭，摩托车很难开进去，最近只有挖掘机边修路边前进，到黄背拆除空心土坯房。虽然山清水秀，可因位置偏僻交通不便，村民们早已大多搬迁到附近的广东龙川县上坪镇居住生活。同时，沿途的小村庄早已成为空心村，田地也被荒废。同样步行到偏远的黄泥湖村小组，村庄内早已空无一

人民日报记者魏本貌（右三）在白面石村桂龙村小组，采访了解村里道路情况

驻村故事：脱贫要“实字为先”

人，而沿途的老庵背等村小组，仅有少数村民居住。

去村尾桂龙村小组时，踩在泥泞的道路上，身边不时有修路车辆加大油门爬坡。在桂龙村小组，还有成片的土坯房，村里只有两栋砖瓦房。“路太难走了，年轻人出去打工了，不愿意在家里做房子。”村里留守老人妇女们，自发聚集在修路施工现场，眼巴巴地盯着施工进度和质量。

道路不仅影响着村民的日常生活，更影响着生产经营。白面石村近 5 万亩山林，其中 2 万多亩毛竹林是得天独厚的资源，因为山区没有便捷的道路，很多毛竹林山高路远，算上砍伐运输成本，销售毛竹根本挣不到钱，导致大片毛竹林资源烂在山里。

2016 年开始，寻乌县已经投入 300 多万元修建水泥路，今年第二笔投入 630 万元的 14 个项目中，很大一部分用于道路桥梁的建设维修，力补村里基础设施欠账。

修了路就能脱贫致富吗？未必见得。但通了路，改善了村民生产生活条件，让村民们看到了脱贫致富的希望。

白面石村山深路险，拥有丰富的植被资源，发展养蜂产业得天独厚。2016 年 8 月，村里奔着道路畅通后销售便利的前景，成立了蜜蜂合作社，通过“合作社 + 电商平台 + 贫困户”模式发展养蜂产业，吸纳 46 户贫困户入社。

毛竹是白面石村最丰富的资源，随着村里道路不断建设完善，建立毛竹经营合作社的想法逐渐成形。没有怎么在外面闯荡过的村民孙东升跃跃欲试。和东升深聊几次，他觉得主干道越来越好，自己要试试建起合作社，通过修建林区作业便道，方便毛竹砍伐运输，同时进行毛竹低产低效林改造，提高毛竹林经济效益。最近东升还准备走出去看看，到运营良好的毛竹合作社学习取经。

“路通财通，路不通财不通。”多位村民脱口而出。

泥土里的真情

个 人 感 言

人民日报记者◎闫　旭

30 天的同吃同住同劳动，我也像老乡一样，在新闻的田地里收获了宝贵的实践经验。只要沉下心来，用心发现，细致观察，再小的村庄也是一座新闻富矿，再小的家庭也有着自己不为人知的故事。扎根农村，讲好中国脱贫故事，是媒体人义不容辞的责任。

初夏的艳阳灼烤着大地，地里的麦田渐渐泛起丰收的金黄，行走在乡间，迎面都能闻到淡淡的麦香。5 月初，我刚刚来到河南舞阳县李斌庄村驻村时，地里还是一片绿油油，现在已然是一片金灿灿。豫中农村世代与小麦为伴，村民的生活已经深深地刻上了小麦的烙印。

李斌庄村像一株小麦，怀有信念就要笔直生长。

来驻村之前，就曾看过许多农村特色产业的报道，新闻里产业成果喜人，遍地开花，似乎特色产业好像在农村中可以手到擒来，瞬间致富。殊不知，发展特色农产真是一个“绣花”活儿，既要容得下“一针一线”的慢，也要忍得住“绣花针扎手”的疼。

人民日报记者闫旭（右）在香菇种植棚内采访种植户

李斌庄村这个“绣花”活儿，一做就是20年。20世纪90年代初，舞阳县包括李斌庄村在内的多个乡都在发展香菇产业，受限于当时的技术水平，很多农户都赔光了本，只有文峰乡李斌庄村一直坚持到了现在。那时候，村民为了给香菇菌袋保温，都是把自家的卧室腾出来给香菇住，全家睡到院子里，一睡就是3个月。3个月的风餐露宿，只为悉心照料香菇，寻找香菇生长的适宜温度。

李斌庄村民像一颗麦粒，内心饱满才能迎接丰收。

驻村时候，闲暇时常和村干部聊天，当地干部常挂在嘴边的一句话就是：地闲长荒草，人闲生是非。虽然话有点糙，但仔细想想也不无道理。现在农村机械化生产水平有了很大的提高，节约出了大量的农村劳动力，这部分劳动力如果没有合适的疏导，长期聚集在村里路边，家长里短又是村里不可避免的话题，就容易产生矛盾。发展特色农产，疏导了剩余劳动力，既可以增收致富，又丰富了村民知识，缓解了村子里很多不必要的矛盾。

驻村故事：香菇香日子美

李斌庄村民风淳朴，很大一方面就得益于种植香菇产业。香菇虽小，花费的人力时间可不少。在我驻村这几天，早上天刚蒙蒙亮，乡间小路上就已经可以见到许多村民蹬着车提着桶进棚去摘香菇。

在生长季，香菇一天有两次采摘时间，一次是早上天亮时，一次是傍晚太阳下山时。摘香菇没有机器，一天两次都需要人工亲手采摘，如果采摘不及时，香菇很快就变坏，卖不上好价钱。

曾经的贫困户张国聚告诉我，2015 年 8 月因为送儿子去天津上大学，晚回来了两天，傍晚刚回到家，他行李都没来得及放下，就赶紧进棚开始摘香菇，一直摘到凌晨 3 点多，才赶在变坏前把香菇摘完。但是要问老张，你累不累，他总是腼腆地笑笑说：不累，孩子上大学的学费可全指望着它呢。

脚下沾有多少泥土，心中就沉淀多少真情。作为一名年轻记者，在这 30 天的驻村蹲点中，每天与村民干部朝夕相处，采访中村民朴实的话语，辛勤的劳作，处处显真情，时时存感恩，让我心中有股暖流涌动。

6 月初夏，麦子黄了，我要回北京了。副支书张德山拉着我的手，要我去他家再吃一碗炝锅面。吃着热乎乎的面，我和老张聊起了今后村子的打算，老张端着碗，略有所思又踌躇满志：“都是地里的庄户人，泥里长大的，多亏了这些年的好政策才过上这么好的日子，不但要继续种下去，咱还想再弄个香菇小镇哩。”隔着面锅里的热气，老张黝黑的脸上泛着红光，红光里透着自信和幸福。我想这大概就是乡间泥土里才能长出的最淳朴的真情。

蹲下去，方能触摸真实的中国

个人感言

人民日报记者◎程远州

观察一个村庄的脱贫过程，就是观察当下中国乡土社会的运作机理。对于一名记者来说，参与此次蹲点采访，实在幸运。

这一个月，我收获很多，感触也很多。扶贫过程，无论是动态识别、产业培育，还是一户一策的施行、脱贫出列的巩固，每一步都步履维艰。蹲点时我和扶贫干部一起，遍访贫困户，切身体会到扶贫成绩的来之不易，也深入思考扶贫过程中的种种问题。

扶贫是一个系统性的工程，需要各方面的共同努力。如何调动贫困户的能动性，扶贫扶志；如何激发扶贫干部的积极性，善用政策；如何发动能人大户的带动作用，共同致富。每个命题都不轻松，也都是必过之坎。蹲点的责任，就是以纸笔之力找寻答案，为扶贫攻坚添薪加柴。

多年前，读费孝通先生的《江村经济》一书，深有感触。江村虽小，却能见中国基层社会之变迁，能知公序良俗之赓续。80年前的社会学调查，至今仍有烛照历史与现实的光芒。

当时在大学里修新闻学的我笃信，被称为“易碎品”的新闻，也应如此。

那时候我就暗下决心，在我的记者生涯中，也要写出如此一笔一画真实记录却也能勾勒出时代面貌的作品。

然而在湖北分社埋头采写了几年新闻后，过去回望，汗颜过去：这几百篇新闻稿绝大多数已随时迁事易迅速“风化”，除了能在网络搜索中找到踪迹外，早已湮没在浩瀚的信息数据中，成了无根之萍。

这让人无奈。在当下迅速变革的时代中，若只追逐新奇的事物，或可做个合格的新闻工作者，却做不了合格的党报新闻人。作为人民日报的记者，我们牢记在心的是“站在天安门城楼上看问题，深入田间地头找感受”。以我愚见，所谓“天安门城楼”，一方面指的是把握时代大潮、党政方针，另一方面是要求记者有高屋建瓴的眼光，有登高望远的见识；所谓“田间地头”，则

人民日报记者程远州（中）蹲点采访养牛户

驻村故事：光伏蓝板板 致富金罐罐

指贴近实际、贴近生活、贴近群众，要求记者沉下心去、蹲下身去，探寻有生命力的新闻素材。

这恰恰是马克思主义新闻观的形象表述。一方面讲究政治家办报，另一方面注重调查研究，崇尚实事求是，是我们党一以贯之的新闻思想。

1942年3月18日，毛泽东为《解放日报》题词“深入群众，不尚空谈”，鼓励解放军的新闻工作者到群众中间找话题、写报道。当时，新闻界有一种空谈的风气，下车伊始便指指点点乱发议论，不动脑筋人云亦云的做法大有人在，甚至有些记者不惜伪造事实写报道，成了造谣生事的能手。

不客气地说，如今这种风气又回来了。在采访中，我们常见一类“材料记者”，奉行的是“拿来主义”，坐在家中搞采访、网文堆里写文章，生花妙笔全凭材料拼凑；更有甚者，凭空杜撰出一个又一个生动细致的故事，以佐证早已定好的结论。

我虽对这种做法不齿，却也苦于现实不能全然幸免。下乡采访调研，常常是当地相关部门选好的点、定好的对象，两三天里辗转几处、走马观花，所见所闻，与当地材料中内容一般无二。这种做法，看似到了基层一线，到了田间地头，却始终未能真正沉下心去，是“浮在下面的上面”。

董时进说：“依着表格到乡下去从事调查，只能得到正式的答案。正式的答案，多半不是正确的答案。”社会学调研如此，新闻又何尝不是如此？扶贫工作中有一种弄虚作假叫作“盆景式扶贫”，新闻工作中这可叫作“盆景式采访”，终究没能将半躬的身子蹲下去，如何能写出真正有价值的新闻？如何能让新闻报道有真正关照现实的能量？

总的来说，纸上得来的“中国”，与用脚步丈量出来的“中国”，其面目可能大相径庭。

而这次蹲点一个月采访扶贫工作，让我真正有了沉下心来观察村庄的机会，收获很多，感触也很多。恰如《江村经济》一书的看法，观察一个村庄的脱贫过程，就是观察当下中国乡土社会的运作机理，就是观察急速变革时代里中国农村的社会变迁，意义可谓重大。

蹲点时我和扶贫干部一起，遍访贫困户，融入其中记录扶贫工作的进展，也深入思考扶贫过程中的种种问题。扶贫是一个系统性的工程，需要各方面的共同努力。如何调动贫困户的能动性，扶贫扶志；如何激发扶贫干部的积极性，善用政策；如何发动能人大户的带动作用，共同致富。每个命题都不轻松，但都是必过之坎。蹲点的责任，就是以纸笔之力找寻答案，为扶贫工程添薪加柴。

蹲下去，方能触摸真实的中国。我深知，仅靠一个月的蹲点采访，远不足以达成我的新闻工作的初衷，在以后的工作中，仍需保持用脚步去丈量土地的作风。如此，才能不负时代，不负记者的身份。

蹲点，只是一个开始。

合作社产业扶贫贵在机制创新

个 人 感 言

人民网记者◎李　彤

30天的温暖和收获，让我从村民身上看到有种变革叫“摆脱贫困”，从基层干部身上看见有种责任叫“敢于担当”，从返乡人身上看到有种感动叫“乡土情结”。

从陌生面孔到亲切笑容、从站着看到跟着干、从写别人的故事到当成自己的事写，驻村工作和生活让我受益匪浅。在为扶贫事业贡献一份力量的同时，这又何尝不是一次重新认知生活、认识自我的人生历练。

当前，不少贫困村为发展产业新建了农民专业合作社，成为对接财政扶贫资金的重要平台。由于地理位置和资源禀赋相近、种植传统和大户能人相似，合作社如何做到“一村一品”差异化发展，避免无序竞争“千社一面”，是农村发展经济、稳定脱贫值得思考的内容。

记者在广西北海市合浦县发现，该县在合作社产业扶贫上进行机制创新，通过“龙头企业＋合作社＋贫困户”的模式，发挥龙头企业资金、信息优势，通过技术指导、统一回收农产品，缓解了贫困户生产发展的后顾之忧；通过

视频截图

"党支部＋合作社＋基地＋贫困户"的模式，以村支书或支部委员为合作社带头人，让群众做的事、基层干部带头干，把人聚起来、富在产业上。

在合浦县山东村榄子冲合作社，社员何道媛每天来得最早、走得最晚。平日劳动时与她搭话也不理睬，埋着头抓紧时间采摘辣椒。尽管一只手有伤残，但她采摘的数量总是比别人多。用她的话讲"合作社给人安全感，让日子过得更红火"。

合浦县的模式更像是农民专业合作社发展的不同阶段。在初期解决的是脱贫问题，相比较贫困户零散发展产业，合作社抵抗风险、能人带动效果更明显，对贫困户稳定脱贫作用更大；当合作社发展走上正轨、相对成熟后，通过政府规划引导、引进龙头企业，在合作社间进行整合，能够完善生态循环农业、做强产业规模、帮助脱贫致富。

不可否认，我国有些贫困地区的农民专业合作社存在同质化现象，除了社名不一样外，从规章制度到发展产业相互模仿的不在少数。更有些是为了脱贫而成立，但在选择产业、对接市场方面缺乏思路。

如何发挥农民专业合作社在脱贫攻坚中"稳定器""新引擎"的作用？除了创新机制外，还要充分调动贫困户的参与积极性，完善合作社与贫困户的利益联结机制。不仅让贫困户拿到固定的股金和劳务的薪金，还要能够共享产业融合发展的增值收益，培育增收新模式。

农民专业合作社贵在"专业"、重在"人才"。仅靠村里几个种养大户的

人民网记者李彤在劳动

“土经验”，已不能满足现代农业的生产和管理要求，无法保障社员稳定收入。应在制度层面激励高校毕业生、企业家、农业科技人员等人才回乡下乡创业创新，将现代科技、生产方式和经营模式引入农村。

农民专业合作社有序发展，离不开政府的扶持引导。尽管农村专业经济合作组织坚持“民办、民管、民受益”的原则，但这并不意味着政府可以撒手不管，更应积极引导、管理和服务。要明确合作社注册、指导和服务管理的部门，统筹规划发展方向、市场定位和具体举措，对规范运营、效益突出的给予表彰，营造有利于发展的市场氛围，推动农业现代化路子走得更稳健，为贫困户持续增收提供保障。

驻村故事：易养则养易种则种　广西山口镇练出脱贫“针”功夫

蹲下去，故事才能活起来

个人感言

人民日报记者◎曹怡晴

不论报道的形式如何变化，不论媒体的形态如何更新，好的新闻总是需要用双脚去探索，用一颗真心去触碰另一颗真心，用一双敏锐的眼睛去捕捉当代中国社会发展变化的每一寸图景，扎扎实实地蹲下去，笔下的故事才能活起来。

过去的一个月时间，我住的地方在重庆市开州区满月乡双坪村。该村地处满月乡东北部高寒山区，是乡里3个贫困村之一。

4月29日，我到达重庆市开州区时，已是傍晚。在城区吃罢晚饭，本打算立即赶往双坪村，可满月乡当地帮忙带路的许大姐怎么也不同意："去双坪村可是得经过一条'天路'，这天都快黑了，走山路危险得很哩！"我心里满是好奇：那传说中的"天路"，究竟有多险？

第二天一早，车子驶出城区，便显出了"爬坡上坎"的姿态。越过一座座崇山峻岭，驶过一条条盘山公路，不算宽的山路间随处可见细碎落石，虽有无数壮观景色闯入眼帘，可我实在是紧张得没勇气去好好欣赏：许大姐

人民日报记者曹怡晴（左）采访当地村民（陈永松　摄）

“诚不我欺”，这路，够险！

“看，那就是‘天路’，我们离目的地不远了！”许大姐在一旁提醒我。朝车窗外一看，只见一面近乎垂直的崖壁之间，蜿蜒盘旋着一条公路，路上方全是岩石，外侧则是万丈深渊。“这里有多高呀？”“海拔得有1500米左右了。”许大姐回答我道，“要是来得再早些，山里的雾气还没散，这悬崖边上都有云呢！”“难怪被称为‘天路’！”我不由惊叹。

许大姐告诉我：“以前双坪村没有一条通往外面的路。20世纪90年代，在村支书的动员下，全村集体筹资筹工，再加上政府资助帮扶，这才一点点把‘天路’给凿了出来。”

直到进了村，“天路”的故事始终萦绕在我脑海中。我们常说“扶贫先扶志”，双坪村村民不甘心被崖壁封锁，渴望走出大山的强烈愿望，就是脱贫路上最重要的“志”啊！

在接下来的蹲点过程中，我走访了几位当初参与修路的乡亲：组织修路的老支书凌瑞原，当年的驻村干部向刚，管理物资财务的老会计陈文举，修路工人凌发全、李兴寿，还有为我提供了一方住所的山歌王凌发轩，等等。有时候同乡亲们聚在一块儿吃饭，大家就你一言我一语地聊起当年修路的事儿。在悬崖上修路，那可真是称得上艰苦卓绝。提及过往不易，一些老人都有些神情激动，甚至眼含热泪。时常懊悔，不该让老人家情绪过分激烈，但又很难抑制自己继续问下去的冲动。

驻村故事：大山里的“圆梦巨人”

了解了当年修路的基本情况后，我又开始琢磨：没路的时候，村民到底是怎么下山的？于是，我找到现在的双坪村党支部书记凌发坤：“书记，带我去看看修路以前乡亲们走的路呗！”凌书记最开始果断拒绝：“那哪叫路啊，现在早就没什么人去了，你一个没走过山路的小姑娘更没法走了。”“过去人人都得从那走，我咋就走不了？”凌书记见我还挺执着，也不便阻拦：“带你去可以，但可别半路上累哭哦！”

累哭？怎么可能！可当我真正走上那段山路时，才发现现实总是比想象中更为艰辛。杂草丛生间，看不到什么路的迹象，与其说是走下来，不如说我是顺着山坡“滚”下来的。在山林中连滚带爬了个把小时，总算见到了外头的阳光，才发现自己早已走到了悬崖边上，从脚底来的风，吹得心跟着全身打战。“从这个悬崖边再顺着一架30多步高的木梯爬下去，就能找到一条下山的路，沿着那条路再走一段时间，才能走到镇上，不容易吧？”凌书记跟我介绍道。的确不容易！这段徒步历险让我真真切切地感受到当初村民出村的艰难，也让我对他们通路的渴望有了更深的理解。

5月3日人民日报客户端首页的图文报道《厉害了！重庆村民自发凿出悬崖天路》，在发布1小时内就拥有了“10万+”的阅读量，并在各大网站转载；5月4日的客户端直播《悬崖天路建成前，出村要手脚并用花4小时》，我同

人民日报记者曹怡晴（左）体验双坪村过去的悬崖土路（张晓华　摄）

村支部书记凌发坤一同讲述村民的修路故事，吸引了30多万网友的观看。新媒体端强大的传播效果让我欣喜，但也提醒着我要更踏实地蹲下去，去挖掘每一个人、每一个家中真真实实的脱贫故事。

在采访中村民李隆文说到的一个细节让我印象很深刻。他说，在路修通之后，他赤着脚跑遍了村里的每一条新路，只为了要真真切切地去感受脚下每一寸土地所带来的踏实感和幸福感。近几年，在这个重庆北部的小山村里，基础设施建设日益完善，乡村旅游、中药材种植、蔬菜种植等发展得如火如荼，村民们的生活也越过越好。过去住不上砖瓦房的，如今已搬进了现代化的多层小楼；过去被荒掉的土地，如今通过土地流转、成立合作社等方式，都大规模种上了厚朴树、黄连、木香等药材，以及高山土豆、晚熟玉米等特色蔬菜；过去荒无人烟的山沟沟，如今在避暑旺季时，迎来了熙熙攘攘的游客，村里的农家乐一早就被预订完了。这一切的变化，除了靠政府的精准扶贫政策，还要靠当地村民自己脱贫的内生动力。在村民们看来，每个人脱贫的斗志都是由这条路激发出来，整个村子的脱贫历程也是以这条路为起点的。5月23日人民日报的头版头条《日子开始甜起来》，以当地村民唐春燕一家的脱贫故事为切入口，展现双坪村的精准扶贫医疗救助工作，以及村民们在一系列扶贫政策帮扶下，自力更生、敢试敢闯，把日子过得越来越好的鲜活故事。

驻村故事：多一些“板凳上的谈心”

“站在天安门城楼上想问题，深入田间地头找感觉”——这是新闻人时常挂在嘴边的一句话。确实，不论报道的形式如何变化，不论媒体的形态如何更新，好的新闻总是需要用双脚去探索，用一颗真心去触碰另一颗真心，用一双敏锐的眼睛去捕捉当代中国社会发展变化的每一寸图景。此次调研，让记者们走出办公室，走进大山，走向田间地头，更走入了脱贫路上乡亲们的内心。保持这样的状态，才能时刻抱有一名新闻人最初的热忱，时刻让笔下的中国故事拥有最鲜活的生命力。

产业扶贫，不妨引入市场化手段

个人感言

人民日报记者◎张　文

产业扶贫的能力如何，往往是一个地方扶贫工作成效的重要方面。“蜻蜓点水”式的产业扶贫只注重表面工作，比如只是给贫困户发一些鸡鸭苗等生产资料，却并没有关注后续进展，这样的产业扶贫难见成效。只有引入市场化的产业扶贫，才能和市场效益相结合，从而真正达到扶贫效果。

记者在四川眉山市青神县蹲点调研，发现当地正在探索一种较新颖的扶贫模式：以扶贫款入股农村专合社，用以修建冷库、养猪场等有稳定收益的基础设施——入股的条件，是专合社需接纳若干贫困户入社，在技术和农资等方面带动其实现产业脱贫。同时，扶贫款形成的股份分配给贫困户，让其能享受相关收益分红。

这个经验，源自该县的高台乡百家池村。该村的椪柑专合社按这种模式前后吸纳了 36 户贫困户入社，并在 2016 年年底实现全部脱贫，其中有贫困户单靠种椪柑年收入已超过 7 万元。这种模式下，农村专合社作为市场主体，被引入产业扶贫中，对脱贫攻坚起到了至关重要的作用。

产业扶贫的效果具有持续性、稳定性，一直是扶贫工作中的重要手段。然而，根据近年来记者在基层走访的情况来看，产业扶贫并不容易，曾经有扶贫干部跟记者诉苦："给贫困户送两只小羊，让他养大了卖钱，结果家里一来客就宰了吃了；送几十只鸡苗，但他不懂防病管护，没多久鸡苗都死了；帮他种上两亩桃树，好不容易等到丰收，又找不到销路，甚至连买肥料的本钱都收不回来……"

这样的苦恼，在扶贫一线并不少见。究其原因，一方面，部分贫困户本身的思维和能力存在一定局限，产业扶贫时往往只做到了生产资料的产业化，而忽略了"人的产业化"；另一方面，发展产业多少都具有市场化风险，一旦

人民日报记者张文（左二）在果园采访村民

驻村故事：环线修进山 致富路更宽

规划失误，便难以产生扶贫效益。因此，在产业扶贫中，精心设计的扶贫项目出现“烂尾”的现象时有发生。下的功夫不小，扶贫资金却打了水漂，造成扶贫资源的浪费。

由此可见，扶贫部门对贫困户进行“保姆式”帮扶，并不意味着非得包揽每个环节。在条件允许的情况下，扶贫部门完成政策制定、资金筹措等前提工作后，后续执行环节不妨引入市场化手段。在百家池村，专合社在技术推广、生产资料购买、产品销售等环节已完全市场化，比如在农资统购方面，一次性可购买化肥数万吨，因此进价便宜，从而降低生产成本。贫困户加入专合社，在享受这种市场化便利的同时，更能在技术、生产思路方面跟上其他种植大户的步伐，实现“人的产业化”。

在以入股、补贴等形式引入市场化手段时，需确保资金的扶贫用途。在眉山，扶贫资金入股合作社后，扶贫部门对资金的流向、使用明细实行全程监管，以保证款项能切切实实地用在贫困户身上。如果监管缺位，无疑将造成扶贫资金变相挪用，偏离产业扶贫的初衷。

此外，引入市场化手段的同时，市场风险也会被同时引入。因此，对市场化项目进行选择时，需避免求快贪功的心态，尽量选择风险低、收益稳的产业项目，不能为追求高效益而将扶贫资金投入到市场风险较大的产业。因此，产业扶贫的市场化需因地制宜，不可盲目跟风。只有在产业适宜、风险可控的情况下，才能像百家池村一样实现贫困户、专合社和扶贫部门的“三赢”局面。

最大的改变在于人心

个人感言

人民日报记者◎侯云晨

在这里，我没有看到所谓的“等、靠、要”，更没有“托、懒、散”，无论是干部还是村民，都满怀脱贫的干劲与热情，践行着“撸起袖子加油干”的动员令。

我是来自人民日报社内参部的记者侯云晨，今年27岁，已在人民日报社工作4年。此前也曾有赴基层调研的机会，但如此长时间、近距离地与农村、农民和土地接触，这还是头一回。如今回想起来这段经历，很多事情都还历历在目。特别是通过这次蹲点调研，我深刻地感觉到，扶贫攻坚绝对是一项系统性的工程，既要有敢闯敢拼的激情澎湃，又要有兼权尚计的理性思考；既要有扶贫干部的辛勤工作，又要有村民百姓的积极配合。通过这次蹲点调研，我也有幸看到，扶贫攻坚一路走来虽然坎坷，但前途坦荡，这5年，我们一直在前进。而如果要问这5年带给贫困地区最大的改变是什么？我想说，最大的改变在于人心。

青岗坝村，距铜仁市思南县城25公里，现有村民1100人，共258户，

人民日报记者侯云晨（中）在养殖场采访

这是我此次蹲点调研的一个重点村。据介绍，5 年前，贫困户数量仍占全村总户数的 40%，“三年两不收，滴水贵如油，有女不嫁青岗坝，红苕拌着酸菜下”，就是当地的真实写照。但如今，该村已经实现全面脱贫，2016 年人均纯收入超过 1.3 万元。短短 5 年间，一个村子竟能发生如此翻天覆地的变化，实在令人称奇。

每一个地区都有自身独特的资源禀赋，因地制宜找到合适的发展路径，才是脱贫的关键。通过蹲点调研发现，青岗坝村扶贫的思路就在于“对症下药”——既然缺水，那就“水改旱”。在村两委干部的带领下，全村将种植的水稻、玉米等传统农作物的耕地大规模改种大蒜、辣椒。经村干部们多次逐家逐户反复动员，大蒜与辣椒年复一年套种的方式，逐步让村民们尝到“新花样”的甜头，并迅速成为该村重要的产业支柱。村民的口袋鼓起来，村集体的产业也丰富起来——依托于全体村民的支持，青岗坝村近两年先后开办了蛋鸡养殖场、糖蒜和剁椒加工厂等，为村民就近打工提供了机会，同时为全村的精准扶贫工作提供了更多的选择。

驻村故事：成了合伙人 幸福来敲门

此前对于一些地区的扶贫工作也略知一二，“村干部在干、老百姓在看”似乎是一个普遍性的状况。这次驻村调研，该问题也是我想重点了解的，毕竟，老百姓对扶贫攻坚的参与度直接关系到整个工作的成败。

让我没有想到的是，关于这一问题，驻村的第一天便找到了答案。记得刚刚来到村里的时候，村子里正在建设一个旅游集散中心。数十名青壮年喊着号子、肩扛木料，场面那叫一个热火朝天。村民能够如此积极地参与村集体项目的建设，实在令我意外。

当地的村支书冷朝刚解释说，由于尝到了甜头，老百姓勤劳致富的意识越来越高。“正在施工的‘工人’其实都是我们村的村民，听说这个旅游集散中心能够推动乡村旅游发展，大家的积极性都很高，现在村子里的很多项目都是村民一砖一瓦搭建起来的。”冷朝刚说。

的确，在这里，我没有看到所谓的“等、靠、要”，更没有“托、懒、散”，无论是干部还是村民，都满怀脱贫的干劲与热情，践行着“撸起袖子加油干”的动员令。

通过这次蹲点调研，我深深地感觉到，党的十八大以来这砥砺奋进的五年，带给贫困农村地区的，不仅仅是政策的扶持和资金的倾斜，更有人心和观念的改变。正如当地一名扶贫干部所讲的那样，脱贫虽难，有了干劲就不难！

信仰点亮梦想

个 人 感 言

人民日报记者◎李茂颖

驻村的工作虽然结束，但是脱贫攻坚却不会停止脚步。这一个多月的时间我们与村民们同吃同住同劳动，最重要的是我们心连在一起。不忘初心，砥砺前行，让我们一起为精准扶贫鼓劲加油！

在地方，每个记者心里都有一张活地图，去过哪些地方，采访过什么样的人，也都有一本台账。2017 年 4 月 29 日，我到云南省澜沧县云山村开始了为期一个月的驻村蹲点工作，而这也是我成为记者以来，第一次在一个村寨待这么长的时间。以前采访的时候，我们常常步履匆匆，而这一个月，我几乎停了下来，以一个参与者的身份，切切实实地加入到扶贫工作中来。

云南省深度贫困的地区有不少，集中连片特困地区就占了 4 个，更有很多深度贫困村和“直过民族”、人口较少民族等深度贫困群体，而我这一次蹲点调研的村就是“直过民族”拉祜族聚居的一个村寨。拉祜族的群众很多都是 20 世纪 50 年代中后期才从深山老林中走出来的，生产方式落后，受教育程度偏低，在脱贫攻坚的路上，可以说是最难啃的“硬骨头”。

导致贫困的原因多种多样，有些地方困住人的，是天；有些地方困住人的，是路；而有些地方困住人的，是人本身。之所以会贫困，天时地利人和，总是缺了一样或者几样。我刚到这个地方的时候，也很讶异，当地气候条件优越，土壤也肥沃，比起很多真正的穷山恶水之地，条件可以说好很多，但我所见到的贫困程度却并不亚于那些地方，究其原因也在于“人”上面。

除了基础设施相对落后外，当地提到最多的就是“素质贫困”，而贫困户也成了“等、靠、要”的代名词。跟扶贫干部和村干部打成一片后，他们也说了很多掏心窝子的话，“有 15% 的群众靠自己就能脱贫，在现有的扶贫政策条件帮扶下，也能有 70% 的群众走出贫困，但是剩下的这 15%，还

人民日报记者李茂颖（右）在采访村民

驻村故事：脱贫路，战马坡村不停步

是很难。”

过去，我对这个“很难”其实没有太实质的理解，直到我在驻村期间采访了几个深度贫困户。云山村的下云山小组，可以说是整个村子扶贫的死角，去采访调研的时候，就碰到了很多让我感触很深的事情。一个贫困户，家里还住在篱笆房里，除了养了点鸡和种了几亩茶叶之外，就几乎再无其他收入来源了。我问她想不想发展点别的效益好点的产业，她说“之前搞过，没成功，再搞失败了，就更没钱了”。讲起未来的发展，她有点茫然的双眼让我至今难忘。

为什么扶贫需要攻坚，就在于从贫困到温饱再到小康，这之间的鸿沟与差距，仅仅依靠个人力量，能弥补的实在有限。我们离开的时候，村民小组长送了又送，反复地说，“我们村还是想搞点产业”。

从中国工程院进驻云山村进行科技扶贫试点后，变化在悄然发生，尤其是在冬季马铃薯科技示范基地见了效益之后，过去观望的村民小组长、村民也都找上门来。希望能为自己的村寨找到一个适合发展的产业。来帮扶澜沧县的朱有勇院士也说：“村民们不是不想干、不愿干，只是不知道怎么干。我们干多一点，就能带着他们一起干！”

我们去其他村小组调研的时候，也有村民小组长已经开始自发地带着村民发展产业，跟我们说，“刚刚学会用微信，现在加了很多农业技术方面的群，种植、经营、销售，每天都有好多问题需要请教”。

脱贫攻坚还有很长的路需要走。澜沧县乃至云南省，贫困面还很大，贫困程度也仍然很深，形势不能说乐观。然而也正是这份摆在面前的艰巨，才显示出我们砥砺奋进的意义。只有俯下身、沉下心，才能真正察实情，动真情。只有真正与群众同心同德，我们笔下的作品才能有温度不失力度，有温情又不失锐度。

有一位第一书记的话让我印象深刻，他说：“在少数民族地区扶贫，尤其是我们这样的直过民族区，就是要让他们有梦可做。”一个月的时间如白驹过隙，对于我来说，这一个月的积累、反思带来了沉淀，振奋精神再出发，为了到达梦想实现的地方。

乡村蹲点调研：触摸国家政策抵达的温度

个人感言

新华社记者◎李亚红

通过蹲点调研深刻感受到，国家的“精准扶贫”找准了病症，开对了药方。党和政府对贫困群众的念念不忘，在贫困群众那里必有回响。采访过程中，我并没有引导甚至没有提问，有村民把过去的生活和近几年来村里的变化对比，甚至用“前世”“今生”来形容这种反差。

中宣部组织的“精准扶贫驻村调研”采访活动持续30余天。全国新闻媒体130名记者，分布在110个乡村，沉入乡土中国，接地气、熟民情。“五一”前夕，我到达驻地——河北省秦皇岛市青龙县隔河头镇大森店村。观察国家精准扶贫行动在这个偏远乡村引起的巨变。

同吃同住同劳动的蹲点采访，我的原则是：不耽误当地干部群众工作干活，不引导、不摆拍，在“闲谈”和共同劳动中用心观察体会。蹲点期间，国内部的领导老师给予了我细心的关怀指导，对报道也作出明确要求：调研采访要摸实情，摸清中央政策抵达、贯彻执行的深度；听真心话，掌握村民内心对政策的热度和态度；捕捉到沾露珠、带泥土、冒热气的鲜活故事和语言，让报道带感情有温度。

摸清政策抵达的深度

车进入青龙县地界，车窗外就是望不到边的山垄。青龙县素有“八山一水一分田”之称，山绕着山，山依着山。我住进的大森店村在山沟里，老房子依山而建，用石头垒起高高的房基。村民把房前屋后的山坡，也开垦出来耕种，即使如此人均耕地仍不足 1 亩。

我在村里住了 30 天，和村民共同锄草、种玉米、进蘑菇棚采摘搬运，到五保户、低保户家走访，更多的时候，我是观察者、倾听者。这个村在国家扶贫政策帮助下，从过去穷得“狼进村都要钉掌”、村干部没人当，到 2014 年绝大部分村民住进楼房，2015 年整村脱贫，堪称沧桑巨变。

近年来，村里先后来过 4 个单位的扶贫工作组。工作组的任务是帮助村委会、村民探索致富路，把国家扶贫政策，与村里需求对接，帮村里解决实际困难、发展经济。扶贫工作组协助村委会争取来扶贫项目资金、易地搬迁工程、路面硬化工程……让村里种上了果树、建起合作社、修了路架起桥、完成易地搬迁，“在最不可能创造奇迹的地方创造了奇迹”。

目前，村里还住着来自秦皇岛市科协的“精准脱贫”驻村工作组，主要任务是巩固提升脱贫成果。我和工作组住一起，驻村期间协助工作组搞乡村旅游推介会、组织果树修剪培训班等，这种“贴身”采访，容易真实地了解政策的落地深度，卡在哪里，哪些政策最受欢迎等。

同时，也切身感受到村民对国家扶贫政策的拥护。通过蹲点调研我深刻感受到，国家的精准扶贫找准了病症，开对了药方。党和政府对贫困群众的

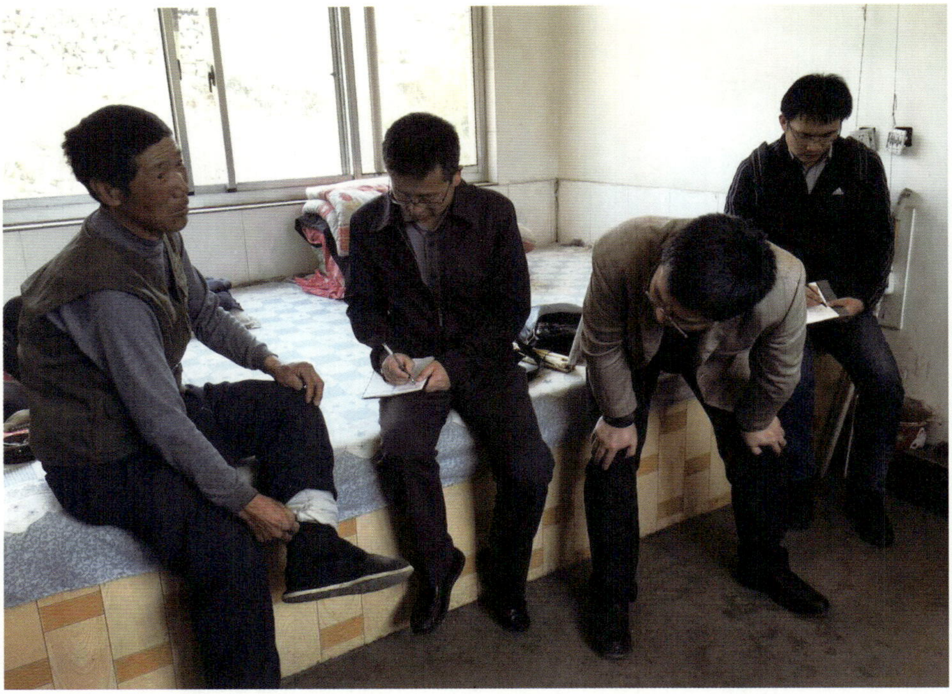

新华社记者李亚红（右一）到村民家中采访

念念不忘，在贫困群众那里必有回响。采访过程中，我并没有引导甚至没有提问，有村民把过去的生活和近几年来村里的变化对比，甚至用“前世”“今生”来形容这种反差。

摸准干部村民的内心态度

大森店村脱贫后，被当地干部称为“在最不可能创造奇迹的地方创造了奇迹”，成为秦皇岛市的典型，参观学习者络绎不绝。“每次记者来，找我采访一下，就走了，都是说好话。”大森店村党支部书记鲍际英说，其实他内心有深深的担忧。他比谁都清楚大森店的今天除了村民的团结苦干外，更重要的是靠众多机关单位帮扶起来的。“如果帮扶的手撤了，很可能出溜滑坡”，这种担忧时刻在他心头。

记者和鲍际英一起进蘑菇棚，陪着他为村小学争取马云基金会“乡村校长资助工程”资助，一起到五保户、低保户家走访等，和青龙县、隔河头镇领导座谈，逐步了解到“脱贫村的危险”和鲍际英的最大担忧。通过稿件《整村脱贫后，为何还要重新出发——一位村党支部书记的担忧和期盼》，以手记的形式表达村支部书记的担忧和记者的观察思考。

首先，村里主要靠种植、养殖，受天气和市场价格波动影响大，收入不稳定。驻村 30 天，记者走访了全部共 16 户未搬进大森店新区楼房的村民，和部分住进楼房的家庭。这些种果树搞养殖的家庭，最担心的都是生病看不起，会因病返贫。此外，担心种植、养殖受自然天气和市场价格影响大，到了梨收获时成天提心吊胆怕刮大风，怕下雹子。稍有意外，一年的收成就没了。村民们盼着找到持续稳定增收的渠道。

其次，政策兜底脱贫的 4 户五保户、17 户低保户，多数长年患病或身有残疾，防止返贫走上致富路的任务还很重。而且，记者入户走访发现，有的村民存在不以穷为耻反以穷为荣的思想。有些家庭争着当低保户，这些家庭有子女，却要和老人分家，老人成为独立的一户但没生活能力，这样就可以参评低保户。村里希望发展集体经济带动这些家庭致富。

再次，过去村里穷没人愿意当村干部，脱贫后村里有了产业，村干部选举竞争也更加激烈。村里家族的力量开始显现，村民存在“谁给烟选谁，谁送面选谁”的现象。而且，村干部一届 3 年，有些村干部存在“头年学，二年干，三年等着换”的现象。村里缺乏稳定可持续的发展规划和带头人。

驻村期间先后发出报道：新媒体作品《驻村扶贫工作组如何带领村民奔小康？翻翻这本〈工作日志〉就明白啦！》，新华社通稿《贫瘠土地开出希望之花——驻村扶贫干部群像扫描》，呈现扶贫干部的苦乐忧思与奋斗；新华社通稿《“井杆要自立”——一个脱贫村党支部书记的心愿》，写对蹲点村的观察与思考。

驻村故事：贫瘠土地开出希望之花——驻村扶贫干部群像扫描

6 月 1 日，我和罗争光、高亢一起完成这次采访活动的综述《激情，在脱贫攻坚一线挥洒——全国新闻媒体“精准扶贫驻村调研采访活动”综述》，稿件中扶贫工作组争取项目奔波与失败后的懊恼，村党支部书记鲍际英带领村民种果树、易地搬迁等故事，都是在一起劳动中获得的。记者到梨园里采访正在疏果的鲍振起、刘海茹，在山坡上栗子树园里采访李翠侠。让他们带着记者到老房子和新房子里看，讲述在这两种房子里不同的生活境况。村民们不善言谈，每次采访都是从农活、过去吃过的苦谈起。

另外，和村民一起到地头，一起吃饭，获得很多鲜活的语言，“宁扶井杆一尺，不扶井绳一丈”，大意是井杆能扶直，井绳扶不起来；“大风刮油炸糕都不知道张嘴”比喻有些村民致富的“志向”还没扶起来；“狼进村儿都要钉掌”形容村里穷的没一条像样的路。这些语言穿插在报道中，给文章增色不少。

村镇干部的“一地鸡毛”与鸿鹄之志

个人感言

新华社记者◎陈昕晔

时至今日，白狼镇的扶贫，与旅游息息相关。无论是村镇基础设施建设，还是引进企业、扶植创业，所有工作都与旅游有关、与生态有关，都是为了依托阿尔山的旅游资源，发展休闲度假林俗文化旅游，将白狼镇建成“林俗雪村、矿泉小镇”。就像林俗村村口牌匾上写的：放下斧头当导游，小康生活不用愁。

地处大兴安岭中段岭南的森林小镇——阿尔山市白狼镇，将旅游扶贫、景区提质升级、特色产业发展结合起来，让环境美起来、让群众的腰包鼓起来。

白狼镇是个小地方，记者来了几天，走在街上已常遇到熟人了，“还要在这儿待多久？”“上我家坐坐”“去过南兴安了吗？”记者在村里转，看见大门开着，喊一声，却可能没人——这儿的人习惯了大门敞开，从来不担心丢东西。

这是一个简单纯朴的地方，也是一个小社会，有千头万绪——尤其是对村镇干部来说。他们管着一方水土，服务常住人口 2000 人。记者经常听到，

驻村故事：大兴安岭林业小镇的脱贫之路

他们在接各种电话：垃圾没地方处理你解决吧；树苗卖不出去，你帮忙找人吧；我家钥匙不见了，咋办……

老百姓会有很多问题需要干部解释，比如这两年精准扶贫政策多，贫困户的认定也越来越复杂，各种情况都有。有人说“为啥他们两口子一个有退休金，另一个还能是贫困户？”干部就得解释，“虽然他们在一个屋檐下，但拿来了离婚证，其中一方没有财产……”

解释通了吗？村镇干部知道未必，他们要求自己必须做到的是根据贫困户认定标准和程序严格把关，把工作做细，也的确删掉了些不合标准的申请人，但小村落就是大社会，有些事，他们也得说服自己。

还有人说“凭啥有这么好的政策，干部们一定得好处了”，又或者嘀嘀咕咕：“这事干不得啊，干了得吃亏”……村镇干部说，有些事就不用解释了，只能靠做下去，让老百姓看到成效。就像如今的林俗村人看到鹿村富起来了，而机会曾经是他们的。

这就是村镇干部的日常，看似“一地鸡毛”，可在每个百姓眼里都是自家大事，哪一件也忽略不得。

采访中记者了解到，这里不少干部是两地分居的状况，家属和孩子在阿尔山市或乌兰浩特。记者和年轻的80后副镇长单玉国、曹香娟、扶贫助理王苏日古嘎接触较多，问他们为什么愿意留在这儿，给出的答案几乎一致：在这儿每个人要做的工作特别多，方方面面更锻炼人；为老百姓做了实事，有成就感；这里干部少，出去培训的机会相对多，可以再提升自己。

立夏大雪纷飞的那天，是个周五，曹香娟傍晚在雪中等客车回乌兰浩特时焦急的样子，让记者觉得偏远地区的基层干部真不容易。

处理好“一地鸡毛”之外，村镇干部还必须有鸿鹄之志。

于际方和孙素娟站在规划图前向记者描述了白狼镇的未来：这里是中心

服务区，是步行街；那里是林俗村整体规划，修旧如旧的林俗度假区；这里是已经废弃的储木场，将复活这些装运设备，重现当年林区生活……

这些也许要10年后才能实现，但于际方说，这些年，多少事人们以为我们是说梦话呢，不是都实现了吗？要有点梦想，才有干劲。

当年的白狼镇什么样？1998年建镇时就在镇政府的孙素娟说，那时没有路灯，也没有自来水，更没有柏油路，到处是垃圾。

一些白狼镇人还记得当年的“桃花汛”：阿尔山雪多，一冬的雪冻积在原有的河道里，形成高于河床的“冰包”。每到春天雪消冰融时，河水就会漫出河床，再加上山上下来的雪水，常常灌进人们的院子和屋里，形成汛情灾情。

“桃花汛”自2011年就没有再发作，为啥？孙素娟说，镇政府利用财政“一事一议”项目资金，建了防洪堤坝。水患解决了，政府的威信也从这一件件实事中得以确立。

2009年，孙素娟担任镇长。她回忆说，自己和于际方一到雨季就不踏实，老得惦记着那些危房，生怕哪间倒了砸了人。也就是从那时开始，他们决心解决镇里村里的危旧房屋问题，2014年启动了棚户区改造工程，已经建成了4栋5层楼，还有几栋在打地基了。

不论村镇基础设施建设、棚改，还是鹿村的种植业、洮源度假新村的建设，白狼镇所有的工作，都在依托阿尔山的旅游资源——发展白狼镇的休闲度假林俗文化旅游，将白狼镇林俗村和鹿村打包建成“林俗雪村　矿泉小镇”……而要协调统筹好这些，村镇干部没点真功夫的确玩不转。

比如引进两家大的矿泉水企业，地从哪儿来？这就是镇政府多年收储下来的。在这方面，林业部门给予了大量支持，白狼镇按照国家规定的程序，陆续收储了土地，才能引进投资，实现建厂……

据白狼镇政府提供的数据，白狼镇已收储土地10块，面积556317平方米，其中已使用3块地，面积95717平方米（分别是汇东一期、二期工程、棚改楼）。于际方表示，这些土地在他们的任上不会被开发，不能做一些短视的事情耽误未来的发展，宁留空白，不留遗憾。

他说，扶贫攻坚，白狼镇也缺钱，但更缺的是管理和运营团队，特别是大投资的进入。旅游业的投资量巨大，有大资金，才能将旅游业、林下产品、旅游产品等整体规划开发，而不是东一块西一块。

根据介绍，林俗村贫困户（46户70人）2016年的人均收入已超过4000元，都享受了相应的教育、医疗保障和安全住房。根据邵孔胜提供的数据，截至记者发稿时，贫困人口中有17人实现了就业，8人创业，18户依靠扶贫借款饲养野猪和鹿获得稳定收益，69人入股林俗村的文化产业公司实现了分红。

数字上，这些贫困户已经脱贫了，但还要经过各级验收。根据国家政策，已建档立卡的贫困户将继续享受扶贫政策至2020年，银行贷款和借款也都是3年循环，这样可以稳固脱贫成果，老百姓积累厚了，才不会轻易返贫。

放到阿尔山市整体中看，白狼镇处于什么样的水平？阿尔山市互联网信息办公室主任、市脱贫攻坚指挥部信息宣传负责人缪国才提供了阿尔山市整体的贫困数据：目前，全市共有建档立卡贫困户548户1239人，分布于明水河、五岔沟、白狼和天池4个镇，其中明水河镇316户778人，五岔沟镇122户271人，白狼镇46户70人，天池镇64户120人。白狼镇是4镇中贫困人口最少的，都在林俗村。

阿尔山市常务副市长、市脱贫攻坚指挥部副总指挥王晓欢向记者介绍说，白狼镇是4镇中产业发展最好的，对其他镇有示范和带动作用。下一步考虑把资源不足、没有自己产业的镇的扶贫项目资金，投入白狼镇的一些村集体产业，让那些镇的贫困户可以在白狼的产业发展中分红。在白狼镇的这些企业，也可以面对整个阿尔山市4镇的贫困户招工，提供就业岗位。

在劳动中体会乡土中国，在调研中感悟新闻人生

个 人 感 言

新华社记者◎高 亢

我们记者应该让“走”和“蹲”成为常态。需要从管理上给记者创造走基层写精品的日常工作环境和机会，建立激励机制，引导和培养记者深入基层、体验生活、调查研究。而最关键最根本的还是我们记者自身观念的转变，走到一线，深入到人民的中间，深切体会“乡土中国”，这次“两百三同”精准扶贫驻村调研活动，使我在实践中受到了深刻教育和启发。

4月底，中宣部组织130名中央媒体记者深入全国110个贫困县的贫困村，同吃同住同劳动，调研脱贫攻坚成效。我有幸可以参与其中，“五一”劳动节前夕，来到吉林省延边朝鲜族自治州和龙市南坪镇高岭村蹲点调研。

作为一个从小在城市长大的孩子，没怎么体验过真实的农村。此次，要在偏远、贫困地区，在农民家住一个月，一起吃一起干活，对于我来说的确是一次挑战，但同时也是难得的深入基层农村一线调研的机遇，有机会真正

切身感受“乡土中国”。

记者蹲点，就应该沉下心接触基层的人物和典型，全方位挖掘背后的故事和主题，大处着眼，小处着手，用感性的笔触去反映真实、火热的生活，通过丰富多彩的形式和正能量内容不断增强新闻报道的吸引力、感染力，这也正是“走转改”带来的一阵清风。

以前采访，经常接触各级干部，但深入了解扶贫驻村干部，还是第一次，也让我对驻村干部有了全新的认识。

我在高岭看到，通过与驻村干部们朝夕相处，我发现，无论是省里或是市里派来的干部，都有一个特点，就是把高岭当作自己的家，把村民当作自己的亲朋好友，“回城”在他们之间的说法是：“去城市，回高岭。”省里派来的 9 位帮扶工作组干部，2016 年平均每人在高岭地区从事扶贫工作都超过

新华社记者高亢（左）采访村民

189 天；和龙市下派朝鲜族干部，在村里为百姓忙活旅游产业项目，忘记了约定好的生日回家团聚；扶贫干部群体集体垫钱为村里产业项目发展铺平道路……

驻村故事：高岭脱贫记：一个贫困村的“三级跳”

以往我心目中对基层干部常常留下“脸谱化”印象，大腹便便，胡子拉碴，基层干部被“妖魔化”，这实际上是由于对他们缺乏深入的沟通，缺乏实际的了解和真诚的认同。

眼前这一桩桩一件件基层干部的扶贫故事，我看在眼里，记在心间。扶贫干部舍小家顾大家、兢兢业业履行自己职责的精神和故事鼓舞着我。通过这次基层蹲点调研，我看到了基层干部朴实、勤奋的工作作风、工作态度，自己深受感动。

平日采访，往往节奏太快，一般都是直奔主题，与被采访对象交流半个小时到一个小时，就会采取“短平快”的形式收获需要的信息，半天一天，就结束一次“基层采访”。

这次大不一样。来到高岭村后，我向村部申请了一辆山地自行车，先漫山遍野走了个遍，没路了就蹚着泥地继续前行，几乎走遍了高岭村的大部分地区，和村民们渐渐熟识，跟他们学习当地生活习俗，跟着他们到山里和路边摘野菜，跟着他们到田里播种耕地，不善言谈的他们，话也越来越多。

我在村里，几乎每顿都是在贫困户孙立霞家中吃的，养成了进屋脱鞋就上炕的习惯。起初，孙大姐害羞怕自己不会说话，几乎就是一个“沉默”的人，不敢和我说话，我就在她做饭时，经常打下手帮忙，还跟她一起到山里摘野菜；在她的院子里种菜翻地。一来二去，孙大姐就消除对我的陌生感，成了无话不谈的忘年交。连她家的狗——“毛毛”都认识我了，不但见到我再也不狂叫了，而且还会主动过来示好“求关注”。

孙大姐毫无保留地将她种地窍门传授给我，并带我一起干农活：播种、做垄、翻地和插秧，我从一个对农活一窍不通的“门外汉”，转变为略知一二的“内行人”。

要想当好一名记者，就要成为“杂家”，做到“见了秀才会说书，见了屠夫能说猪。”作为一名年轻记者，只有沉下身子，真正到基层去接地气，与社会各界群众交朋友，拜他们为老师，才能学到许多书本上学不到的知识，写出有深度、有水准、有温度的新闻作品来。

此行最为有特点的融媒体报道，莫过于倾力制作了视频短纪录片——《舌尖上的高岭》。这部片子的创作灵感，就来自于高岭村炕头的饭桌上，我和村民一起吃饭聊天时，偶然间了解到村里将马上迎来第一批游客开展旅游农家乐，而突发奇想从民族传统美食角度入手，以“纪录片 +”图文并茂的形式来呈现脱贫攻坚给高岭村带来的巨大变化。于是，我带着延边电视台摄制组几名视频记者，在朝鲜族大妈家里，拍摄了大半天，后经过精心打磨、剪辑，将一个原汁原味、充满乡土气息的高岭搬上互联网，社会反响热烈：客户端浏览量近 50 万；单一视频链接的微博阅读量轻松突破了“10 万 +”。

网友纷纷表示，也想去高岭走一遭，体验民族美食，看看秀美边疆山水风光。新媒体的魅力就在于此，只要有充实的素材，运用接地气的手法，以往很“正”的题材，也可以吸引公众眼球，博得喝彩。

认识了若干种山野菜，学会了几手农活。精准扶贫驻村调研——“走转改”的又一次深化，使我的报道更加接地气，夹杂着乡土的气息，更富有感情。能站在新的视角、新的高度，更深刻地领会到我国在脱贫攻坚、发展农村经济、惠及民生所作的战略部署以及付出的努力和情感，为提高新闻业务能力和创新思维发展开拓了思路，奠定了良好基础。

呼兰河畔的蹲点笔记

个人感言

新华社记者◎张　彬

兰西县有最肥沃的寒地黑土，农民人均占有的耕地也不少，兰西县毗邻哈尔滨，属于哈尔滨一小时经济圈，这样一个地方却是国家级贫困县，其贫困程度之深、贫困面之广令人难以想象。虽然因病致贫是这里贫困户致贫的主要原因，但是相当部分农民有“等、靠、要”思想，等着政策兜底。另外，一些扶贫干部缺少能动性，他的脱贫工作就是把贫困户往各种政策上靠，脱贫没有可持续性。兰西县要打赢脱贫攻坚战，从干部群众到贫困户都需要转变观念，改掉政策依赖症，发挥寒地黑土的地理优势，调整种植结构；发挥毗邻哈尔滨的区位优势，承接哈尔滨转移的产业，用产业带动群众致富。

5 月的呼兰河静谧而悠长，拉哈山蜿蜒起伏，已显葱绿。在这里，凌晨 4 点多天就蒙蒙亮了。呼兰河西岸的农民早早起来，做饭、收拾农具、下地干活，这是一年中的农忙时节。因位于呼兰河西岸，黑龙江省兰西县因此得名。虽是寒地黑土之都，作为传统农业大县，由于玉米价格持续低迷，农民丰产不丰收，加上一些贫困户患有大病，脱贫任务艰巨。在静悄悄的呼兰河畔，

新华社记者张彬（中）采访村民

一场脱贫攻坚战已经打响，我在此蹲点，记录着、感动着、思索着。

兰西县目前有贫困户13924户，贫困人口33892人。兰西县的贫困户80%以上是因病致贫。一场大病就把一个家庭拖入贫穷的深渊。给我留下深刻印象的是两个大病降临的家庭。

义发村小杜窝巴屯村民于友水之所以令人感动，是因为他属于身残志坚不甘当贫困户的典型。他家两口人，他今年63岁，家中有9亩地，为了看病筹钱早就流转出去了，目前外债有40多万元，两口子都有心脏病。于得水1996年在铡草的时候被机器吞进去一只手，在2012年得了心脏病，吃的都是进口药。现在于得水身上有两个导管，一个导管就2.3万元。老伴赵喜坤心血管狭窄了70%，吃的也是进口药，而进口药又不能报销。两口子每年吃药花费2万元，今年春节期间光看病花费十几万元。他自己一身病，还坚持劳动。记者去他家采访时，是他刚出院回家才 3 天，出院回来就开始干活。从医院出院的 3 天，他刨了一垛树根，堆满了院子，够烧一个冬天。家里没有一亩地，但是于友水 2016 年捡玉米捡了 5000 斤。

驻村故事：深怀家乡情 扶贫凤还巢——那些回乡的致富带头人

王学宾是爱民村李六窝卜屯村民，今年 64 岁，他是记者前后两次采访的贫困户。第一次采访是在他家里，当时他右腿已经截肢，左腿不回血，憋得紫红紫红的，脚指甲已经坏掉。他是去年突然得的病，看病花了十几万，由于没有上新农合，看病钱也不能报销。他老伴是肺癌，家人都没敢告诉她，一直在吃药，去他家采访前，村干部还特意叮嘱不要问他老伴的病情。第二次采访王学宾是在医院，他的左腿也已经截肢，双腿皆无，躺在床上，就像半个人似的，看了令人伤心。

面对这样的家庭，要想让他们脱贫，一要靠他们自己坚强起来，二要靠产业扶贫。扶贫先扶志，谁去做这个“说客”？如何调动扶贫干部的积极性和能动性？兰西县通过“红色基因工程”，让县乡干部回到本村本土开展帮扶，发挥各自优势，帮助贫困户致富，取得良好效果。目前，全县有 2253 个股科级以上的干部回到本乡本村帮扶。

黄景升 1965 年出生在长岗乡长春村永发屯，目前是兰西县民政局局长。“红色基因工程”实施后，他来长春村当第一书记。“干部回到家乡，接地气，帮扶效果也好，工作更好开展，主观能动性发挥得好。农村出去的孩子，老百姓期望值高，干部也自愿，不给老乡做点事情都觉得不好意思。”黄景升说。

产业扶贫是抓手，兰西被称为“中国亚麻之乡”，目前全县有亚麻企业 300 多家，亚麻制品国内市场占有率 87% 以上。兰西还是“中国东北民猪之乡”。兰西县在进行产业扶贫过程中，把亚麻、民猪、蔬菜、文化旅游、“互

联网 +”五大产业确定为兰西脱贫主导产业，将产业升级与贫困户形成链接。

感动我的还有投入到脱贫攻坚战的年轻干部。在黑龙江省财政厅工作的马国泽，今年 32 岁，2015 年被派到贫困村黑龙江省兰西县兰西镇林盛村做第一书记。刚来时大家都不相信他，认为他一个书呆子来农村干啥。到村里后，他换上迷彩服和胶鞋，挨家挨户走访。林盛村目前有贫困户 27 户，基本上都是没有劳动能力的。马国泽不但为村里拓宽道路、装上路灯、修建大棚，还带来新的思想，带领老百姓调整种植结构。他意识到要想让他们脱贫得依靠产业，就带领村民成立了呼兰河右岸谷物专业种植合作社，服务涵盖果蔬、禽蛋、杂粮等。

在马国泽的带领下，村里党员会开得多了，党的组织生活过起来了，凝聚力战斗力明显增强，去年还发展了一名新党员。

采访本多了两个问题

个人感言

新华社记者◎李坤晟

习近平总书记提出，俯下身、沉下心，察实情、说实话、动真情，努力推出有思想、有温度、有品质的作品。

作为一名新闻工作者，只有行走在田间地头上，才能时时不忘自己手中的笔该书写怎样人和故事，自己肩负怎样的使命。

近两年，我常跑在脱贫攻坚报道的第一线。但在贫困村扎根一个月，和当地百姓同吃同住同劳动的经历还是第一次，获得的采访体验也与过去完全不同。

作为一名编辑，过去跑脱贫报道，要么是在媒体的已有报道上找线索，要么是和新华社分社的同事沟通，从他们提供的信息中，寻找报道主题和新闻点。然后，我再带着问题去采访报道。

但此次一切截然不同。

在安徽省石台县河口村，和村干部一起走街串巷，和老乡一起下田劳作，我并不知道每天会遇到什么值得报道的线索。怀着对未知的好奇，踩着泥土

新华社记者李坤晟（右）在农田采访村民

寻找新闻。最初的采访线索不再是来自媒体和同事，而是来自自己和采访对象的直接对话及亲眼所见。所看、所听、所思都来自我自己第一手的资料。这对一名新闻人而言，是珍贵的体验。

一个月的时间很快过去，自己在业务上也颇有收获。比如，在未来的脱贫攻坚报道中，我的采访本上就会更加关注集体经济发展和生态环境保护的问题。

通过对河口村的调研，我开始思考集体经济在脱贫攻坚中的重要性。这是我过去的扶贫报道中的一个盲点。

河口村成立 7 年，村集体经济收入却从来都是零。在打响脱贫攻坚战前，村干部也好，村民也好，没有谁觉得这是一个问题。原因很简单，旁边的村子不也一样吗？

但帮扶单位和驻村书记改变了这个小山村。从 2014 年 10 月开始，帮扶单位领导就要求必须解决村集体经济为零的问题。

一开始，驻村书记也不知道这么做的意义在哪儿。但他还是带领村干部，直面矛盾和村民沟通，盘活了沉寂 7 年之久的 500 亩林场，为村集体带来了第一笔收入。

当村里的合作社发展到一定程度时，合作社又及时从完全让利给社员，转变为村集体、合作社和社员按 4∶3∶3 比例分红的模式。

为什么这个小山村在脱贫攻坚的道路上，如此重视集体经济的发展？

通过调研，我发现——

贫困户自身力量非常弱小。只有在集体经济的带动下，才能扩大规模，才能增强抵御风险的能力；只有集体经济发展了，村干部才能在带领乡亲们在发展的道路上更加游刃有余地前行；在带动当地建档立卡贫困户脱贫致富方面，有集体经济入股的合作社，也更有积极性和主动性。

在河口村的一个月，我终于明白了习近平总书记在《摆脱贫困》一书中提到的“有的同志说，只要农民脱贫了，集体穷一些没关系。我们说，不对！不是没有关系，而是关系重大”这段话的重大意义。

除了对集体经济的理解，通过在河口村的调研，我还对“绿水青山就是金山银山”有了全新的感悟。

过去，我更多是从保护生态发展旅游这方面去理解这句科学论断。却从来没有把这句话和脱贫攻坚联系在一起。

因为我在河口村驻点调研时，正值中央环保督察组进驻安徽。一时间环保的问题，成为乡亲们和当地干部们的焦点话题。

尤其是河口村邻村的一位脱贫致富带头人，在 4 月初刚刚获得了安徽省劳动模范的荣誉，4 月底却因为养猪场的环评问题成了反面典型。

例如，河口村发展食用菌种植时舍弃木耳选择平菇和香菇，一个原因就是帮扶单位考虑到，村民们长期种植的木耳，在菌棒制作时要大量砍伐被生态保护的阔叶林。

我发现脱贫攻坚和生态保护息息相关。在接下来的脱贫报道中，我的问题本上又多了一个思考的角度。

驻村故事：一个合作社的扶贫发展样本

在扶贫脱贫路上点亮一盏媒体的灯

个人感言

新华社记者◎王作葵

从事新闻工作20余年，第一次走进农村，第一次近距离地观察贫困，第一次真切地感受到贫困这两个字的重量。然而，仅仅描写贫困、感慨贫困是远远不够的。脱贫是一场伟大的实践，媒体和记者不但要做观察者和记录者，更要成为这场伟大工程的参与者。

第一次在地图上找到岔山村的时候，我感到疑惑，这样一个远离城市的偏僻山村会有人去旅游吗？

广西富川瑶族自治县地处桂湘粤三省交界处，是集“老、少、边、山、穷”于一体的国家扶贫开发工作重点县，而岔山村则是全县最贫困的村落之一，全村224户居民中有100户是贫困户，贫困发生率将近40%。

以前为了耕田，岔山村养了很多牛，穿村而过的石板路上到处是牛粪，碰到雨天几乎没地方下脚。所以人们把这里叫作“牛屎街”。

在富川县采访的日子里，记者发现了一个规律，饲养耕牛多的村落往往是贫困村，家里没有玻璃窗的农户很多都是贫困户。

变化发生在短短一年内。依托“潇贺古道入桂第一村”的历史地理优势，岔山村打造“古村落 + 美食”乡村旅游产业，2016 年下半年接待游客超过 7 万人次。昔日的“牛屎街”变成了“旅游街”“黄金街”，小小的岔山村创造了一个不小的“奇迹”。

在岔山村的美丽蜕变中，媒体发挥了点石成金的作用。2016 年 6 月 13 日，村支书杨志魁的爱人和村里 6 家贫困户一起创立的油茶店开张营业，主打油茶、梭子粑粑等当地传统小吃，这是岔山村近几十年来设立的第一家旅游餐饮设施。

然而，开业后却是门庭冷落，做好的粑粑卖不出去，又不能久存，只好拿去送给亲友。是传统媒体的推介与新媒体的传播让梭子粑粑和岔山村

新华社记者王作葵（右）采访为蝴蝶歌作出贡献的柳世莊

驻村故事：广西富川：农家土鸡蛋里的脱贫故事

红火了起来，周围的人们不仅自己来旅游，还一次又一次地带着亲友一起来，并且颇为骄傲地说：“这个村上过媒体，这就是报道里说的那个梭子粑粑。”

梭子粑粑火了，常常供不应求。乡亲们的眼睛亮了，看到了致富的希望。一座座堆柴放草的老宅被打扫干净开张营业，米豆腐、凉粉、米酒……更多的美食相继推出。现在，岔山村又在修建游客服务中心、发展观光农业，他们的目标是在新的一年里实现全村脱贫。

中国农民是不轻易向贫困屈服的一个群体。他们起早贪黑，他们汗流浃背，用自己的勤劳和智慧一次次向贫困发起冲击。莲山镇下坝山村民麦家四在荒山上种竹子办鸡场，让土鸡蛋成为“网红”；矮岭村村民何元志用稻草编织草绳，变废为宝……希望明天能比今天过得好，希望孩子能比自己活得好，这种对“好日子”的期盼激发出脱贫致富的强大内生动力。

然而，脱贫的道路并不平坦。“黄金瓜大王”毛献初，因一场暴雨损失数百万，在感慨天灾的同时，他更后悔当年只读到小学三年级，没有掌握大棚搭建与果蔬种植的知识和信息；青年农民杨元，2015 年种植包菜，每斤赚到 1 元多，第二年市场行情大反转，收购价还不够支付收割人工费和运输费，只能眼看着成片的包菜烂在地里。

自然灾害、病虫害、价格波动……随时可能使辛勤的耕耘化为乌有；疾病、超生、道路不通……都有可能都会成为致贫的诱因。

随时面临着风险，时常在摸索中前行，这是很多农民生活的真实写照。除了资金、设备、基础设施，他们也渴望得到媒体和信息的支撑。

4 月底离开北京时心里还在犯嘀咕，有必要在村子里待那么长时间吗？但一个月后踏上归程的那一刻，却分明感受到一种留恋和不舍。34 天同吃同住同劳动，不是简单的农家体验，更不是游山玩水。走进贫困户的家，看到他们过早苍老的面庞、简陋的土墙和漏雨的房顶，特别是看到生活在那里的孩子们，心里五味杂陈难以言表。当贫困户的创业取得了成功，又会发自内心地为他们喜悦和点赞。渐渐地，我们的情感与农村找到了同步的节拍。我们看到的，是乡亲们为生存、为摆脱贫困而奋力前行的脚印；我们感受到的，是一种使命的召唤——与他们同行，为他们点亮一盏媒体之灯。

我在贫困乡村找到新闻富矿

个人感言

新华社记者◎申　宏

扶贫工作的复杂性超乎想象，从贫到富不仅是从老房子到新房子这么简单直白，需要的是从物质到精神量变、质变，甚至人性层面的升华。

4月25日晚，我拿到“双百三同”精准扶贫蹲点调研采访活动安排表，得知自己被派往五指山市番阳镇番阳村，安排表上对番阳村的介绍只有一句话：“黎族聚居地和2018年计划脱贫出列的村庄”。我第一时间在百度上输入“五指山　番阳村”，希望能找出一些关于这个村庄的信息，但是搜索结果除了一个地图位置，没有其他任何相关内容。当了16年记者，这还是头一次要花一个月的时间待在一个“名不见经传”的乡村里，我的内心不免疑惑，这到底是怎样一个村庄？作为一名摄影记者，我能拍到什么？有那么多可报道的新闻吗？

从北京出发，经过飞机、汽车连续近12个小时的行程后，4月30日傍晚，我抵达了番阳镇番阳村。通过与当地干部群众的交流，我对番阳村有了初步了解：这是一个有 9 个村民小组、767 户 2683 人的山村，建档立卡贫困户 195 户 775 人，是五指山市“十三五”扶贫规划整村推进贫困村之一。

驻村故事：老房子与新房子——五指山番阳村贫困户危房改造影像记

从 5 月 1 日开始，我走进农户的家中、走入田间地头、走进养猪场、养鹅场、养鱼场、蜘蛛养殖场，和乡亲们一起分鹅苗、采收秋葵、收割水稻……把镜头对准正在用最高的热情投入到脱贫攻坚工作之中的干部群众，我很快发现，我之前的担心是多余的，乡村的天地如此广阔、新闻素材鲜活而丰富，我的相机快门频频闪动、无人机频频起降飞翔，一幅幅生动的画面被定格下来。

随着驻村的深入，我了解到自 2016 年以来，番阳镇开始将贫困户危房改造作为番阳村脱贫攻坚的着力点，大力推进解决贫困群众“安全住房保障”问题，2016 年番阳村共有 44 户贫困户进行危房改造、建起了新房。2017 年计划 40 户贫困户进行危房改造，大部分已经动工。我用 10 天的时间陆续走访了番阳村 12 户已经建起新房的贫困户，与贫困群众聊天，了解他们建新房前后的生活状况，为他们在老房子和新房子前留影，拍摄成图片专题《老房子与新房子——五指山番阳村危房改造影像记》。

采访中我注意到，由于各户的具体条件有所差别，建房进度各有不同，条件好一点的对新房子进行了装修装饰，条件差一点的房子一封顶就入住了。从外观上看，并不是每一户的新房子和老房子都会有一目了然的鲜明对比，我一度想将那些对比不够鲜明的照片拿掉，但转念一想，作为一名摄影记者，我的职责就是把最真实的状态呈现出来，脱贫攻坚不仅是从老房子到新房子那么简单直白，这些最真实的影像，恰恰能表现出脱贫攻坚的渐进过程、体现出扶贫工作的复杂性与长期性。

“多亏国家的扶贫政策好，没有政府的帮助，根本盖不起新房子。”这是

新华社记者申宏（左）在番阳村忧遁草种植基地采访

我在采访中听到贫困群众说得最多的一句话。乡亲们用自己最真诚、最质朴的语言表达着对国家扶贫政策的感激、表达着对脱贫致富的信心和对未来美好生活的向往。

番阳五村的贫困户罗海杰，原来的老房子是与父母、兄弟合住的瓦房。他和妻子、两个孩子挤在 10 多平方米的一间破旧的小屋内，2016 年政府补贴 4.5 万元，建成 120 平方米的新房，在自己的新房前拍照时，罗海杰露出灿烂的笑容，他动情地告诉记者：“国家已经帮助了我们很多，虽然现在困难还有一点，但能克服，好生活还是要靠自己努力去争取。”

53 岁的刘泽强是番阳四村上任村委会主任，也是番阳四村建档立卡贫困户，之前全家 5 口人挤在 20 平方米的瓦房中生活。2016 年政府补贴 4.5 万元建起 80 平方米的新房。他说：“当贫困户不是件光荣的事情，现在最大的愿望就是带头致富。”2017 年他从信用社贷款 15 万元，开始搞养殖，还计划着带动村里的 3 户贫困户一起干。

在番阳四村走访的过程中，我结识了 28 岁的村民刘福财。这是一位不善言谈的小伙子，然而他却在2016年说服全家人，将原先准备盖新房子的12万元拿出来，建起占地300平方米的沼气生态循环豪猪养殖场。以“政府+合作社+贫困户”为模式，带动番阳三村、四村共27户贫困户参与豪猪养殖。面对镜头，刘福财说出自己的愿望：“我不仅要带动贫困户脱贫，还要带着大伙一起致富奔小康。”

就是这样一位位朴实的群众，给我提供了丰富的采访素材，也让我看到了中国农村的希望与未来。

驻村调研采访紧张而充实，一个月时间转瞬即逝，期间我发表了16组108张图片通稿，这些图片记录下政府为帮助贫困群众脱贫致富作出的努力，记录下基层干部群众坚韧不拔、自强不息的奋斗，记录下乡亲们住上新房、领到分红款时的喜悦，见证了在中国最基层的农村正在发生的可喜变化。这些图片被人民日报、新华每日电讯、工人日报、新华网、人民网、光明网、中国政府网、中国青年网、中国经济网、中国网、中华网、环球网、央广网、澎湃新闻等众多媒体广泛采用，其中两组稿件在新华社客户端浏览量超过100万。《老房子与新房子——五指山番阳村贫困户危房改造影像记》《五指山：因地制宜养殖蜘蛛　助力贫困户脱贫致》《海南农民端午收稻忙》三组稿件在海媒平台上播发后，海外网友对中国政府的扶贫政策给予了积极评价。

离别之际，我再次在百度上输入“五指山　番阳村”，搜索到的是连续十几个页面关于番阳的新闻报道。看到网上一张张我拍摄的反映番阳干部群众努力脱贫攻坚的图片，我很欣慰，我在海南岛一个贫困乡村里挖到了新闻的富矿。

易地扶贫搬迁先要解心结

个 人 感 言

新华社记者◎高 洁

脱贫攻坚的工作让党进一步密切联系了群众，党群关系上升到新高度。脱贫攻坚需要基层干部“绣花”的功夫，一次次的来，一次次的聊，打开困难群众的心结，让他们有拔穷根的勇气和信心。

对于贵州的贫困情况，我曾经听过很多描述和故事，也看过很多同事们的报道，真正走到山里亲眼所见时，才明白想象力是匮乏的。

怎么还会有那么穷的地方和人呢？当地干部之前都做了什么？每每在朋友圈发出了解到的贫困情况的照片和描述，下面的留言基本就集中于这两个问题。

中国最贫困的角落有多穷？有一个村子因为太偏远贫困，村里人长期的内部通婚导致村里半数以上的人有不同程度的残疾；有的妇女看起来 30 岁出头，电视看不懂，连自己多少岁都说不出来，更别提说普通话和识字了；有些村民家里孩子多，土豆就是长期也是唯一的伙食……出门得攀岩、喝水要看天，没有积蓄和文化的困难群众根本无力承受任何一丁点的变故，生病、事故、干旱、寒潮都足以将他们原本就踉跄的生活击倒。

基层干部真的很辛苦，这么多年办低保、修路、拉项目等已经让很多群众受益。但在贵州，还是有一些地方，当地石漠化严重的恶劣条件造成了“一方水土养不起一方人”的现实困境。前文描述的那样的家庭成员构成和家庭状况，是奔小康中最难啃的“硬骨头”，帮扶上需要精准再精准。

新华社记者高洁和留守儿童走在放学的路上

脱贫路上不能丢下一户困难群众，如何斩断穷根？易地扶贫搬迁是有效措施。贵州省政府 2017 年度需要易地扶贫搬迁 18.1 万户 75.2 万人，涉及 50 户以下、贫困发生率 50%以上整体搬迁自然村寨 3603 个。

长期以来，生活居住在大山里，恶劣的生存环境就像铜墙铁壁。面对易地扶贫搬迁的政策，一些贫困户，却不想搬。

他们不想搬出祖祖辈辈生活的地方，顾虑多种多样，有的人担心自己传统的风俗习惯不能得到传承，有的人担心自己无法融入新的生活，怕搬到城里被人看不起、过不下去。

面对易地扶贫搬迁这个大主题，当地政府既搬出精准扶贫户的人，也搬

新华社记者高洁（右）在村民家中采访

出他们的“神”，也就是搬出群众的“乡愁”，在易地扶贫搬迁中既保住生态，又保住文化，还培养人才。注重将文化遗存、民族风俗、传统工艺一同搬出大山，融入文化产业链，让搬迁群众记住“乡愁”的同时，实现稳定发展。

在村里走着，几乎所有人都热情地招呼我进家坐坐，邀请在家吃饭。尽管有些时候，他们并不知道我是记者，即便知道，也不太明白是干什么的。这种朴实的热情是他们长久以来与不多见的“外人”的相处方式。

不过，也有一些困难群众早就渴望着快一点迈入新生活。

“6 月就是我们搬家的日子，在镇上打工的孩子就把房租交到了 5 月底，我早就盼着搬了！”贵州省黔西南州贞丰县北盘江镇银洞湾村水淹坝组的娄大英告诉记者。

眼看花江河，有水喝不着；姑娘往外跑，媳妇讨不着。要吃大米饭，只有大肚婆。”这曾是银洞湾村的真实生活写照。

娄大英的同乡张明进也同样盼着早日搬进镇上的安置点。因为他们夫妇二人都有残疾没有劳动能力，多年来都靠政府的低保维持生活。

“我们唯一的女儿如今在镇上上中学，搬到镇上后娃娃回家的路费就省下了。”张明进说。

驻村故事：荆棘、草丛、乱石山，新华社记者跟着留守儿童走一程放学路

同样隶属于黔西南州的望谟县打易镇，地质灾害成为常年影响百姓们的生产和生活的重要因素。通过生态补偿扶贫的方式，陡坡种植杉树、缓坡种植经果林、林下养殖土鸡，困难群众实现了脱贫，绿水青山得到了保护。

发展生产脱贫一批，易地搬迁脱贫一批，生态补偿脱贫一批，发展教育脱贫一批，社会保障兜底一批。直击并亲历于脱贫攻坚战的最前线，记者见证着“五个一批”如何帮助中国数千万贫困人口摆脱贫困，凝聚着党和政府智慧结晶的这一工程，也正在成为人类历史上最鼓舞人心的伟大创举。

扶贫工作如何下“绣花”的功夫

个 人 感 言

新华社记者◎李 放

没有调查就没有发言权——这是我们熟知的一句话。在如今这个信息爆炸的“快进”社会中，想要踏踏实实地做到这一点确实不易，但作为一名记者，调查研究是我们安身立命的看家本领，只有深入到最基层、花大量的时间了解问题、琢磨问题，才有可能真正做好调查研究。

贵州省黔西南布依族苗族自治州位于黔滇桂石漠化连片贫困区腹地，这里山高谷深、土地破碎，由于严重的石漠化侵袭，这里的山是石头山、路是石头路，漫山遍野白花花的石头似乎淹没了这里的一切——这也就意味着易地扶贫搬迁是这里脱贫攻坚的主要路径。

驻村调研出发前，我搜集了大量关于易地扶贫搬迁的材料，希望能够对报道有所帮助，但经过驻村调研，我却发现此前大量关于易地扶贫搬迁的报道和政策与基层的实际情况有所出入。

新华社记者李放在乱石山中穿行

目前绝大多数易地扶贫搬迁的报道和政策关注的点在于“贫困群众搬出来后住在哪里、靠什么为生”，甚至很多人认为只要为贫困群众在县城找好房子、找好工作就万事大吉了，但却忽略了一个前置条件，贫困群众愿不愿意搬？

茶际村一组是一个“困”在石头堆里的苗族村寨，村子位于贵州省晴隆县北部山区的茶马镇，想要从镇上到茶际村一组，需要在乱石山爬一个多小时才能到。由于石漠化严重，想找一块平整的土地成为全村人的奢望，村民们只能在巴掌大的“石眼地”上讨生活，一棵棵玉米几乎都是从石头缝里长出来的。当地政府把这个村寨认定为整体搬迁村寨。

但即使自然条件如此恶劣，很多村民依然不愿意离开这个地方。一方面是前些年因为计划生育等问题，基层干部简单粗暴的作风使老百姓对党和政府的信任降到了谷底；另一方面则是这些贫困群众一辈子都是面朝黄土背朝天，乡村文化和农业文化已经在他们心中根深蒂固，一下子让他们搬进城，工业文化和城镇文化带来的巨变使他们难以接受。所以问题的关键就是在于基层干部如何做好群众工作，消除贫困群众的疑虑、解决他们所担心的问题，而不是自上而下地实施易地扶贫搬迁。但这个角度在此前的扶贫报道中却鲜有提及。

在随后的稿件中，这个观点得到了肯定。而给予我这个观点启发的则是当地一批基层干部，他们提出易地扶贫搬迁要与贫困群众“共商、共识、共建、共担、共享”，凡事要和贫困群众商量着来，尽一切努力解决他们最关心的问题。为了做通一户贫困群众的搬迁工作，当地基层干部竟然和这户贫困群众开了 48 次“共商会”，面对面、一遍又一遍地和这户贫困群众算搬迁账、未来发展账。

当地一名基层干部告诉我，习近平总书记曾提出扶贫工作要下“绣花”的功夫，最初他们也不理解，但经过这样一轮又一轮、一遍又一遍和贫困群众的“共商”，他似乎渐渐理解了“绣花”的功夫该怎么下了。

对我而言，这句话给了我非常大的启迪。作为一名记者，如果不能跟随他们的脚步一次又一次地和贫困群众面对面谈心、不能和贫困群众同吃同住同劳动，又怎能真正听到来自贫困群众内心的声音？我们的扶贫报道何尝不需要下一番“绣花”的功夫？

在随后近一个月的调研中，为了真实地反映和记录下大山深处的脱贫攻坚，我徒步翻越了 6 座乱石山，走了几十公里的乱石路，见到了奔走在“石头刺”上的基层干部、“挂”在山坡上劳作的村民、陪孩子翻山越岭的老师和踩着乱石求学的孩子……虽然艰苦困难，但我却从内心深处感受到了大山深处贫困群众身上的那种乐观、顽强以及他们对脱贫致富的渴望和他们身上的那股冲劲儿。

说来有些惭愧，参加工作以来，我很少因为一篇稿子或一组报道要走过这么多路、流过这么多汗，但写稿的时候才

驻村故事：在石头上飞舞的人

真正感受到，稿件中的每一个字都让我感到如此的踏实。

没有调查就没有发言权——这是我们熟知的一句话。在如今这个信息爆炸的“快进”社会中，想要踏踏实实地做到这一点确实不易，但作为一名记者，调查研究是我们安身立命的看家本领，只有深入到最基层、花大量的时间了解问题、琢磨问题，才有可能真正做好调查研究。

短短一个月的驻村调研一晃而过，但给我留下的却是让我终生受益的财富。

三益村人的“太石精神”

个 人 感 言

新华社记者◎邹　乐

不到定西不知西北之苦瘠，茫茫的黄土高原梁峁，让水迅速流失，让人叹行路之难，然而这种艰苦的自然环境，也塑造出当地人坚毅的品格和顽强的生存能力，生命的力量在三益村、在定西大地是如此的令人澎湃。

在我入驻三益村的那一天，这个位于黄土高原西部定西市临洮县太石镇的小山村下起了雨。“这场雨下得好啊，邹记者你给三益带来了春雨，贵如油啊。”三益村主任龚志荣打趣道，透过窗户他看着淅沥沥的小雨打湿院子的地面，露出欣喜的笑容，而他的母亲则将家里的盆盆罐罐放在屋檐下，接着这难得的甘露。

缺水，是我对三益村最直观的感受，尽管村里已经通了自来水，但村民们视水如金的生活习惯并没有改变，从日常起居到灌溉土地，三益村人用水用得都格外仔细，而三益村的大步发展，也是从打下第一口井开始的。

带领村民们打下改变生产生活窘境的第一口井的人是村主任龚志荣，这个回乡创业的“千万富翁”是个黢黑的脸上透着高原红的西北汉子，也是三益村脱贫致富的带头人。

如何带领村里人脱贫致富，龚志荣有着自己的规划，从设施农业到现代观光农业，龚志荣给规划的未来是离这里100多公里的省会兰州的“后花园”和“菜篮子”，而目前，三益的发展还处在起步阶段。

“后花园”就必须有花有树，而走在浮土起舞的黄土高原的梁峁之上，中午的太阳晒得人都没有精神，如何在这日照强烈、水源短缺的地方种活树，种好花，龚志荣和三益人已经失败过两次，总结教训之后又开始了第三次尝试。

“菜篮子”就必须有菜，三益村如今已经建起了110多个蔬菜大棚，而

新华社记者邹乐采访80岁的独居低保老人

新华社记者邹乐（左）和三益村村主任龚志荣（右）一起清理尚未回收的废旧地膜

目前村里常住村民主要是“三八六一九九”部队，即妇女、儿童和老人，如何操持这需要大量人工劳动的蔬菜大棚，如何吸引到更多的劳动力回乡就业，三益人在探索。“坛场（临洮方言：意为事业、基础）已经有了，现在就是要转变村里人的观念，吸引更多的劳动力回来务工。”村支书张正忠说。

56岁的龚成梧从一名农民转型成为羊场的工人，得益于三益村招商引资引进的“益农养殖专业合作社”；67岁的贫困户龚大森能在猪场打工增加一笔收入，受惠于进驻三益村的“六合生态农庄”；54岁的贫困户龚成伟原来从没有想过自己的地里除了种当地特色的洋芋、苞谷，还能种出娇艳欲滴的草莓，吸引客人过来采摘，多亏了村里建设的钢架大棚；三益村的环境在慢慢改善，三益人的生产方式也在发生改变，但三益人热情踏实的生活态度并没有改变。

热情，是我在三益村最深切的感受，走入村民家中，他们会把你迎到家里最大的正厅，热情地端上茶水；走在田间地头，村民们早早地便开始在地里干活，潇洒利落的动作之中透出对于劳动和致富的热情；农闲时节，练练书法、看看字画，家家都有几株牡丹、几幅字画彰显着三益人对生活的热情。

驻村故事：回乡打工的东乡族牛倌

三益村所在的太石镇，曾有一位全国劳模，一位全情投入于荒山绿化的农民——石建全，他豪言“天不能改，地能换！”在荒山穷沟中造出青山绿水，如今太石镇又有了以龚志荣为代表的有志者，他们致力于让这贫瘠的定西土地，变成富饶的家园，这就是太石精神，一种不服输的精神，一种拼搏的精神。

定西的干旱和贫瘠让名臣左宗棠发出了“陇中苦瘠甲天下”的感叹，更被联合国教科文组织打上了“不适宜人类生存”的标签，而如今顽强的三益人正在国家精准扶贫政策的帮助下，因地制宜地制定发展方针，努力脱贫攻坚，奔向全面小康。

回望驻村那些让我记得的面孔

个 人 感 言

新华社记者◎王海权

“三同”，我想真正的目的就是让记者亲身体验真实的乡村生活，站在老百姓的视角来思考问题发现问题。“吃、住、劳动”是形式，“体会和理解”是目的。我住在老乡新盖的房子里，见证着村子一天天的变化，看到他们住新居的喜悦，也听他们为盖房子筹钱的苦恼；我也尝试学习种植，记录他们抽水浇地的艰辛，感慨靠天吃饭的不易。但我印象更深的是他们对美好生活的向往、对脱贫的期待。

这次精准扶贫驻村调研，一个重要环节是“三同”，即要求驻村记者和当地老乡“同吃、同住、同劳动”。而正是这个初看有些形式感的要求，让记者们真正沉下来，创作一篇篇“接地气”、真实的报道。

初到马坪村时，我一度很茫然。我坐在老乡家里，望着没有粉刷的水泥墙，问了自己两个问题：我来干啥？怎么干？

记得临行前领导嘱咐我：“眼光不要太狭隘，你现在就是你们村的记者，把村里的什么事都当成大事来报道。”换句话说，就是要“接地气”。

我认真思考了这次采访的形式：记者驻村记录。我决定抛弃以前习惯的先定主题、空镜加采访的方法，尝试以记录形式制作我的驻村故事。

马坪村当时最大的事情就是“整村推进”工程，将旧房改建成安全住房。我一路跟着村主任查看下过雨的工地，跟拍他和村民间的沟通互动。这是我在驻村的第一个片子，所有的采访都是在跟拍中发生的，我想捕捉他们最真实的想法和状态。

村民们对采访既好奇、又害羞，他们接受采访的经验几乎没有，看到镜头通常很紧张，这种闲聊中进行的采访效果反而不错。在后期的采访中，我基本都是延续这种记录方式，在拍摄村民聊天、劳作，甚至是争执的过程中穿插采访，意图保留他们自然的状态。

驻村采访，最困难的一点就是找选题。以往的采访，通常都会预知一些内容，即便偶尔几次去基层调研，也是带着明确目的下去。这次整整 30 天，

新华社记者王海权（左）走访村民

新华社记者王海权（中）采访正在劳动的村民

你采访什么？怎么样持续地寻找选题？我的一点体会就是，选题不会主动找你，你必须要出去找它。

比如，《马坪村的土豆种下了》的线索就是我在早上跑步时偶遇老乡得到的。当时马坪村大部分地都种完了，我一直苦于没有拍摄到村民劳动的画面。那天刚好遇到一位拿着铁锹的大娘，我打招呼顺口问了一句：这么早去干活啊。她说去种土豆。我当即停下，回去拿设备跟她去地里。

采访中得知，她家有地荒了两年，孩子们都在外面打工，老人最近农闲就决定利用起来种点土豆。整整一个上午，我拍摄他们犁地、铺膜再到种土豆的过程，自己也跟着学了一下。我想如果不是当时多问一句，可能就会错过这个机会。回想起来，这次驻村的很多采访线索都是在闲聊、偶遇中获得的。经常是跟老乡聊到什么，我觉得很有意思，就拿着器材过去了。我想这也是类似驻村采访的魅力所在，你无法完全预知接下来会发生什么，但只要有耐心都会遇到有趣的内容。

驻村故事：马坪村的土豆种下了

“三同”，我想真正的目的就是让记者亲身体验真实的乡村生活，站在老百姓的视角来思考问题发现问题。“吃、住、劳动”是形式，“体会和理解”是目的。在马坪村，我吃得最多的食物是土豆，所以我知道当地最重要的作物之一就是土豆，但种土豆不赚钱，他们曾为发展新产业苦恼；我住在老乡新盖的房子里，见证着村子一天天的变化，看到他们住新居的喜悦，也听他们为盖房子筹钱的苦恼；我也尝试学习种植，记录他们抽水浇地的艰辛，感慨靠天吃饭的不易。

但我印象更深的是他们对美好生活的向往、对脱贫的期待。比如返乡创业养牛的年轻人告诉我，尽管收入暂时比不上打工，但可以和家人在一起很满足；比如自筹资金创办养鸡场带动邻里一起脱贫的村主任；坚守乡村学校30年，为了学生去学习多媒体教学法的乡村教师；还有对美有独到见解、坚持刺绣几十年成为非物质文化遗产传人的乡村大娘。他们用各自的方式演绎着平凡但不简单的生活。

离开马坪村时，当地老乡说，过两个月再来，整个村子面貌就不一样了，会有大戏台、文化广场；他们尝试订单种植的万寿菊也会盛开。我想，脱贫攻坚这个大前提下，百姓和基层干部的目标应该是一致的。真心希望马坪村的人们真的找准产业、找对路子，即便以后扶持力度减少，老乡的产业依然能良性发展，生活更好一些。我想，通过记者展现他们砥砺奋进是一件有意义的事，毕竟我们过去对乡村关注的确太少。

难忘30天

个 人 感 言

光明日报记者◎杨 珏

从事新闻工作17年，也经常走村入户、调研采访，如果不是这一次与众不同的驻村调研采访活动，似乎已经习惯了一种“亚健康”状态，激情日渐消失，惰性慢慢滋长。记者是需要激情的职业。“失去了激情，也就失去了记者的生命。”很感谢这一个月的时间，让我重拾初入这个行业时的激情。“这种激情是一种对老百姓心气相通的情感，是一种时代的责任感。”

在4月底到6月初的30天里，我和光明日报7位同仁，分别在8个省的8个乡村，与村民同吃同住同劳动，我们中有的已年届六旬，有的刚出校园，有的父母年迈，有的孩童尚幼，但当离别的日子一天天临近，心中的不舍也一天比一天强烈。

我们留恋田地间青苗的香气，空气中希望的味道，我们留恋的最美笑容是贫困户发自内心的微笑，我们更留恋贫困群众依靠自己双手实现脱贫致富的那份踏实与感动。

“脱贫致富终究要靠贫困群众用自己的辛勤劳动来实现。”习近平总书记的嘱托正在变成祖国大地上每一个角落每一个人的具体行动。是什么使他们从"要我脱贫"的旁观者，变成了"我要脱贫"的参与者；是什么使他们从"不愿改变、不敢改变、不会改变"，到如今相信自己、依靠自己、奋力致富？这是我们在 30 天当中，每一天都在努力寻找的答案。

山西省忻州市五台县豆村镇西营村是我这次蹲点的村庄，全村世代靠天吃饭，大部分土地属于跑水、跑土、跑肥的"三跑田"，740 人中有 216 人生活在贫困线以下，因学致贫、因病致贫率达 50%。数字是抽象的，生活却很形象。当你真正住在农村，当你与农民朝夕相处，当你在下雨时不再想雨，而是想地里的庄稼、泥泞的小路、漏水的房屋，你就真正地了解了脱贫攻坚是一场怎样的行动。这段日子，我不仅感受到了贫困群众对脱贫的强烈渴望，更看到他们在寻找脱贫道路时所做的努力。

光明日报记者杨珏（左）与村民交谈

光明日报记者杨珏（右）与正在收割小香葱的村民交谈

西营村有个“小香葱种植合作社”，种了130多亩，5月5日开始收割第一茬。杨先荣是村里的割葱能手，第一天葱园刚刚开门，她就来了。不到一顿饭的工夫，村里村外陆陆续续来了三四十人。当天晚上村委会主任殷保卫在微信里说：今天割得最多的是杨先荣，75公斤，能挣90元。

到了第二天，情况超出了所有人的想象。早晨6点，当我们和杨先荣来到葱园时，有一个人已经割了很大一片。殷保卫告诉我们，这个人叫常降云，早上4点就来了，当时葱园还没开门，她就从门上翻了进去。这就好像是一场比赛，每个人都在为自己的家庭作着贡献。当天，常降云割了185公斤，挣了222元。

在西营村还流传着一件“殷逢阳不当贫困户”的故事。2016年，西营村贫困户公示，殷逢阳一家被评为贫困户。然而别人争着抢着的“好事”，殷逢阳却死活不肯接受：“把对贫困户的帮扶让给别人吧！我们自己想办法，摘掉贫困的帽子。”

殷保卫告诉记者，49岁的殷逢阳下肢重度残疾，长期坐轮椅；妻子郑金华在家一边务农，一边护理丈夫；一双儿女，长年在外打零工，全家所有的收入几乎都用来支付他长期的医药费。遗憾的是，在西营村蹲点的日子，始终没有见到殷逢阳，夫妻二人跟着孩子去了外地，一边打工一边看病。

驻村故事：灵境村的“礼麦”

与西营村如火如荼的“竞赛”相比，高洪口乡的手工香包订单培训班的火爆程度也毫不逊色，原定100人参加的培训班，一下子来了150多人。在这个培训班上，我们看到了聋哑女孩李彦欣，也认识了山西省直单位驻五台帮扶工作队中唯一的女队长谭立新和她的团队。这个团队一共有6位队员，除了谭立新之外，其他5个人还分别兼着两个村的第一书记。让我印象深刻是，他们在使出浑身力量帮助贫困群众有奔头的同时，也在融入乡村，享受着与城市不一样的生活。

一个月的时间，我几乎走遍了五台县所有的乡镇。“村民富不富，关键看支部；村子强不强，要看‘领头羊’。”在帮扶工作中，我们常常会遇到这种情况，贫困群众对脱贫致富的急切与渴望，往往会遭遇市场竞争的一瓢凉水。“市场不相信眼泪”，需要的是一个整体素质较高、责任心较强的村两委班子，需要的是一位有市场经济头脑、熟悉农村工作而且威望高的“当家人”。

从自己当老板，到6年前回村担任村委会主任，再到成立“小香葱种植合作社”，带着乡亲们把日子越过越好，殷保卫心里觉得舒坦。对于村里如何脱贫，他也有自己的打算——新建20座小香葱温室大棚和100立方米冷库，再把大田小香葱从现在的130多亩扩大到500亩。

驻村故事：27棵扶贫扎根树

阳白乡阳白村的党支部书记兼村委会主任孟福锁，也是一位返乡创业的带头人。经过 15 年努力，阳白村建起了“种田产粮、粮食酿酒、酒糟喂牛、牛粪生虫、粉虫喂鸡、鸡粪种粮”的循环农业，村民们通过土地流转、入股分红、租赁经营、打工收益等多种方式，实现了多渠道增收。

时间匆匆走过，来时的迷茫已化成离别的方向。正如这一个月，我们在寻找贫困群众脱贫的内生动力一样，我们也同样需要找到自己创作的内生动力，只有这样，才会对自己所从事的新闻事业充满一种发自内心的热爱和执着，才能使笔端充满感情和力量。

把扶贫成绩写在百姓笑脸上

个人感言

光明日报记者◎叶乐峰

在扶贫实践中，我们常常听到看到“数字扶贫”“墙上扶贫”等花架子工程。但老百姓的表情不会说谎，如果贫困户脸上洋溢着发自内心的笑容，那么这种脱贫就不是假脱贫，这是最直观、最生动的脱贫答卷，最美风景是贫困户发自内心的笑容。

2017年5月，记者来到河南省新县西河村蹲点采访。该村是一个省级贫困村，偏远闭塞，近年来通过发展乡村旅游，群众走上了脱贫致富的道路。

驻村期间，笔者印象最深的是，随机走进一些贫困户的家里，扑面而来的是热情洋溢的笑脸，随即一杯热腾腾的茶水就会端到你面前，主人还会热情邀请你留下吃饭。每每这个时候，总会想起乡政府派驻的一位扶贫干部的话：“百姓的笑容是扶贫成效最真实的体现。”诚如斯言，贫困户有没有获得实惠，发自内心的笑容不会说谎。

贫困群众的笑容，来自有信心的未来。每个地方的实际情况不一样，扶贫扶到点上、扶到根上是题中应有之义。就笔者采访所在的周河乡，这里生

光明日报记者叶乐峰（左）在采访一位 80 多岁的老人

态禀赋突出，山上有好几万亩野生的油茶树，长期以来疏于管理，油茶结果率不高，影响了老百姓的经济收入。乡政府通过油茶新造林和低产油茶林改造项目向贫困村倾斜，依托基地建设，增加贫困户劳务收入和提升经济效益，而村民把自己的田地和山林入股合作社，能够可持续地获得分红。一棵油茶树可以生长百年，老百姓实实在在看到未来前景，能不乐开花吗？

值得注意的是，前景有信心，还需后顾无忧愁。不能因为贫困户脱贫了，政府就不管不问了。很多贫困地区，尤其是像新县这样的连片贫困地区，产业发展基础差，对于那些处于贫困线边缘的农户，可能一场洪水、一场冰雹、一场大病就让他们再次返贫。在扶贫的路上，保证脱贫的可持续性，不落下一个贫困家庭，不丢下一个贫困群众，特别需要长远眼光和动态管理。

树未来信心，解后顾之忧，关键还在扶贫干部的真情帮扶、辛勤付出。有一次，上述这位乡干部陪县领导调研贫困户，刚到一家贫困户门口，一条大黄狗就直扑这位扶贫干部身上，吓得旁边县领导出了一身汗。原来这位乡干部经常来这户家庭，狗跟他都有感情了。如果每一位扶贫干部都能这样倾情投入，我们就会看到更多贫困户的笑容。

驻村故事：一个乡村微博的生与息

当然，选派合适的扶贫干部很重要。笔者在采访中了解到，一位40多岁的乡政府女干部，家里上有生病的老人，下有年幼的孩子，全家指望着她不到3000元的月收入，负担已然很重。同时这位女干部承担了沉重的扶贫任务，完成本职工作的同时还要驻村帮扶，顾家的纠结焦虑与扶贫的任务压力撕扯着她的内心世界，时间精力保证不了，扶贫效果可想而知，而这种情况在基层不在少数。因此，对于扶贫干部也要精准识别，充分考虑干部的实际情况，选派那些能力强素质高，有能力帮助脱贫致富的干部。

袅袅炊烟，青砖黛瓦，落落古树，乡村旅游盘活了绿水青山，美丽乡村化为“美丽”经济。这得益于近年来新县结合自身“红色”“绿色”“古色”的三大资源，打造全域景观，发展乡村旅游，推进绿色生态农业。相信，只要沿着这条特色脱贫致富的道路走下去，老百姓的脸上将永葆笑容。

角　色

个人感言

光明日报记者◎唐湘岳

在生活的舞台上，记者应该是什么角色呢？绝不是高高在上脱离实际的“指挥家”，不是风光无限一贯正确的“英雄”，更不是擅长作秀的“演员”，而应该是普普通通的学生，教师，医生，农民……一个人的角色并不重要，重要的是，要有一颗忠于党的事业、贴近老百姓的心！

“唐老师：您好，非常感谢您的到来。一个月的蹲点调研时间太短，但您的脚印和声音伴着泥土的芳香洒满通溪桥村，您的一举一动左右着贫困户脱贫期望的视线。您真的辛苦了……我们陌生的朋友、亲人……”

当我依依不舍即将离开生活、工作了一个月的湖南安化县烟溪镇通溪桥村的时候，手机微信上闪出上面这段文字。微信是村党支部书记刘生廷发来的。我眼眶湿润了。微信的告别充满感情和褒奖，我只是觉得为这个贫困村做得太少了。

静心总结，一名党报记者，只有摆正位置，才会得到百姓认可，写出带着泥土和露珠的稿件。

住进通溪桥村村民刘叶飞家中，思绪回到 41 年前。1976 年，我高中毕业响应党的号召从长沙下放到湖南省岳阳县云山公社当知青。今天我又住回农村了，这次的身份是蹲点调研记者。我暗暗定位自己的身份——学生。

谁是老师呢？乡镇干部、驻村扶贫干部、村干部、村民都是。

我向他们请教扶贫政策，了解镇情、村情。

贫困户刘奋勇给我上了第一课。刘奋勇正在田间劳动，房门的墙上用粉笔写着手机号码，我纳闷为何把电话留在墙上？

谜底揭开。刘奋勇的妻子刘腊蓉身患严重的类风湿关节炎，长期瘫痪在床。刘奋勇要挑起劳动的担子，又要照顾病重的妻子。为了怕妻子出意外，他就把电话号码写在门口，并交代邻居，如果腊蓉在屋里叫，就立刻拨打这个号码，他就从地里赶回家。

一个靠勤劳致富的幸福家庭，最早搬出木房住进新砖房，可还是被疾病击垮。刘奋勇背着腊蓉四处求医，积蓄花光，还欠债12万多元。刘奋勇每天起床第一件事就是帮腊蓉端屎端尿，一口一口喂她吃饭、服药，然后去干活。刘奋勇对我说："感谢政府为我家做的事。腊蓉要我给她吃安眠药，我不能给，我只希望她能够好起来。亲人需要陪伴；活着就要奋斗。"

这对贫困夫妻展现出不向命运屈服的奋斗精神，相濡以沫，不离不弃的忠贞爱情感动着我。只有小学文凭的刘奋勇，于如今浮躁的社会而言，何尝不是精神的富翁与导师！

我的住户家有个儿童叫刘欣源，因患脑癌动手术休学在家。"六一"儿童节快到了，他要给在外打工的爸爸写封信，有些字不会写，就来问我。我就当了一回语文教师。

由此想到，村里的留守儿童有什么需要帮助吗？我去附近的新开完小了解，留守儿童占一大半。校长抓住我给学校的全体老师搞一次新闻业务培训。我爽快答应了，给这些农村教师讲了整整一个晚上，我讲光明日报的历史，

光明日报记者唐湘岳采访村里的百岁老人

讲“实践是检验真理的唯一标准”，讲如何发掘基层的新闻，讲给新闻媒体投稿的注意事项。

我建议学校开展一次征文，收集留守学生给家长的信。老师们迅速行动，收回信件100多封，这才有了我的融媒体报道《留守儿童读给远方的家书》，在去这些孩子家里拍摄视频的时候，我又一次受到了教育。校长居然不询问他人就能走进每个留守孩子的家庭，要知道学生的分布是方圆百里呀，一个基层的校长做到这一点太不容易了。

身为乡村医生的村支书刘生廷恳切地对我说：“我们村患了严重的贫困病，记者见多识广懂政策，帮我们诊断下药当医生吧。”

经过调研，我也发现了一些问题。

问题一：老百姓与村干部有隔阂。一到村里就接到老百姓告状电话，质疑村干部把应该发到户的水库移民款拿去修公路这件事。

问题二：集体经济薄弱，基础设施不完善。当地资源不差，有闻名世界的烟溪红茶，有风光美丽的高山茶园——艾家寨，有世界罕见的冰碛岩，有丰富的纯净的山泉，可没有一家属于村里的企业。去年被洪水冲毁的农田基本上没有恢复。有的老百姓反映，无田可种，怎么生活？

问题三：文化设施不足。居然没有一个农家书屋，也没其他任何集体性文化活动。多年前那个阳戏班子也倒了。村民去世，都要请道士搞迷信活动，大吃大喝闹几天几夜。

我把这些问题与村干部做了交流，提出了自己的建议。

首先，召开一次座谈会，请有意见的村民当面向干部提意见。

没料到，打电话的只有几个，开会时来了100多人，火药味还挺浓。我当了一次临时主持人。请老百姓心平气和提意见，干部一条条耐心做答复。

会议从晚上8点一直开到第二天凌晨1点。我最后发表了看法："你们村不等不靠，自力更生修复被洪水冲毁的公路，这件事做得好，应该赞扬。因为没有集体经济，上面又没有给足够的资金，在当时取得绝大多数村民投票的情况下，用这笔钱修公路没有错。我会写稿子告诉全国人民这个感人的故事。"

踏着月色回住户家，又高兴又忧虑。高兴的是，干群关系缓解了；忧虑的是，公路还欠债290万元，怎么办呢？

当然是要借助新闻的力量了。

5月19日在光明日报头版发表的稿件《通溪桥的路》中，我讲述了愚公移山修路的故事，也告诉读者村里还欠了修路钱的困难。我又及时跟安化县委书记和前来视察的湖南省扶贫办领导反映了这一实际困难。省扶贫办领导当场表态，要按程序按政策给通溪桥村支持。县委书记也表态与县公路部门商量给予支持。

我跟镇、村干部和茶园老板一起攀登了艾家寨，商量发展观光生态茶园，让茶产业为村里服务的事情。

我和村里的干部带领老百姓做了一件让贫困户刘丁竹意想不到的事情，趁他带着妻子去外地看病的间隙，义务帮助他家恢复了被洪水冲毁的稻田。当他回来看见田间巨变，激动得说不出一句话来。

驻村故事：双烟村脱贫的"武器"

我和镇文化站、村委会一起张罗着在最短的时间里把通溪桥村的农家书屋建立起来了。

当书屋开张，小朋友欢天喜地去借书看的时候，我心里美滋滋的。很多事情看起来难，用心去办就不难。

矿泉水的检测顺利进行，符合国家标准，我们又认真寻找适合建立水厂的地址。

针对村里因病致贫的状况，我们开展了系列活动：扶贫工作组把维维的妈妈送进了县精神病医院做免费住院治疗；对口扶贫工作队的安化县卫计局在村里搞了一次大型义诊。那天好热闹啊，老百姓说，从来没有这么热闹过，医生们为几百个乡亲做了体检和治疗，免费发放了很多药品。

就医的盛况折射出来的恰恰是农村医疗的短板。党的新闻媒体也义不容辞大力推进有利老百姓的医疗改革，宣传乡村医生和卫生院的重大典型。

记者的角色当然就是记录和展现。

一个月里，我一共采写了10篇融媒体报道，其中7篇刊登在《光明日报》。

一个亮点是，我的所有报道都是立体的，全配了图片和视频。图片是我用手机拍摄的，拍摄和制作视频时找了当地电视台和文化站的同志做帮手。

人民网、央视网许多重点网站、朋友圈转载了我的新闻稿件，有读者打电话、发短信表示关注。安化县几个企业家看到报道后来到通溪桥村支援刘奋勇等贫困户，来到新开完小帮助留守儿童。维维的爸爸写了一封《感谢书》给我，连语言都不通，但字里行间流露的是一个贫困户久旱逢甘露，对党和政府扶贫工作的感激之情。

在生活的舞台上，记者应该是什么角色呢？绝不是高高在上脱离实际的“指挥家”，不是风光无限一贯正确的“英雄”，更不是擅长作秀的“演员”，而应该是普普通通的学生，教师，医生，农民……一个人的角色并不重要，重要的是，要有一颗忠于党的事业、贴近老百姓的心！

记者触摸到土地，文章才能接地气

个人感言

光明日报记者◎李玉兰

扶贫工作要像绣花一样，其实新闻工作也是要像绣花一样。我们经常接触同样的话题，去年写过的，今年又要写，往往会按照经验的模式和思路去写，但其实，没有两件事情是一样的，共同的话题下隐藏着不同的新闻，被我们忽略了，放过了，所以我们的文章不接地气，我们的报道难入人心。

记者触摸到土地，文章才能接地气。这是我这次采访最深的感触，也是个人业务上最大的收获。

扶贫工作、农村问题、留守儿童……对于纸媒记者来说，这些话题都不是陌生话题，但是平常写这类话题的文章为什么不接地气？经常是隔靴搔痒，因为我们面对这类话题时隔岸观火。城市的硬化路面和汽车使得我们的双脚没有站在土地上，我们的双手触摸不到泥土，我们心里的农民是一个群体概念，不是一个个活生生的人。如果不是这次驻村采访，对于许多记者来讲，

光明日报记者李玉兰（左）在桃园采访村民

这种情况也许会永远如此。

如果不是这次驻村采访，我对地处大巴山中的这个小村子的理解和全国千千万万个村子一样，不会有什么不同。当你走近，当你细听，你会发现每一朵花都不同，每一个蜜蜂都有自己的方向，每一个人都有自己的一本经要念，每一个村子都有自己的“三国”在演义。

如果不是驻村采访，我对农村扶贫工作的理解仅仅停留在政策是否到位、官员是否尽力、农民是否努力上。经过采访，当一个个农民不再是一个群体概念，成为你生活中认识的人，你了解了他的压力、负担、追求、梦想，你自然就知道了他的努力，他的无奈，你自然就理解了官员，你也就理解了政策，慢慢地，你就会对国情、文化、社会变迁、发展有了新的理解。

张守方，61 岁，3 个孩子中 2 个有残疾；张新民，44 岁，股骨头坏死，不能干重活；张守举，70 岁，儿子大学毕业后家族遗传病发作……

四川省南充市仪陇县马鞍镇险岩村 48 户贫困户，每一户贫困的原因各不相同，但有一个共同的特点是，家里缺乏能够挑大梁的年轻人。

整个村里年轻人都不多了，这是贫困村脱贫之路艰难的重要原因，住在村子山梁上的张川是 90 后，是村里为数不多的年轻人之一，2015 年回到村里，虽然六口之家有三个老人，但是他 2016 年就摘掉了贫困户的帽子。能够充分利用县里、镇上、村里的扶贫项目，能够充分利用网络等现代化的渠道，是他能够快速脱贫的主要原因。

驻村故事：四川仪陇县险岩村：百亩桃花开　产业助脱贫

村里的第一书记刘晓丹生于 1987 年，是一个城市女孩，行走在村里，经常被拉住问各种事情，蘑菇种植、养鸡养鹅甚至银行存折弄不懂的地方都问她。记者在险岩村，很少能看到和她年龄差不多的女孩子。那些有孩子在外打工的人家日子过得通常都不算太差，至少没有和城市脱节。最困难的群体是那些家里没有“顶梁柱”的人家。

缺资金、缺文化技术、因病致贫……诸多因素可以归结为一个主要原因——人力资源缺乏。由于年老、生病等原因无力承担一定风险，一些需要投入的扶贫项目就难以充分利用，能够利用的项目也一波三折，比如险岩村的食用菌种植农民专业合作社，一样的条件，有的农户因为对种植技术理解不够，为了蘑菇长得好，天天勤苦浇水，结果浇过了度，使得菌袋内部腐烂，长不出蘑菇，还赔掉了菌袋的成本。

因病致贫是全国扶贫工作的一个“顽症”，记者通过采访，真正理解到并不是因为看病花钱，农村医疗保障使农民，尤其是贫困户看病不需要负担大头的花销，但是一户人家的“中坚力量”一旦生病，就意味着失去了最重要的“人力”，就可能会使这户人家往后的日子寻找到转机困难重重。张新民两口子本来小日子过得很安逸，两个孩子学习都很好，结果张新民查出股骨头坏死，不能再干重活，这个家庭一下子失去了主要的经济来源。现在他最大的希望就是村里的食用菌种植合作社，工作符合他的身体条件，种好了，收入也不会差。

“现在扶贫工作，不缺资金，缺好的项目。”马鞍镇镇党委书记赵海说。好的项目需要人来完成，村里缺乏足够的有素质、有担当能力的人才，“不仅要找项目，还得要找适合这些人力资源条件的项目，帮助他们完成，每家每户都不一样，要帮助每一家甚至每一个人找到能增加收入的办法，要不怎么说像扶贫工作像绣花一样呢。”

如果不是住在村里一个月，我对险岩村、对扶贫、对乡镇工作、对农村问题也许会有纸上谈兵的理解，但无法真切。

这次采访我完成了5篇稿件,《大巴山中一个贫困青年的生活和理想》(网络和新媒体)、《险岩村的“蘑菇经”》《告别贫困，要下绣花功夫》《百亩桃花开，产业助脱贫》《险岩村：有美丽，还要有魅力和潜力》，前面的情况都在文章中有写到。因为是写你身边的人，身边的故事，而不是空谈一个话题，所以写作的时候是自然的、轻松的、有感情的，思考也能够从实际出发，而不是理想化地空提要求。这样文章自然而然就接地气，而不是像有时候写文章要苦思冥想如何接地气。

内心里的力量始终没有消退

个人感言

光明日报记者◎鲁元珍

在这个刚刚脱贫的小山村里，仍然还有一些贫困的人，一些为疾病困扰的人，仍然常常会听到他们诉说着生活中的难处。但可以感觉到，他们内心里有一股力量始终没有消退，因为我看到了他们的坚持，他们的努力，以及他们的期待。

5 月刚刚来到陕西商洛市山阳县法官镇法官庙村时，我就被眼前所看到的景象惊住了。因为我没有想过，我即将生活一个月的这个小山村竟然是一个美得像幅风景画的地方——大片的荷塘映着群山，石桥和栈道穿梭在荷塘间，一座座白墙灰瓦的二层小楼依水而建，远处的山间的绿色梯田层叠环绕……很难想象，这个村子在 2016 年以前还是没有脱贫的贫困村。

陕西省商洛市山阳县法官镇地带，这里交通闭塞、多山少田，俗话称“八山一水一分田”，其贫困情况在我国是十分典型的。

然而，法官庙村决定发展产业、发展乡村旅游以后，发生的变化有目共睹：村子变整洁了，住房改造不但让土坯房成了历史，也让民居变得独具特

光明日报记者鲁元珍（左）在村民家中采访

色，荒芜的烂泥田被统一规划成了九眼莲基地，既是观赏景观又是当地人重要的增收产业。人们说，这里的美景“藏在深山人未知”，将来一定会被更多的人看到。

在这里的生活与在城市有很大不同，这里的空气清新，生活简单而忙碌。每天看到的是村镇周围的群山巍峨，听到的是田里的蛙叫虫鸣，人们会坐在门前说笑乡里乡亲事，也会在除草机和挖掘机的轰鸣声里骑着摩托车穿梭而过。远离城市的喧闹，他们的生活似乎充满了恬然和安宁。

这里的人们朴实而勤劳，平时习惯晚睡的我很快也开始和他们一样早睡早起，日出而作、日落而息的生活。不少人每天清早天刚亮便要出门去做活，或到田里照顾作物，或到附近去打零工，又或者去好好经营一下自己刚发展起来的小产业。有一个养蜂人，每日从早到晚守在山坡上自己的几十箱蜂箱前，只是为了不辜负帮扶自己的人的期待；在新建的农业生态园区里，有几个锄草的女工每天都顶着烈日工作，只为挣些钱让自己的孩子能过得更好……

当然，这里的日子也未必尽如人意。在这个刚刚脱贫的小山村里，仍然还有一些贫困的人，一些为疾病困扰的人，仍然常常会听到他们诉说着生活中的难处。但可以感觉到，他们内心里有一股力量始终没有消退，因为我看到了他们的坚持，他们的努力，以及他们的期待。

村里的一个小学老师告诉我，尽管村里的基础设施变化很大，但是有些人家里的变化却并不是很大，形式主义的问题仍然是存在的。比如有些脱贫方式被定为产业脱贫的家庭，尽管家里本来就有的产业得到了一些改进，但一些新发展的产业还未见效益；再比如基层干部也在接待视察、填写贫困户资料上花费了大量时间和精力，这也说明了基层扶贫工作烦琐冗余，数字化水平还有欠缺。同时他也说，日子总归会越来越好的，但一切要慢慢来的，就像他们的家乡一样，每天都在一步一步地向前进步。

当然，我和基层干部打交道的时间也比较久，他们的辛苦忙碌让我心生感佩。“五一”假期、端午假期以及周末，都从未看到他们休息，他们不停地走访入户，记录每一户的情况、难处，不少人已经几乎对每一户的情况都了然于胸了。我甚至听说了有的基层扶贫干部因长期熬夜而突发疾病，还有的因意外事故跌下山崖而终身残疾。这些默默为家乡脱贫工作奉献着青春的人，应该被我们记住。

接触的人和事越多，我越能感觉到这次的长期采访为我带来的潜移默化的改变。想想平时习惯于坐在办公室里通过查阅资料来写文章的方式，想想平时自己走马观花式的采访，难免觉得惭愧难当。果然，只有真正走进被采访者的生活中，才能看到他们所看到的，感受到他们的所感受的，了解到真实的他们是怎样的。当一个个脱贫的生动故事从我的笔下倾泻而出时，我才从一个小山村的喜怒哀乐背后看到了一个国家脱贫攻坚工作的缩影。

驻村故事：南沟组的两难选择

沉下身，用真情书写故事

个人感言

光明日报记者◎赵斌艺

一个月的蹲点采访，让我第一次如此真切地接近乡村，感受到人民群众对美好生活的向往。我见证着党员干部为实现全面小康不辞辛劳地奔波，基层群众决战贫困的勇气和决心，也找到了自己作为一个新闻记者的初心。

“如果照片拍得不够好，那是因为离炮火不够近”，著名战地摄影记者罗伯特·卡帕的这句话不仅适用于战地摄影，也是对所有新闻从业者的形象喻示。基层是新闻的富矿，走到基层，便会自然迸发出写作的热情，被劳动人民朴实生活中强大的精神力量所打动，挖掘出闪光和原创的新闻报道。一个月的精准扶贫驻村调研，让我成为所在贫困村里的一员，记录下这场脱贫攻坚战中干部群众付出时流下的汗水、泪水和收获时脸上露出的微笑。

俗话说“饱汉不知饿汉饥”。走进贫困村，与贫困群众同吃同住同劳动，才真切体会到贫困群众的生活状态和发展需求，这种蹲点式的调研，对报道对象生活和思想上的深刻感悟和理解，是讲好脱贫故事，引发读者共鸣的基础。

从细微之处挖掘感人故事

驻村故事：两串数字里，12 年的等待

在基层群众的日常生活中，很难找出轰轰烈烈的事迹，对平凡生活的捕捉和发现能力，是对记者写出好报道最大的考验。寻找细微之处彰显的价值，往往会带给我们平凡中的感动。在驻村调研采访中，一个不起眼的小故事，让我至今记忆犹新。

那是我驻村调研的第一个星期，一天傍晚回家路过一座土坯房，门前立着扫帚，堆放着砖瓦，在整个村庄的砖瓦房中显得格外刺眼。我问了同行的扶贫队工作人员，得知这是最后一户仍然住着土坯房的贫困户。职业敏感告诉我，这其中一定有着什么故事。第二天一大早，我来到这个贫困户家，了解家里的相关情况。土坯房里居住着两位老人，由于儿子外出打工失踪了 12 年，老人一直在等待儿子回家，儿子一天不回来，老两口就觉得改善居住环境意义不大。12 年间，老人始终记得儿子走时的电话号码，自己的手机号码也始终不敢换，每一天都期盼着电话响起。我把这个故事写了下来，5 月 7 日光明网推送了《两串数字里，12 年的等待》一文，讲述了两位老人对儿子回家的执着等待。文章推送后，许多参与扶贫驻村调研的记者主动转发并联系我，为老人寻找失踪的儿子，记者朋友们告诉我，“相信他儿子看到您写的这么感人的文字，一定会回家的”。很多伟大的情感总是安静而含蓄，需要我们打量生活的细碎，找到那条涌动的暗流。

在老百姓口中寻找榜样的力量

在广大农村，村民间人际关系密切，身边人的行动具有很强的影响力。

光明日报记者赵斌艺（右）在村民家采访（林艳　摄）

在这样的生活环境下，致富带头人成为扶贫工作中重要的力量，往往因为一个人而带动一个村庄的发展。

蹲点调研中，我在村民口中找到这样一个榜样，他只有初中文化，出身于地地道道的农民家庭，却成了全国科技致富带头人。如今他所成立的合作社资产总计1000多万元，每年给当地剩余劳动力提供就业岗位2万多人次，支付农民工劳务工资和土地流转费用200多万元。他叫汪全邦，在他的合作社里，我听到了一个农民的敢想敢干的创业故事，见证了“洋芋蛋”如何变成“金疙瘩”。

深入农村，打量一个村庄的未来，要看看这些榜样，他们的方向影响着一个村庄的前进方向，从致富带头人身上发现故事，不仅是打动读者，也是启迪未来。

从口述史中读懂时代的变化

要理解一个地区发展的现状，挖掘贫困村经济社会发展落后的根源，拓展报道的深度，就离不开对其历史的研究。但在基层农村采访中，由于乡村文化长期以来缺乏文字记录，更多地依靠口耳相传，搜资料的工作方法要变为跟老百姓聊天，从口述史中寻找乡村发展的脉络。在互助县牙合村的采访给了我这样的启示。

驻村故事：绿色纳家来了第一书记

牙合村干旱缺水，交通不便，全村人均纯收入不足3000元，贫穷的帽子伴随着世世代代的牙合人。这样一个村庄，在2016年通过发展乡村旅游，打造“最美北方梯田”，实现了脱贫摘帽的艰巨任务。发展乡村旅游实现脱贫，对全国广大贫困村来说并不新鲜，但这样的一个“华丽转身”，是在牙合村历史的沉淀中完成的。眼前用于发展乡村旅游的层层梯田，是牙合村民们坚持了近40年，平均每年修筑几十亩，一块一块开辟出的。在村民的回忆和讲述中，我知道今天发展的来之不易。从20世纪60年代起，每年秋收后的农闲时节，是牙合人民最忙碌的季节。“那时候修筑梯田没有任何运输工具，靠人力一背篼一背篼背土，天冷的时候有半米厚的冻土，用棍子撬起接着挖。”“虽然天上下着大雪，可修筑梯田的人们光着膀子干活还冒汗。早上6点就下地干活，晚上借着月光挖到十一二点。”村民向我讲述的往事，成为我解开今日幸福生活的密码。不同于单纯讲述一个贫困村如何通过发展乡村旅游脱贫，我将牙合的过去和现在连接起来，从传承和变化中解读牙合。

在真情面前，任何华丽的语言都显得那样的苍白无力。真心地交流，朴实地书写，或许才是走在基层的记者最宝贵的财富和经验。

感受大地脉搏　体味心灵震颤

个 人 感 言

光明日报记者◎王建宏

在蹲点调研的近一个月里，我真切感受到从中央到县乡村，各级组织凝结在脱贫攻坚中的心血，深刻体会到贫困户改变贫困落户面貌的信心和决心。通过同吃同住同劳动，我真正体会到了村里人的苦乐酸甜，这是对一名新闻工作者的一次心灵洗礼。

麻黄山是盐池县乃至全宁夏最偏远的一个乡镇，位于陕甘宁三省交界地带。我蹲点的松记水村更是一脚踏三地，“鸡鸣醒三省”，与陕西定边县姬原镇和甘肃环县秦团庄乡只有一两公里。

麻黄山是盐池县唯一的纯山区乡镇，没有一寸水浇地，人们的生计完全得看老天爷的脸色。从某种意义上说，这里的自然条件甚至差于“苦瘠甲天下”的西海固。

一方水土养活不了一方人，很多人都外出自谋生路。全乡1万多户籍人口，实际常住的只有四五千人。贺塬自然村只剩下贺军选夫妻两个人。全乡唯一的一所小学里，加上学前班的孩子，只有52个学生。

驻村故事：松记水村的水

留下的人当中，大多年龄偏大，或者因病因残无法走出大山。在这样的自然条件下，让这部分人脱贫奔小康，是最难啃的硬骨头。

在蹲点的近一个月里，我真切感受到从中央到县乡村，各级组织凝结在脱贫攻坚中的心血，深刻体会到贫困户改变贫困面貌的信心和决心——这是社会主义体制优势的具体体现。

夜深人静，松记水的黄土塬上，风过四野，树叶婆娑。有几组镜头在脑海里不断闪现——

镜头一：李凤虎背起背篓，装上草料，艰难地走进羊圈。他的腰间插着一根导尿管，挂着引流袋。这种生活他已经过了 7 年。

“打工归来的路上出了车祸，后尿道破裂，从银川转到兰州，后来说要去北京，做手术需要上百万。”李凤虎选择了放弃治疗。

在家里躺了几年，他想，人总要活下去。在乡党委书记罗刚鼓励下，李凤虎用政府补贴盖了羊圈，养了 120 多只山羊。提不动水，他就给羊圈接上水管。他说，要自力更生，过上更好的生活。

镜头二：“要不是心态好，我早死了！”张淑峰取下眼罩，左脸深深塌了下去，因患鼻癌左颧骨被整体切除，左眼也失去支撑而塌陷进去。双眼无法聚焦，看东西全是重影，于是自制了一个眼罩，遮上了左眼。

张淑峰在2014年做了手术，出院回家，发现家里的75只羊没了，粮食没了，妻子离家出走，甚至连碗筷也没留下。没筷子吃饭，只好折两段树枝当筷子。

疾病和背叛并没有打垮他。“只要活着，精神还得有。农村能挣钱的地方太多了，就看你干不干。”张淑峰在政府脱贫政策支持下买了 70 只羊，如今已繁育到 110 只。前几天，在乡党委领导担保下，他还贷了 5 万元，买下一台拖拉机，种了 80 多亩地。

光明日报记者王建宏在山地上追拍

镜头三：晚上 8 时 55 分，山顶上的风力发电机呼呼声响。依稀可以看到院子里停放着卡车、播种机、大型拖拉机。57 岁的何彦彬刚刚从 20 多公里外的流转地里回到家。

“今天犁了 150 亩地。”何彦彬种地上了瘾，一直种到了邻近的大水坑镇，耕种的土地总量已经超过 4000 亩，农忙季节光用工就得 50 多人。去年遭了风灾，粮食还是卖了 50 多万元，刨掉成本，还能净落 20 多万元。

……

坚守在黄土深处的人们，对脱贫奔小康的愿望无比强烈，他们抱定“要把黄土变成金”的理念，埋头苦干。可喜的是，这种苦干精神并不是只管低头拉车、不顾抬头看路的蛮干，而是正在与现代金融、“互联网 +”、旅游相结合，麻黄山乡按月开展春游踏青、杏花观赏、金秋采风、星空露营、实物展销、观雪迎新等 12 项活动，这里的人们正在探索将原生态的农产品及自然景致与农村电商、乡村旅游相加相融。

鲜花盛开塔木村

个 人 感 言

光明日报记者◎王 瑟

离开塔木村时，几乎全村的人都来和我握手了。望着这些纯朴的牧民，一个月来的相识相知与相交，让我们发自内地产生了一种深厚的感情。塔木村贫困牧民自强不息的努力令人感动。许多牧民家里一贫如洗，但他们知道了党和政府对他们脱贫的帮助后，自愿走出大山，不等不靠，靠自己的双手摆脱贫困的努力让人特别感动。我一定再来塔木村，看望我的这些乡亲们，看他们在新居里的生活，报道他们的新生活。

来塔木村前，我知道这个牧业村偏僻，自然条件恶劣，147户牧民中有68户是贫困户，但当我真正踏上塔木村的路时才发现，以前的想象太“小儿科”了。脚下的路完全不能称之为路，车辆在河滩的石头上颠来颠去，17公里的进村路，竟然走了3个小时。

塔木村就这样给了我一个“下马威”。我心里也终于明白，这里为什么这样贫困了。因为人们常说一句话：要想富，先修路。这里连路都这样，怎么脱贫呢？

光明日报记者王瑟（左二）在海拔 3800 米的牧场与塔木村牧民在一起

在这个深藏在大山里的牧业村，世世代代的柯尔克孜族牧民渴望走出大山，但贫穷让他们不敢大胆地走出去，而语言的不通，更是阻碍了他们走出去的脚步。

这里说是牧业村，但来到村里几天我也没看到一片草原。我问村党支部书记努尔买买提·玉买尔，这个中年汉子狡黠地笑了："这里山上山下的草很少，所以我们的羊都是戴着放大镜找草吃。"

塔木村

这就是塔木村真实的现状。苦不苦？真苦。没有手机信号，没有网络，就是房间里的电灯，也常常断电。牧民家基本都用太阳能发电板，只能供点灯用，功率大一点的电器都无法使用。

但塔木村很美丽。这绝不是苦中作乐，而是实实在在的美，一种没有经过雕琢的美。

路边盛开的灌木丛中，盛开着满满的小黄花，散发着迷人的香气。我询问了多位牧民才得知，这是黑加仑的花，原来好吃的黑加仑是由这样美丽的花朵结出的。河滩零星居住的牧民家前，几棵杏花树也怒放着美丽的杏花，有种世外桃源的感觉。

其实最美的是塔木村牧民的心。这个贫困严重的牧业村，已经打响了今年年底脱贫的战役，全村人都在为之奋斗、努力着。

5 月 17 日，塔木村 12 位外出务工人员踏上了前往福建的路程。这已经是塔木村今年第二批外出务工人员了，据努尔买买提・玉买尔书记说，本来乡里给塔木村 10 个外出务工名额，但一下子就有 15 人报了名。今年塔木村将有 150 名左右的牧民外出务工，用自己的双手改变贫穷的面貌。

光明日报记者王瑟（中）在采访村党支部书记努尔买买提・玉买尔

杏花开满村庄

盛开在塔木村山沟里的黑加仑花

在阿克陶县，7家塔木村的牧民明明知道今年年底可以免费搬入政府修建的安置房里，却仍然自己掏钱租房，提前搬入县城，自主创业。他们用政府提供的5万元无息贷款开办了装修公司、超市、菜店、羊肉店、缝纫店，不等不靠，走上脱贫之路。

村里的几位“四老”人员更是拿出政府给他们的补贴，帮助家里的孩子买羊、买拖拉机。

山外的安置小区里，红柳树开满了花朵，牧民们自己组建的十户联牧合作社已经建起了羊圈，集中放牧让更多的牧民放下手中的羊鞭，从事过去从没有做过的事情：打工、创业。

贫穷不可怕，可怕的是没了脱贫致富的心。自然环境恶劣，生存条件艰苦的塔木村现在是很穷，但所有牧民脱贫致富的信心都很足，每个人都在用自己的努力大步地朝着脱贫致富的路走着。这就是塔木村最美的地方。

驻村故事：鲜花盛开塔木村

饮水思东源

个 人 感 言

经济日报记者◎李万祥

这是一次扎根基层的生动实践，一个提升素养的历练良机，一段使命担当的难忘旅程。脱贫攻坚于我而言，不再是旁观者，更是参与者。通过这次驻村蹲点调研，我对脱贫攻坚的认识更加生动、直观，对农村的理解又深入一层。希望有更多机会深入基层抓“活鱼”，到农村去，到脱贫攻坚一线去。

“蹲点一个月？真的假的？”接到驻村调研精准扶贫的任务时，我正在安徽出差，半信半疑。按照采访时间要求，我匆匆赶回北京稍作休整，办完出差手续就奔赴江西。

从4月30日到6月1日，我和村民们同吃同住同劳动共计33天。抚州市东乡区岗上积镇东源村成了我的“第三故乡”，因为自工作以后，从来没有在农村住过这么久。

饮水思东源。村里每天都有变化，向着秀美乡村、宜居乡村更进一步。我用手中的笔和相机记录这一切，挖掘故事，讲好故事，传递出贫困地区干部群众齐心摘“穷帽”、协力拔“穷根”的铿锵步履声。

方言听不懂，就找人翻译；天气湿热，蚊虫太多，就使劲点蚊香、喷花露水……一个多月的时间里，我每天跟着驻村扶贫干部共商脱贫良策，从贫困户努力用方言表达的激情中努力领悟他们脱贫致富的强烈愿望。

在贫困村蹲点调研后才知道，精准扶贫工作千头万绪，村与村情况不同，要解决的问题也不同。我所在的东源村是江西省级贫困村。通过保障扶贫、产业扶贫、健康扶贫、农村整治4个“全覆盖”，东源村从3个方面筑牢了脱贫根基。

筑牢脱贫致富根基，首先是加强村两委班子建设。东源村在脱贫攻坚中不仅配齐配强村两委、村小组长、村民理事会队伍，加强村两委后备干部人才库建设，而且还成立了村务监督委员会，开通了村党员组织生活微信群，

经济日报记者李万祥（中）在蹲点村采访农田水利基本建设情况

驻村故事：健康扶贫：让贫困户看得起病 让乡村医生后顾无忧

有效提升了村支部引领推进精准扶贫工作的凝聚力。“党建 + 脱贫攻坚”让东源村发展更有底气。

其次，培育和发展产业，壮大村集体经济。东源村穷在产业，脱贫的希望也在产业。为了彻底改变对帮扶政策、帮扶资金的依赖，近年来，东源村将引进和扶持产业发展作为打赢脱贫攻坚战的重要抓手，作为实现东源村从“输血”向“造血”的转变。东源村产业从无到有，快速发展，并逐渐形成特色。例如，莲藕基地、肉鸡养殖基地，不仅对所有贫困户提供补助，而且为村集体经济带来了收益。同时，东源村还注重将生态资源转化为发展的资本、资金、资产，既借势造景，又推陈出新。

东源村村支部所在地不远处，有个大棚基地，一片生机勃勃。谁曾想，这个大棚基地刚开始还走了点弯路，村民们不仅没赚到钱，反倒亏了。原来，前几年，驻村“连心”小分队在走访时了解到，村里想发展大棚蔬菜种植的村民有不少。他们便建大棚蔬菜种植基地，采取农村专业合作社的方式进行营运，结果亏了好几万元。因缺乏劳动力种不了、没有技术种不好，没有销路卖不出，蔬菜大棚的尝试黄了。

村民种不了，找企业来做。第二年，村里就把大棚全部承包给了专业企业，由公司统一运作，贫困户收租金和佣金，效果就很好。此后，东源村在建设莲藕基地项目时就如法炮制，引进专业的莲藕合作社，采用公司统一运作的方式，不仅贫困户获得补助，而且普通村民都得到了实惠。

最后，扶贫先扶志，扶贫必扶智。弱鸟可望先飞，至贫可能先富。能否实现先飞、先富，首先要看有无脱贫致富的意识和决心。不难发现，有些贫困村、贫困户扶不起，穷依旧，不是他们不能致富，而是他们缺乏脱贫致富的勇气和勤劳实干的行动。东源村通过加强组织建设，壮大村集体经济，村民的凝聚力增强了，越来越多的村民对脱贫充满信心。在此过程中，脱贫对象与贫困人口的精准识别，是一个非常严肃认真考验硬功的工作，必须下一番“绣花”功夫。总之，对贫困户“授人以鱼，不如授人以渔”，这既能帮助他们增长科学文化知识，又能提高劳动技能，还能起到培养新型职业农民的作用。

驻村故事：村干部“走读”变长驻 脱贫攻坚筑牢“大本营”

问渠那得清如许？为有源头活水来。根基稳了，脱贫致富才有生命力，才可持续。期待脱贫攻坚战传来更多佳音，贫困地区老百姓的生活越过越美好！

作风硬才能啃下脱贫硬骨头

个 人 感 言

经济日报记者◎袁 勇

没有哪次采访经历比这一次更加触动我的内心。在村中蹲点一月有余，我与村干部和村民成了无话不谈的朋友，我看到过他们为贫困而流下的伤心泪水，也看到过他们为脱贫而流下的喜悦泪水。这次采访让我明白，只有把自己的双脚扎扎实实踩在农村的土地上，才能看到中国基层最真实的一面。

2017 年 4 月 30 日，我从北京乘高铁抵达三门峡，换乘汽车来到了陕州区硖石乡卫家沟村，开始了为期 34 天的精准扶贫驻村调研。驻村一月有余，我看到了中国偏远山村里真实的一面，也感受到了我国的精准扶贫——这一人类减贫史上前所未有的伟大实践如何在这个山村里开花结果。

卫家沟村距离三门峡市区约一小时车程，村域内群山连绵，地势崎岖，是河南省省级贫困村。全村 305 户 1128 口人分布在方圆 9 公里的深山中。很长一段时间，卫家沟村是一个“三无村”：无水、无地、无主导产业和集体经济收入。村内仅靠一口机井打水，农户用水需去机井打水后，放到自家的水窖中储存，仅够日常生活，没有农田灌溉用水。全村耕地面积 1180 亩，人均仅约 1 亩耕地，由于地处山区，耕地十分分散，当地有“卧牛地”的说法——只要一头牛能卧下的地块，都可以作为耕地，且土地十分贫瘠。

驻村故事：年轻的驻村干部：“干到啥时候，听组织安排”

近些年，在当地各级政府和驻村扶贫工作队的帮助下，通过易地搬迁、发展集体产业项目、就业培训等方式，卫家沟村发生了很大的变化，村民的居住环境变好了，就业机会变多了，生活水平提升了。

如何啃下卫家沟村这样自然条件较差的脱贫硬骨头？笔者认为，这里的基层干部扎实的工作作风至关重要。

卫家沟村自然条件差，贫困程度深，脱贫任务重，所在地区基层干部缺编情况较为突出。硖石乡党委书记段晶说，硖石乡人少任务重，但是任务还

经济日报记者袁勇（左）在村民家中采访（肖伟　摄）

驻村故事：山窝窝里有个“老黄牛”白天黑夜忙脱贫

是要按时完成，并且质量不能打折扣，为此，当地基层干部基本放弃了休息日。两位年轻的驻村干部许晶莹和徐肖辉驻守在村里，入户调查、整理档案、协调项目……一心扑在工作上，难得回家，晚上想家时，就用网络视频和年幼的孩子聊聊天。65 岁的老支书宁有录脑梗死住院后，仅仅半个月就出院回到村里，为了脱贫工作在山沟里四方奔波。乡干部同样如此，为了推进脱贫项目尽快落实，他们经常主动工作到半夜，身在不同地方的乡干部经常半夜拍个工作照，发到扶贫工作微信群里，互相鼓励打气。由此，卫家沟村乃至整个硖石乡的扶贫工作进展顺利，群众满意度也很高。

实践证明，脱贫攻坚的路上，作风硬才能啃下硬骨头。然而，在一些地区，有些基层干部懒政惰政现象突出，不但不主动推进脱贫工作，甚至有时候上级政府下发扶贫物资，村干部都不去领。有的村干部认为，领了扶贫物资以后，如何分配是得罪人的事，容易引起村民不满，因此索性不去领。实际上，担心扶贫物资分配得罪人，是精准识别工作做得不到位的体现；忧虑农村稳定受影响，是深入群众不够，与村民交朋友、掏心窝不足的表现。

农村干部有怎样的工作作风，乡党委书记的作用至关重要。在硖石乡，段晶自己就是个“工作狂”，不但工作时间长，还经常深入各个村里推动扶贫项目的落实。此外，她还经常主动深入农户家中，与农户促膝长谈，了解农户对脱贫工作的意见，对村民来乡里反映的情况都一一记录，一一回应。她告诉笔者，要让硖石乡的基层干部都变成能打硬仗的老虎狮子，那自己就不能做一只绵羊；要想让大家跳进河里向前游，自己就不能站在岸上看。每当新的扶贫政策下来，她总是结合乡里各村各户的实际情况，反复研究琢磨，制定让政策作用发挥到最大、帮扶最精准的方案。

驻村故事：伏牛山中有“仙坡”，“脱贫苹果”满山头榜样是最好的引领，同时党建工作是淬炼作风最好的“熔炉”。为了让基层干部在繁重的脱贫工作中保持精气神，硖石乡十分注重党建工作，从机制上激发基层干部的工作热情，培养他们扎实的工作作风。每月28日，是硖石乡党委和各村委会的党员活动日。重温入党誓词，学习党章，召开民主生活会……不间断的党员活动，让党员干部不忘初心，在扶贫工作中始终保持不松垮、不泄劲的精神力量。

驻村故事：卫家沟小学孩子们的“六一”礼物

也应当看到，当前，基层干部普遍存在待遇不高、工作和生活环境较为艰苦的问题，我们需要加大对扶贫干部的关怀爱护力度，进一步提升基层干部的待遇。拥有更加稳定的生活保障，大家才能更加踏实、充满热情地投入到扶贫工作当中。

脱贫还得靠内生动力

个 人 感 言

经济日报记者◎李华林

虽然之前也做过一些脱贫攻坚报道，但如此近距离地接触乡土中国，了解山村农民的疾与苦、喜与乐，却还是头一回，这也应该是我整个记者生涯中极其难得的体验。蹲点一个月，不能说对脱贫攻坚有了全盘深刻的了解，却也更深入地知道了一些现状，发现了一些问题，挖掘到一些好的做法，更能从实际体谅地方政府的不易，知晓贫困山区脱贫的艰难。这对我今后的工作而言，无疑是一笔宝贵的财富。

初见坎子山村，万亩石林，在我眼里有点“过分美丽”。但曾几何时，悬挂在绝壁上的一尺羊肠小道曾是坎子山村人与外界相连的唯一通道。山高天寒，村里的土地分散又贫瘠，能生长的庄稼少之又少，玉米亩产曾不足百斤。代际贫穷在这里传递，除了少数飞出去的“凤凰”，大部分年轻人以在矿地打工为生。全村 152 户 426 人，95 户 269 人是建档立卡贫困户，贫困发生率超过 60%，5 年前，这里的年人均纯收入不到 3000 元。在坎子山村蹲点一个月，田间地头询问，入户采访观察。听过因病致贫的无奈，看过年老体衰的眼泪，但更多的是千方百计挣脱贫穷的壮志。

困在大山，基础差、发展能力弱的贫困村究竟要怎样才能走出贫困？这是我在坎子山村蹲点一个月一直想弄明白的问题。

驻村故事：再算贫困村“种地账”：成本是多少？

村党支部书记魏登殿一步步给了我答案。首先是要依托目前已有资源，发展产业。坎子山村的产业发展，很大程度上都是依靠各个政府部门和金融机构的支持。比如，郧西县农业局每年免费给坎子山农户发放蔬菜种子和化肥，一亩地可节约近千元，村民种地基本不用花钱。再如，村里想发展旅游业，十堰市旅游局每年投资 20 万元，开发旅游新村。

各项扶持政策精准落地，事无巨细。但精准扶贫有张时间表，现在再多

经济日报记者李华林（左）采访养牛户

的支持力度总有减弱甚至撤走的那天，贫困村没有自己的产业，长久稳定的发展就没有希望。

魏登殿早就想通了这个道理，扶贫产业要长短结合，既要有见效快的养殖业、种植业，解决贫困户现实急需的资金难题，也要为整村今后经济发展铺平道路。坎子山试着选择了三项扶贫产业：一是种植玉米、土豆和包菜。“气温能适应，当年种，当年收，见效快。”二是养殖牛羊。“坎子山是马头山羊的发源地，不缺养殖技术和销售市场。”三是发展旅游。“村里有万亩石林、奇秀溶洞、清真寺、佛教遗址等，都是可待开发的资源。”魏登殿说。

政府愿意投资，有魏登殿这样的能人会用投资，能将好钢用在刀刃上，把贫困户黏在产业链上，村集体经济发展有了看得见的希望。

虽然短中长期产业已有雏形，但脱贫致富最根本的还是要靠贫困户自身，扶贫不是发救济，而是支持有意愿、有能力的人，靠自己的双手创造富足的生活。记者在坎子山村走访发现，最大的问题还是出在人身上。长期深居在大山，坎子山村人勤劳、能吃苦，但是胆小、老实，200多个劳动力，有一半在外打工为生，留在村里的老的老、小的小，整体脱贫容易，但致富较难。魏登殿几乎以一己之力挑起了整个村子发展的重担，这种状况并不可持续，已经63岁的他，即将面临后继无人的现实。

与之相反的是，在郧西县涧池乡下营村，依托当地独有的绿松石和农副产品资源，全村近半数村民“触网”，村活跃网店数量达100家以上，全村339户村民，从事电商的有139户近700人，开设淘宝店、微店500余家。

驻村故事：贫困村“一亩地包菜能卖3600元”夸张吗?

这些网店的开办者，多数是80后、90后年轻人。也有年至50岁，半道学习开始经营淘宝店的。虽然同是山村，与坎子山村不同的是，下营村的村民没有被一亩三分地束缚，勤奋、好学、敢闯、乐于接受新事物，是下营村民的普遍特质。2016年，下营村线上交易额达7000多万元，可以说，下营村的脱贫之路，更多靠的是村民的自觉奋斗。

驻村故事：昔日避世的穷山村，如今要建“中国最美淘宝村”

同是贫困山村，却有不同的脱贫道路。贫困村如何能摆脱贫困呢？记者一路采访一路思考，靠政府给资源、给资金拉一把，靠村里能人带领，靠因地制宜的产业发展，更得靠贫困群众自身的能动力。枪头不动，累折枪杆。如果缺少内在动力，别人再使劲也很难脱贫，即使脱贫了也难以持续。因而，脱贫攻坚，需要多想想由内而外“扶”、从里到外“富”，先解决“志穷”，再解决“人穷”，帮助落后者“学会自己走路”。

彻底根除代际贫困传递 既要攻坚更要持之以恒

个人感言

经济日报记者◎姜　帆

我的驻村采访活动结束了，但是，作为记者参与到伟大的扶贫攻坚战役的号角才刚刚吹响。是精准扶贫驻村调研采访，让党湾刻在了我的心里，我将和这里的人们一起努力，在脱贫攻坚路上留下奋进的脚印，共同见证跨入小康的幸福时刻！

我驻村蹲点采访的地方——贵州省遵义市凤冈县永和镇党湾村，属丘陵山区，距离集镇5公里，距县城32公里，总面积29平方公里，耕地6763.8亩，有1742户、8136人。

忙忙碌碌的30多天转眼就过去了，从初来乍到的茫然和陌生，到现在的清晰和亲切，是这儿的山、这儿的水，特别是这里的乡亲，还有这里的干部，让党湾走进了我的心里，住进了我的心田。现在，我感觉自己已经不再是一个旁观者或局外人，在情感深处，我已然成为党湾村的一员。

这些天，我感受最深的一点是各级干部都很忙碌，从早晨奔波到深夜还干劲十足。他们说，要落实的事儿实在太多了。在这里，各级党组织和党员干部是扶贫攻坚的主力军。在党员干部的引领下，村民精神面貌焕然一新，实现了“要我发展”到“我要发展”再到“我带头发展”的根本性转变。

驻村故事：孩子们的心愿：做个有理想的人 请习爷爷放心

在党湾村的每一天，我都被一些人和事感动着，也被一些东西刺痛着，时而喜悦，时而忧伤，让我越发深刻地感到，党的扶贫攻坚决策的英明正确。如果不是这场伟大的全民脱贫攻坚战，不知还有多少偏远的农村是被遗忘的角落。那里的路什么时候能修通？那里的人什么时候能跟全国人民一道实现小康？不敢想象。如今，干部们你追我赶帮助乡亲们脱贫致富的精气神，把贫困地区群众渴望脱贫致富的劲头激发出来了，村民们自发地组织起来捐款

经济日报记者姜帆（右）采访村里小学生

经济日报记者姜帆（右）采访村民

修路建广场，工程需要占用自家耕地也纷纷自愿放弃补偿……这些让我真切地感受到贫困地区群众渴望改变家乡面貌的强烈愿望。这一切都让我们有理由相信，我们到 2020 年全面建成小康社会的目标一定能实现！

然而，我们也要看到，虽然从物质上能够实现快速脱贫，但是文化精神上的脱贫还有很长的路要走。眼界决定世界。在此之前我也曾认为，贫困家庭的孩子最缺少的就是金钱和物质。而今，当我深入到他们的生活之后，我发现让贫困家庭的孩子通过教育改变命运，获得人生出彩的机会，斩断贫困代际传递的根源，仅仅依靠给钱和给物，是根本实现不了的。村里孩子们阅历和见识的匮乏以及认知的滞后，大大超乎我的想象。有调查资料显示，目前我国农村有超过 50% 的幼儿认知滞后。农村儿童认知发展滞后是一个很大的隐患，将直接影响下一代人力资本质量，需要引起全社会的高度重视。

驻村故事：我和村里的孩子们

难忘村民质朴的笑脸

个人感言

经济日报记者◎吉蕾蕾

一个月很快，第一天到的时候还大雪纷飞，离开的时候已经春暖花开。我想，从此我的目光应该都会时刻关注这个雪花与烈日共存的地方。

最低海拔3100米、坐落在青海省大通回族土族自治县向化藏族乡最北边的上滩村，就是我驻村调研的地方。

从西宁出发，驱车前往大通方向，一路艳阳高照。半小时后，天空下起了绵绵细雨。雨越下越大，路越来越窄，水泥路也变成了砂石路。还在疑惑为什么对面来的车辆顶棚有积雪，这边的雨滴已经变成了雪花。

不知道过了多久，上滩村到了。打开车门的一刹那，清新的雪花扑面而来，感觉一下子从夏天穿越到了冬季。

上滩村居住着4个民族251户、1113人，有1/3是建档立卡的贫困户。全村总面积约39.5平方公里，人均耕地不足3亩，年人均收入不足3000元。由于地处偏僻，观念陈旧，受自然环境和气候条件限制，村民多以土地为生，兼放马，养牛、羊、鸡维持日常开销。

经济日报记者吉蕾蕾（中）在田间地头采访上滩村的春耕情况

阴晴不定是上滩村最大的气候特征。听村民说，今年雨水特别多，春耕比往年推迟了近一个月，今年的收成还不知道怎么样呢。

尽管物资匮乏，条件艰苦，但上滩村人并没有失去脱贫致富的斗志。这几年，在家的壮大了牛羊养殖规模，在外的辛勤务工，再加上精准扶贫政策的落实，目前上滩村正在进行的扶贫项目包括土地开发整理、人畜饮水改造、畜棚建设等，预计总投资将超过 2000 万元。上滩村第一书记周丹文表示，到今年 9 月底，上滩村不仅村容村貌和基础设施将会发生天翻地覆的变化，也必将为村子今后的发展创造条件、积蓄后劲。

驻村故事：咱村“脱贫洋芋”卖得俏！特色种植“造血”见真效

驻村调研一个月，最难忘的就是村民那质朴的笑脸。

过去住在逢雨必漏、入冬必冻、号称全村最破烂的土房里，如今享受危房改造政策，住进宽敞的砖房，每天接待邻居的参观、道喜，52 岁的单身汉赵永贵笑了；过去，逢年必忧、身背外债、遭人嫌弃，如今主动找活干、要活干，不仅还清了债务，还赢得了村民尊重的代尕巴笑了；过去丈夫治病交不上医药费，娃娃交不起学费，甚至交不起电费，如今有了城里结对帮扶的“亲戚”，娃娃毕业找到了工作，用贴息贷款 3 万元发展中药材生意，脸上爬满皱纹的昝满贵露出了笑容。

驻村故事：一起见证上滩村的星空与炉火

记者调查发现，这些笑容是从 2015 年 10 月青海省国土资源厅驻上滩村扶贫工作队到村后，一天天增多的。为了精准识别村里贫困户的致贫原因，驻村工作队白天挨家挨户走访群众，晚上聚在一起学习扶贫政策，完成了 83 户贫困户精准识别和建档立卡工作。他们为每户贫困户建立一本台账、每户提出一个脱贫计划、每户拿出一套脱贫措施。扶贫干部们说，脱贫攻坚路上，坚决不漏一户、不落一人，不将一个贫困家庭遗忘。

按照计划，今年上滩村将实现脱贫摘帽的目标，对此村干部充满信心。但如何形成稳定的脱贫致富局面，让村民笑口常开是如今村两委班子考虑最多的课题。最近，产业发展规划、美丽乡村建设规划、土地开发整理项目等 11 个扶贫项目正在上滩村同步进行。这些项目完成后，村子的基础设施、村容村貌将发生很大改变，也将为全村今后的发展积蓄后劲。

不久的将来，随着大通至克图高速路的穿村而过，这个“养在深闺人未识”的小山村必将走进世人的视线，生态环境优势不仅越发凸显，也将给村民带来增收的希望。

谷河村的路

个 人 感 言

中国日报记者◎朱立新

离开谷河村后不久，有一家德资企业与我联系，说他们看见了我在《中国日报》上发表的关于谷河村扶贫情况的报道，愿意做一些力所能及的事情帮助这里的贫困村民。7月22日，我和这家企业的员工一起又到了谷河村，并带去了企业为贫困户精心准备的生活物资。谷河村的贫穷现状终将成为历史，而我对谷河村的关注永远不会结束。

2017年4月28日至6月1日，我在安徽省阜阳市临泉县吕寨镇谷河村蹲点采访。

谷河村是国家级贫困县临泉县最偏远的一个村子，与它仅一河之隔的是阜南县的地界。当我第一次走在唯一一条进村的水泥路上时，当地的扶贫干部为我描述了这里两年前的路况。

2014年就从阜阳市物价局来到谷河村扶贫的刘明利还保存着她刚来这里时用手机拍下的几张照片：由于道路太过坎坷，一辆拉着麦子的三轮车在这条路上翻了车，许多村民赶来帮忙才把车子翻过来推走。

正因为那时的路况太差，村民卖粮食都只能靠粮食商开着三轮车下乡来收购，别的村每斤麦子能卖到一块钱，谷河村却只能卖7毛钱左右，差距非常明显。

谷河村地处平原地带，从技术上说，在这里修路本不是一件难事。都说“人多力量大”“人多好办事”，拥有5000多户籍人口的谷河村基础设施为何如此落后，是我驻村采访期间最想弄明白的问题之一。

走在这条水泥路上，沿途可以看到许多两层至四层高的楼房，许多楼房的面积甚至在500平方米以上。也能看到许多破败的砖瓦房，甚至土房。那些楼房往往都是大门紧锁，无人居住，而那些破败的老房子里往往都住着人。

阜阳市有至少280万名外出务工人员，谷河村也面临着大部分村民已外出务工的局面，那些宽敞阔气却长期空置的楼房大多都属于在外务工的村民。

中国日报记者朱立新（左）在谷河村采访村民（牛玉成　摄）

驻村故事：谷河村老支书的坚守与遗憾

村干部们说，以前修路需要村民集资。有人说应该按村民家中的田亩来计算每家应该交多少钱，田多的不答应；有人说应该按家庭人口计算，人多的不答应；在外务工不常回家的人说应该按走这条路的频率计算，走得少的应该少交钱；离路远的村民说应该按各家离路的远近计算，离得近的应该多交钱。

我们没有经历过这些村民所经历的窘迫，就没有资格去指责他们没有胸怀。正如吕寨镇镇长于海田说的那样，贫穷往往不是贫穷者本人的错，慷慨也不是富足者与生俱来的品质，很多时候，先富的人只是先于别人享受到了好的政策，而后富的人不能被先富者冷漠地嘲笑。

镇长的这一番话让我想到，当我们大多数人都已经过上了富足的生活，针对少数人的扶贫不仅仅是党和政府的责任，也应该是所有先富者的责任。

2015 年，政府出资把这条进村的主路修好了，村民们一个个笑逐颜开。谷河村的交通状况从此发生了巨大的变化，不过，对于拥有 14 个自然村的谷河行政村来说，一切又只是刚刚开了个头。

5 月 9 日下午，走访完几个贫困户之后，我穿着雨鞋回我所住的谷河村村部。当我走在一条泥泞的土路上回想着在贫困户家中所见的场景时，4 个小学生背着书包，拖着显得有些沉重的脚步迎面走来。一边是即将成熟的麦子，一边是几个无精打采的学生，我本能地举起相机记录下了这一幕。

之后的几天，天气晴朗。5 月 15 日下午 4 点多，我早早地站在麦田边的路上等待这群孩子放学经过这里。当我操作着无人机从他们头顶飞过，我从控制屏上看到的是他们活蹦乱跳的身影。阳光照在他们身上，在地上留下一个个长长的影子，阳光仿佛把他们照成了一个个舞蹈家。

后来，我又多次在这条路上专门等候他们。有一天，刚下过雨，路又变得非常泥泞，一个女孩在追赶同伴时，把一只雨鞋陷在了泥里，正当我要走上前去帮她捡鞋，她已经光着一只脚蹦回去把鞋拔了出来。

我小时候也是生活在农村。20 年前，我也像他们这么大，那时我走过的路和他们现在正在走的路几乎是一样的状况。

20 年后，当我已经习惯了四通八达的城市道路，这样的孩子走在这样的路上，似乎在提醒着我不要忘记自己人生的来路，也不要忘记那些仍在忍受贫穷的“少数人”。

扶贫路上的这些人，让我看到希望

个 人 感 言

中国日报记者◎左　卓

这次蹲点调研采访是我人生当中非常宝贵的经历，它不单让我积累了新闻工作的经验，更是对我有很大精神上的触动。最初我接触到很多贫困户，会感叹于他们的不幸和苦难，但到后来，我看到更多的是希望，他们在政府的帮扶和自身努力下，都在顽强地生活。贫困并不可怕，可怕的是被遗忘。他们没有被遗忘。

在江西省会昌县文武坝镇古坊村蹲点一个月后，我的农业知识大涨，对于养鱼、养猪、果树栽培、大棚蔬菜种植这些以前毫无概念的事情，都有了大致了解。

我结识了许多村民村干部，与收留我一个月的妇女主任更是建立了深厚的友谊。就连她家一开始追着我咬的 3 只小狗，到后来也到处尾随着我，每次我出门采访时，后面就跟着浩浩荡荡的小队伍。

农村生活之于我突然变得如此亲切熟悉，而农村正在进行的这场扶贫攻坚战也不再是一个抽象的概念，而是一群实实在在的人，在干着实实在在的事。

让我感触最深的，还是农村的这些人，我感动于他们面对苦难时的坚韧，和为了美好生活打拼的决心。

我采访过一个 26 岁的年轻人，名叫曾超志。他长着一张娃娃脸，总是笑嘻嘻的，你无法想象他已遭尿毒症折磨 6 年之久。

他的双肾严重萎缩，无法排毒，每周要透析 3 次、反复清洗血液才能活下去。

他的左手胳臂因为长期接受动静脉刺穿，已经扭曲变形，皮肤上遍布一个个高耸的肿块。

他讲述自己的病情和曲折的治疗过程时，却是轻描淡写的，甚至还会开

中国日报记者左卓（右）采访贫困户

驻村故事：在沉睡的土地里种下希望
江西古坊村有这么一群追梦人

些黑色幽默的玩笑，他说：“得了这种病，不乐观不行。”

他的父母为给他治病已花掉100多万元。好在2015年，曾超志家被列为精准扶贫户，拿到了低保。2016年，县政府又为全县贫困户增加了疾病医疗商业补偿保险。现在，曾超志能享受4条医疗保障线，经济负担大大减轻。2016年，他的治疗费高达31.9万元，经报销后，家里只出了1万多元。

在采访过程中，曾超志的父母反复说，“没有政府的支持，我们过不下去。”

因为政府的帮扶，曾超志如今能够接受有效治疗，病情得到了很好的控制。疾病没有消磨他的意志，反使他更加坚强乐观，也使他比同龄人有着更加成熟的心智。他没有让自己的生命就这样枯萎，而是尽己所能地找些事做，如在网上做一些不需要太消耗体力的代购的活。他还热爱文字，喜欢思考，平时会写一点东西。他甚至说：“我算是幸运的，至少我还能看见每天的太阳。”我永远记得他说这句话时，脸上的笑容。

另一个给我留下深刻印象的人是邹士荣。他是古坊村富民生态农业合作社理事会的理事长。

他算是从古坊村走出来的成功人士之一，在2016年以前，一直在广州的一家鞋业加工厂当老板。2016年年初，古坊村的脱贫攻坚工作正进行到最关键的阶段，基础设施建设已经开展起来，但全村仍缺少支柱产业来带动经济。

要搞产业，必须有能人带头，村支书就想到了邹士荣。于是，在村支书的动员下，邹士荣放下了广州的事业，回村扛起了发展产业的重担。他并不是农业产业方面的专家，但他有丰富的管理经验，他和合作社的12名理事成员一起日夜研究、考察，最终制定了一套符合古坊村特色的产业发展模式。

产业发展初期，急需资金，他带领12名理事会成员带头集资，每人贷款几十万元投入产业发展，最后，他们一共筹集了500万元。

投入这么多的资金不是没有风险的，但是理事会成员们个个都义无反顾、热情高涨。邹士荣说："因为理事们都是本村人，大家都是抱着把古坊村建设得更美好的愿望在干，想让全村老表在家门口就能赚到一份理想的工资，所以无论如何也要筹到钱发展产业。"邹士荣本人投入的资金也是最多的，他以个人名义贷款70万元，还以法人名义贷款了300万元。

凭着这股劲儿，古坊村的产业搞得风生水起，一年内就发生了翻天覆地的变化，2016年年底，实现整村脱贫。

我在5月份来到古坊时，这里已经完全没有贫困村的影子，从6米宽的主干道、平整过的土地，到井然有序的大棚、果园、鱼塘、菜地，一切都是崭新的。

邹士荣带我参观村里已经颇具规模的产业，骄傲得像在炫耀自家孩子。他为古坊村规划的未来是将其打造成"新农村田园综合体"，集采摘、休闲、观光、旅游、零售、餐饮、存储等于一体，让古坊村成为整个会昌县城的后花园。

如今，数千株果苗正在古坊村的土壤上蓬勃生长，邹士荣满怀憧憬地说，"想想看，三五年后这里会变成什么样？"这确实是一片希望的田野。

这次会昌之行中，我还接触到许许多多的贫困户和扶贫工作者，他们的故事有辛酸、有苦难、有奋斗、有努力，但最终都会让我想到两个字：希望。

深入扶贫一线，感知一个真实的中国

个 人 感 言

中国日报记者◎谭英姿

这是一段难忘的人生经历，一次珍贵的学习机会，一段深厚的友谊。从事记者工作16年来，第一次如此深入地在一个地方调研采访，为我补上了国情教育里最重要的一课。中国不是只有北上广，中国的广大农村需要我们媒体给予更多的关注和报道。农村的广阔天地，可以大有作为。

“武隆是个山咔咔，红苕洋芋苞谷粑，要想吃碗鸡蛋面，除非女人生娃娃。”这首当地的顺口溜十分形象地描述了多年前武隆地区的偏远贫穷。以前物资从重庆顺江而下到涪陵，再由船夫拉纤到武隆，半个月才到达武隆县城，然后由人背着物资进山。

近年来，重庆武隆因其奇美的喀斯特地貌而名扬天下，成为旅游发展样板区。然而，20年前这里是重庆贫困县中的贫困县，人均年收入不足2000元。

当我接到驻村采访通知的时候，说实话，心里是有一点打鼓的。对于在大城市长大的我来说，对于农村生活的了解仅限于偶尔到老家走亲戚。泥泞的道路，落后的卫生条件和弥漫在空气中的各种排泄物的味道总让人想尽快逃离。因此，我在物质上和精神上都做好了充分准备，希望能够圆满完成这个任务。

然而，当我驾车近 5 个小时从重庆市区来到这个山村的时候，村里的面貌让我惊喜了一下：青翠的山脉，清新的空气，满山遍野的果树，崭新的小楼，一条条干净平整的水泥路，好一幅秀美的田园画卷。

然而，就在几年前，这里的村民还只有一条硬化路，吃水靠挖坑蓄雨水，生产生活条件都十分落后。

筏子村辖区面积 20.28 平方公里，海拔 610 米至 1350 米之间，辖 9 社，共有 567 户（2067 人）。典型的喀斯特地貌造成了土地石漠化和严重缺水。

中国日报记者谭英姿（左）与农户交流中

中国日报记者谭英姿（左）采访致富带头人

全村 8000 余亩耕地中，最严重的时候有接近一半都是石漠化土地。唯一的水源就是雨水，农田基本上得不到灌溉，近 600 人未能实现安全饮水。

2014 年，全村建卡贫困户 59 户（202 人），贫困发生率接近 10%，远高于全市平均水平，全村经济来源主要以种养殖业和外出务工收入为主，是典型的市级贫困村。

据筏子村扶贫第一书记傅忠杰介绍，自全面启动扶贫攻坚以来，政府加大了基础设施建设的力度，新（改）建村社公路和硬化道路近 50 公里，从 14 公里外的江口镇引水上山，从根本上解决了村里出行难、吃水难的问题，给乡村带来了巨大的变化。

印象最深的是在 86 岁的罗银国家，这位老人开心地打开水龙头给我“炫耀”，清澈的水哗哗地流进了他家的大水缸，他说没想过这辈子还能用上自来水。一条一米宽的硬化路也铺到了他家院坝，老大爷出门再也不用深一脚浅一脚走泥路了。

有了水，有了路，山里的产业也发展起来了。以前，这里的农民没有技术，没有资金，只会种植传统作物，收入极低。很幸运的是，筏子村有一批聪明勤劳的致富带头人，带领着乡亲们脱贫致富。

全国劳模申建忠、村支书肖德均、“土专家”杨顺友、种植大户王小兵等人刻苦钻研种植技术，主动创新产业发展模式，无私奉献研究成果，在村里建立起了10个专业合作社，把贫困户都纳入进来。现在，脆桃及蜜李已经成为全村农民增收的主导产业，“一村一品”的产业格局基本形成。2016年年底，筏子村的贫困人口发生率已经降到了1.83%。

驻村故事：扶贫先扶志，榜样力量强

我在村里还发现，农村的整体卫生环境发生了很大变化，各家院坝基本上都收拾得整洁规范，路上也很少见垃圾杂物，那股熟悉的味道也很少闻到了。村里最近还表彰了一批在创建“公序良俗”建设活动涌现出来的先进家庭和个人，他们讲究卫生、家庭和谐、勤劳致富、团结邻里、乐于助人。

如今的扶贫工作已经不仅限于让农民达到“两不愁三保障”的物质标准，精神脱贫也是一项同样重要的工作。长期的物质贫困造成了农村许多的矛盾和问题。改掉农民不良的生活习惯，树立正确的价值观，才能更有力地推动扶贫工作，保持脱贫成效。

当地人预计，今年夏天筏子村的桃李园将迎来一个大丰收，筏子村民的日子将更上一层楼。如果顺利通过6月国家扶贫工作验收，筏子村就将正式告别贫困村的历史，迈向建设小康的新征程。

好运，筏子。

乡村旅游助贫困山区脱贫致富

个人感言

中国日报记者◎王晓东

在交通闭塞、自然条件较差的山区实施脱贫，困难比想象的要多。在当地党和政府的带领下，近年来当地村民不断努力，建设了一个又一个美丽乡村，大大改善了村民的居住环境，为发展乡村旅游业奠定了良好的基础。摆脱贫困也许不是一朝一夕的功夫，但好的开始是成功的一半。相信在当地党和政府的带领下，依靠群众的不懈努力，随着国家和社会的不断发展，贫困群众会早日脱贫，迈入小康。

5 月，我在甘肃省康县花桥村蹲点采访。一个月的采访，我看到了当地近年来脱贫攻坚所取得的巨大成绩，感受到了当地群众在党和政府领导下决心改变落后面貌走向富裕的决心。调研采访期间，我印象最深刻的是当地建设“美丽乡村”所取得的成就。

在花桥村驻村采访时我了解到，由于当地地处甘陕川交界处，山高坡陡，居民居住分散，耕地稀少，农业生产较为落后，缺少规模工业。当地政府因地制宜，着重保护生态环境，贯彻“绿水青山就是金山银山”的发展理念，通过发展乡村旅游实施精准扶贫。发展旅游首先要改变乡村脏乱差的旧貌，改善村民的居住环境。为此，近年来当地大力实施“美丽乡村”建设，对全县350个村统一规划、分年建设，注重保护乡村风貌和乡音乡愁，注重挖掘乡村文化内涵，不搞大拆大建，不砍树、不埋泉、不挪石、不毁草，加强古村、古街、古楼、古坊的修护，复原醋坊、酒坊、豆腐坊、水磨坊等土制做法，努力形成一村一韵、一村一景。截至2016年年底，全县建成生态旅游型、古村修复型、产业培育型、环境改善型、文化服务型等不同类型的美丽乡村262个，占全县总村数的75%，惠及建档立卡贫困户10909户。

当地把发展乡村旅游作为带动建档立卡贫困户增收的重要抓手，近年来实施了“十村百户千床”乡村旅游示范工程，发展农家乐和农家客栈300多户。重点建设核心景区，形成南有阳坝景区、北有长坝花桥景区、中有王坝大水沟景区和白云山森林公园的全域旅游格局。全县已建成的50个旅游村都成立了乡村旅游公司和旅游协会，开发电商旅游产品，着力打造乡村旅游示范基地和吃娱购游自驾游基地，有效解决了游购等问题。目前全县350个行

中国日报记者王晓东（右）与村民交流

驻村故事："互联网+"助村民脱贫致富

政村已经有 3/4 建成了"美丽乡村"，花桥等部分乡村已经打造成远近闻名的旅游目的地。在花桥采访时我发现，乡村绿树成荫，花丛似锦，小桥流水，一些村民通过开展农家乐、销售当地土特产取得了不错的收入。即使是在二萍村等更为偏远的山区，村庄面貌也整洁有序。据当地村民介绍，几年前这里不少村庄还是"晴天一身土，雨天一身泥"的景象，不少村民还住在破旧的砖瓦房里。

除了发展旅游带动居民增收，当地也绞尽脑汁采取了许多精准脱贫的措施，如大力发展传统中药材种植、发展特色养殖业、大力发展电商销售当地土特产、发展特色小吃、推广宣传当地传统艺术等。一系列扶贫措施也在逐渐改变村民的行为习惯，不少村民对未来美好生活充满了期待。

驻村调研期间，我走访了部分未脱贫的农户家中了解情况。尽管贫困户温饱问题已经解决，但部分生活仍然面临不少困难，尤其是因病致贫、因病返贫的情况比较突出。另外，由于当地基本医保政策所限，部分村民得病后如果去附近的陕西汉中、四川广元（比省会兰州更近）等城市医治医疗费用报销比例比较低，医疗费用成为一大负担。当地村干部也呼吁当地的医保政策进一步放开，以助力村民脱贫致富。

我的古城村

个人感言

中央人民广播电台记者◎徐 雯

驻村调研采访一个月，我自己的收获非常多。首先是新闻专业上的，作为专题节目的编辑，深入农村采访的机会比较少，这次采访时间长，也是给了我了解农村、锻炼自己采访写作能力的一个好机会。另外收获的就是信任。在驻村采访的第一晚，就有大妈找上门来，诉说自家买房被骗的经历，我也尽其所能帮助找律师咨询，帮忙出主意。在我离开前，村里给我颁发了古城村荣誉村民的证书，古城村从此也成了“我的古城村”。

我驻村调研的地方是黑龙江省绥滨县北山乡古城村。绥滨县北与俄罗斯隔江相望，是一个地道的农业县，整个县以水稻种植为主，古城村也是如此。古城村全村人口 1000 人左右，常住人口 400 多人。

提起黑龙江省，您先想到什么？首先在我脑海中冒出来的词是“黑土地”，然后就是“北大仓”。我所蹲点采访调研的村子古城村在黑龙江东北部的绥滨县，在去往村里的路上，看到的就是一望无际的黑土地。

黑土地肥力高，适合农作物的生长，可以说是大自然的馈赠。不同于南方人多地少，这里地广人稀，绥滨县又是全国唯一一个县域内没有山的地区，就说古城村，人均耕地面积有一垧，也就是15亩，在我的老家，一家人的承包地都没有这么多。

地是好地，人均耕地面积又多，为什么这里的村民还不富裕呢？这是我驻村之前最大的疑惑。古城村的村民关凤艳给我算了一笔账：关大姐家三代6口人在二轮土地承包时，分到了6垧地，又租了6垧地，几乎都种水稻，每年收入10万元出头，但是大型农机具一台就要十几万元。水稻从育种、整地、灌水、打浆、插秧、收割，每个步骤都需要相应的农机具。村民开玩笑说，一年挣的钱都买了“铁”（农机具）。2016年，村里的烟草种植户在收获期遇到冰雹加大风，烟叶全部损失，有农户损失十几万元。

中央人民广播电台记者徐雯（左）采访村民

绥滨县致贫原因主要有 3 种：因灾、因病、因婚。比如今年气温极其不稳定，5 月下旬还出现了霜冻，不少水稻苗被冻，很有可能减产。如果说常年一公顷能出八九吨水稻，减产到 6 吨的话，流转土地的农户就会赔钱，这就可能造成贫困。

古城村在 2015 年已经脱贫出列，目前的贫困户基本都是因病致贫，比如癌症、残疾，而且年纪偏大，老两口都没有劳动能力，没有劳动收入。

古城村的脱贫还是以自力更生为主。本届村委会班子上台后，整合了村里的合作社，成立了以油坊、酒坊、大棚为主的金秋种植专业合作社，还有两江古城合作社。以油坊为例，超市豆油在每斤 7 块钱左右，因为合作社采用笨榨的方式，金秋笨榨豆油最高能卖到 15 块钱一斤，效益不错。油坊的股东多数都是 60 多岁的老人，干不了农活，入股可以分红，而且油坊活儿轻，还能有份工资收入，这对老人来说，这种脱贫致富的方式比较不错，当然前提是要有一定的本金投入。

在脱贫的过程中，路是非常重要的，常言道：要想富，先修路。古城村在 2015 年之前，村里只有主干道是水泥路，多数都是泥土路，田间道也是如此。田间道一下雨全是泥浆，连有一米多高车轮的农机都走不了，对春耕秋收影响非常大。但是因为绥滨县是全国唯一一个无山无石县，修路成本非常高。从邻县拉毛石，石料 20 多块钱，运费就要六七十块钱。所以 2015 年，争取到了国家专项扶贫基金，古城村才把村内全部道路铺上了水泥路，田间道铺上了毛石路。

对于农村的发展来说，年轻人的作用不可忽视，他们可能带来思考方式、生产生活方式的改变。年长的村民在农业发展上可能会更趋于保守，比如古城村长年种植圆粒水稻，这种水稻收获后通常都是出售给粮库，管理相对简单、产量高，但是价格不高，一吨在 2700 元左右。如果改种长粒香或者中药驻村故事：咱村里人也成了“股东”

材等收益高的农作物，多数村民怕风险高，而且需要精细管理，不愿意尝试。

那村里的年轻人哪里去了呢？学习好的都已经上大学离开了农村，在城市找到了工作；即便没有考上大学的年轻人，除了春耕秋收的时候回村农忙，平时都在县城或者附近农场陪孩子读书，平时尤其是冬天农闲的时候，村里是见不到什么年轻人的。有些村子甚至在冬天是没有人居住的，因为天气太冷，农村取暖设施和县城是没法比的。

其实乡村里的小学硬件条件不错，教室宽敞明亮，走廊也布置得十分温馨，因为是希望小学，还有企业会定时捐赠物品。但是可能村民觉得种地太辛苦了，都希望孩子能成为拿工资的城里人，所以村民在教育上的投资是非常大的，大家都愿意在城里租房，让孩子在县城读书，获得更好的教育。如何能留住年轻人，我认为这是农村的一个大课题。

驻村调研采访一个月，我自己的收获非常多。首先是新闻专业上的，作为专题节目的编辑，深入农村采访的机会比较少，这次采访时间长，也是给了我了解农村、锻炼自己采访写作能力的一个好机会。另外收获的就是信任。在驻村采访的第一晚，就有大妈找上门来，诉说自家买房被骗的经历，我也尽其所能帮助找律师咨询，帮忙出主意。而且不仅是古城村的村民信任中央台的记者，连外村村民都想来咨询类似粮食直补等政策，可见他们对中央台记者的信任。

在我离开前，村里给我颁发了古城村荣誉村民的证书，古城村从此也成了“我的古城村”。

脱贫致富路上需要更多年轻干部

个 人 感 言

中央人民广播电台记者◎张秋实

脚下是广袤大地，眼前是原始村落，从脚底传到心头的是这片土地强劲而原始的脉动！这片土地给了万物生息，这里的人们给了万物定义。在这片古老的土地上，时间仿佛从未走远，人们日出而作，日落而息。一个月很长，我曾想着怎么让时间过得快一点；一个月很短，分别之际，泪水却在心头滑落，这里已经有了太多的牵挂。当感受到这土地上的勃勃生机，就能体会到太多的感动和精彩。脚踩着古老的土地，就有无限鲜活的故事！

胡老村地处皖豫两省交界，紧靠洪河分洪道，是安徽阜南县沿淮贫困带15个乡镇中最具代表性的贫困村。一来地处传统淮泛区，水患频繁导致历史欠账较多，基础设施极为薄弱；二来长期贫困直接导致“思想贫困”，群众“等、靠、要”依赖思想严重。落后、贫困致使此地发展难，难发展，留不住人，脱贫压力很大，数字有着最直观的体现：60% 以上青壮年常年外出打工，贫困人口高达 177 户 566 人，是典型的“老弱病残村”。

4 月 28 日，我到村里报到。从县里到王堰镇，24 公里的路程，车开了近一小时，交通不便。从镇上到村里，仅仅十来公里的路程，也开了近一小时。村里人都说路太差！确实，这也是村里给我的第一印象。

在之后一个月的驻村采访中，一段段泥泞的土路、时而的断水、断电、断网，让我更全面了解了乡村的状况——全镇有近 1/3 自然村主要出行道路为泥土路，即便现有村级水泥路也普遍存在路面窄，断头路多等问题。同时，水利设施不完善，全镇只有 1/4 的耕地能够保证旱能浇、涝能排，众多天然沟渠河流需要清淤疏浚与开挖。此外，电力设施也存在着生产线路供应不足、线路老化、电压不稳等实际问题，全镇大部分自然村还不通网线。

中央人民广播电台记者张秋实（右）在村民家中采访今年粮食收成

地理位置偏远、基础设施落后，致使土地流转、招商引资等产业扶贫难以有效开展。这不仅是王堰镇的难题，胡老村的现状，也是不少贫困乡村的共性问题。正是如此，更彰显了党和国家提出的精准扶贫脱贫攻坚战的重要性和必要性！

实际困难大，面临难题多。因此，要打赢脱贫攻坚战，必须发挥好基层党组织的战斗堡垒作用，调动好基层干部的能动性。作为最基层的党组织，村两委既是国家大政方针的贯彻落实者，也是老百姓脱贫致富的领头人。一个矛盾的事实是，很多贫困村的村两委班子年龄结构偏大，文化程度偏低，难以适应日新月异的时代变化，更为突出的是固化的思想观念带来的落后工作理念、思路，直接影响脱贫攻坚、脱贫致富的效率。

带领群众走上脱贫致富路，必须要依靠坚强有力的党组织！针对部分村两委软弱涣散、部分村干部存在的思想问题，阜南县将其总结为“五化”：干部能力弱化、年龄老化、观念僵化、知识贫化、作风腐化。对此，县里通过辞退、转岗、培训、招聘、查处等措施进行针对性解决，促进村居干部职业化、专业化、年轻化。

带领群众走上脱贫致富路，必须要打造新的造血机制。全县大力推进干部年轻化，推动更多青年干部下基层锻炼，强化基层党组织的战斗堡垒作用和政治功能。

我所在的胡老村，村两委平均年龄在 55 岁，他们是土生土长的本地人，有丰富的基层工作经验，有长期积攒起来的人脉，他们懂农村、懂基层，熟知各家各户的情况，这些“老人们”的优势很明显。弊端同样显而易见，受制于年龄、文化程度等方面的影响，他们虽有干劲却缺少思路和科学的方法，村干部甚至不懂互联网，不会用电脑、智能手机。

打开新局面，就要为古老的村庄提供造血功能！县国税局选派来的驻村驻村故事：说服贫困户接受新思维、新方式是个“技术活”

扶贫书记、工作队队长李平伟到村后，定期组织村两委上党课，学习党和国家大政方针，在村里积极发展党员，强化党组织功能，还带动县国税局135名党员进村入户进行精准扶贫。此外，带领村干部学习互联网知识开阔视野，了解外界。同时发挥自身资源优势为村里跑项目，跑道路，谋划产业扶贫。从基础设施改善到招商引资环境优化，贫穷的胡老村正在一点一点地发生新变化。

比起年轻干部带来的资源优势，更为重要的是新思想、新观念、新思路的落地生根。长期物质贫困导致的思想贫困，正被这种新变化潜移默化。从老百姓到村干部，都开始运用新思维、新方式面对新农村的新局面。这种可喜的新变化对每一个乡村都是至关重要且难能可贵的。

眼下，王堰镇新的一批村书记、村主任助理已经选拔就位，这些敢闯敢干充满青春朝气的年轻人为广袤农村带去的一定是屹立时代潮头的新思维新视野！我们有理由相信，新的造血机制势必给乡村古老的肌理输送全新的血液，带来全新的改变！

记者就应该双脚沾满泥土
用感情记录乡土中国

个 人 感 言

中央人民广播电台记者◎范存宝

我从事记者职业 10 年了，也拿了不少荣誉，可在江西省遂川县高坪镇桃洞村一个月的驻村采访，当地给我颁发的“荣誉村民”的证书，是我获得的证书里，最沉甸甸的一本！

2017 年 4 月 25 日，在开动员培训会的时候，大家现场观看了一个现代快报拍摄的视频，讲述的是贵州遵义播州区团结村老支书黄大发 36 年愚公移山修水渠的故事。说实话，当时看了挺震撼，典型人物报道，能做得这么深入、这么生动，点击量达到了几百万人次，不容易。看完黄大发的故事，当时我就在下面嘀咕：不是每个村都是团结村，不是每个村都有黄大发啊。我们要驻点的村有这么生动的人、这么曲折的事吗？说实话当时我心里在打鼓，觉得此行压力巨大。

29 日，我前往驻点的江西省吉安市遂川县高坪镇桃洞村。我当时就想，不管村里有没有黄大发，有没有 36 年修水渠这战天斗地的事迹，我每天要坚持写一篇蹲点日记，记录自己驻村采访的点点滴滴。

遂川县地处江西省西南边境，是吉安市面积最大、人口最多的县，明年才能脱贫摘帽。而我所在的高坪镇桃洞村，则是遂川县最偏远的西南角，和湖南省桂东县交界，距离遂川县城 80 公里，高坪镇农民人均纯收入 4300 元，是江西典型的山区农业乡镇。桃洞村有 273 户 1062 人，贫困户 80 户 260 人，占比接近 1/3。因病、因残、缺技能、缺资金，基础设施滞后等困难和问题突出，而桃洞村今年要脱贫摘帽，压力巨大。

到了村里，我住在村支书李发南家里。每天和镇村干部坐皮卡、开摩托、走路爬山到村民家采访。其中骑摩托车摔了一跤、爬山摔破了手，现在还留有伤疤。我想这都不算什么。我家就是农村的，但这次重新回到农村工作生活一个月，感觉还是很不一样。18 岁以前在农村，只是吃饱了饭去上学，没有思考过其他问题。这一次，我是带着中央人民广播电台的使命，是以记者的眼光、视角回到农村来观察来记录的。这些祖祖辈辈生活在这山沟沟里、在巴掌大的梯田里讨生活的村民，他们有年纪大一些的，一辈子都没去过县城；去过县城的，不少都是去看病的。看到他们挣扎在面朝黄土背朝天的泥泞里，仿佛就看到了自己的父母如何把我拉扯大的样子，所以有一种强烈的感同身受。

在村里，每一个贫困的家庭几乎都是不幸的家庭。上洞组的尹成娇，有 3 个孩子，老二是个智障，不会走，不会说话，14 岁了个子还没有五六岁的小孩高。在她家采访的时候，这个孩子被关在房间，时不时发出咿咿呀呀的声音，让人听了毛骨悚然，更是令人揪心。就是这样的家庭，尹成娇夫妻二人没有抛弃没有放弃，勤勤恳恳，把茶山打理得非常好，房子建得很漂亮，收拾得干干净净。在稿件《小小的叶子，大大的梦》里头，我讲述了尹成娇不屈服于命运的故事。

中央人民广播电台记者范存宝（右）在采访村民

还有李新华，左手残疾。他和哥哥李华明都是80后。他们还有一个大哥11年前去世，大嫂改嫁，留下了一名7岁的孤儿。李新华兄弟俩带着老母亲，抚养这个孩子11年，至今没有娶上媳妇，依然生活在土坯房里。他很木讷，他可能不懂什么大爱无疆、不明白什么孝老爱亲的大道理，根本就不善于言辞，他们有的，是最纯朴的感情，无私地抚养着自己的侄子，耽误了自己的事。我跟他说，侄子马上毕业可以找工作了，你们兄弟俩也可以考虑一下先建个新房，准备娶个媳妇了。他一直是憨憨地笑着，也没搭话。最后采访离开，他一直把我送到山下的独木桥。这是我的同龄人的故事，我最后把他写进了稿件《光棍建房记》里头。

所以，慢慢地，在村里采访，我已经忘了黄大发，不怕没有人、没有事可写。我身边都是这样的一些琐碎的故事，一些不起眼的小人物，一个个木讷但却纯朴的村民，他们每天都在感动着我。我也找到了源源不尽的素材，虽然小，但我只想把他们的故事写出来，传播出去，不是为了拿奖、也不是为了荣誉，只是一个最简单的想法，我想让村民和其他人知道，我们中央台、中央媒体在关注他们，在关注农村、在关注脱贫攻坚。

记者可能都有一个通病，不到最后截稿时间，一般不交稿，非要等到火烧眉毛了才弄好。可这一次，不一样。不为别的，只是想尽快尽可能多地把这个穷山沟的事告诉大家，让大家关注。我一共在中国之声、中国之声微博、央广网播发了 35 篇稿件，一共有 2 万多字。我在中国之声微博刊发的图文稿件，每篇都是 10 万次左右的阅读量，最高的有 25 万次，而且每条留言我都认真看，还回复。可以说，对村里的稿件，我比以往的稿件都更加关注。

驻村的时候，当地干部村民，特别欢迎并积极配合我的采访。因为他们觉得我的采访、说的都是自己的事、身边的事，觉得我的稿件接地气。我也跟不少干部和村民成了朋友，在高坪镇的脱贫攻坚微信群里，我把自己的名字都备注为“中央电台驻桃洞村记者范存宝”，他们觉得挺好。驻村采访，其实就是解剖一只麻雀，反映当前我们的乡土中国究竟是什么样的，我们的贫困村党员、干部、群众是如何脱贫攻坚的，用最朴实的语言反映最底层村民的生活状态，正在进行的点滴改变，应该说具有一定的典型意义。在微博的留言我们可以看到，这组报道引起了不少人的强烈共鸣，有从这里走出去的遂川人、也有当事人像我的日记里的小蕊的堂哥，有曾经生活在农村的城里人，也有生活在城市里享受各种方便快捷的 90 后，他们的留言，无不表达了一个观点：这样的采访、这样的稿件，是受欢迎的，是可以让人看到一个真实的乡土中国的。我想，这样的驻点调研采访，应该更多一些，应该主动策划。我们的稿件，要有轰轰烈烈的各种新经济、高科技、“互联网 +”，也应该要有平平常常老百姓的生老病死、喜怒哀乐。

驻村故事：小小的叶子　大大的梦

我们驻村采访，没有项目、不带资金，只能通过自己的采访机来诉说村里的故事，能具体解决的事情有限。桃洞村有个叫李茂林的贫困户，有3个孩子，老大7岁、老二6岁、老三是个智障。孩子们都没上户口。眼看要过了上学的年龄，却还没有解决户口。因为村里不少孩子都是当地的接生婆接生的，没有具有法律效力的出生证明。而现在派出所只认定出生证明，村里、镇里的证明都没有用。还有一个方法就是做亲子鉴定，还只能到吉安市、赣州市才能做。一个亲子鉴定就得2000多元，这对李茂林来说，把他给愁坏了。没有户口，得知这个消息之后，我马上跟村里镇里反映，镇里书记说，不管有没有户口，学校会先解决孩子上学的问题，但户口问题只能继续协调。后来我碰到什么领导就反映，最后反映到了县委书记那里，他们很重视，当天晚上就开会研究贫困户上户口的问题，摸排全县类似的情况有多少，争取一次性集中解决。也就是说，你在村里，村里不能改变你什么；但你可以做一点力所能及的事，也算是为村里改变一点什么。这也是我采访中的一点小感悟。

最后，特别要感谢江西省遂川县、高坪镇、桃洞村的一起奋斗了一个月的领导和兄弟姐妹们，他们给我发的遂川县高坪镇桃洞村“荣誉村民”的证书，是我获得的证书里，最沉甸甸的一本！

曾经的养羊第一人——“泥拐子”

个人感言

中央人民广播电台记者◎宋 贺

驻村一个月，听到看到许许多多贫困户的故事，像老谭这样经过村里的扶贫帮扶走在脱贫路上的人也有不少，村里和工作组帮助他们找到了脱贫的路子，无论是产业帮扶还是异地搬迁，这让村里的面貌正在发生翻天覆地的变化，希望他们能够早日脱贫摘帽，有机会我还会再来看看他们。

5 月 13 日，晴，从记者的驻地出发，一直向前，翻过一座山，沿着新修的弯弯曲曲的石板小路继续走，在路边的一棵大树下就是记者前几天采访过的邹生龙的家，而顺着他家继续往山的深处走，不远处就是今天的采访对象的家。

他叫谭金生，这间屋子准确地说应该是他的亲戚家，来采访之前，驻村的工作组跟他通了电话，听说记者要来，他说什么也不要我们去他自己的家里，说山路不好走，到他的家里太不方便，其实沿着小路再往山里走上两公里就能到他家，只是再往深处去就没有路了，而老谭一家人就是在这样一个没路的地方生活了几十年。

和工作组的同事来到他家的时候，他们都叫老谭“泥拐子”，周队长跟记者解释说，这是村里人叫他的绰号，而且“拐子”在土语里面也有一些小聪明的人的意思，说起这个绰号，老谭脸上露出了自豪的表情说“我是最开始想到在村子里养黑山羊的”，据他自己讲，早在2005年之前，他就在村子里搞起了养羊的营生，“最多的时候我有48只母羊，总共200多只”，老谭说，2010年前后，他养羊1年可以赚到2万多元，这在当时的村子里绝对算得上很富裕的，同行的工作组周队长也笑说：“泥拐子可是村里养黑山羊的第一人啊。”

然而，2012年一场羊的瘟疫，几乎全村的羊都染上了病，怕损失太严重，老谭不得已陆续把他养的羊低价处理掉，只留下了几只圈在家里，屋漏偏逢连夜雨，他的身体也出现了问题，严重的肾病和腰椎间盘突出让他丧失了劳动能力，甚至连爬山放羊的能力都没有，也恰在这个时候，他的父亲重病在床，治疗自己和父亲的病几乎一夜之间花掉

中央人民广播电台记者宋贺（右）采访村民

驻村故事：扶贫旅游专线长成记

了家中的所有积蓄，让这个原先光景不错的家庭变成了贫困户。回想起那段日子，老谭拿起茶杯喝了一口，点上一支烟说“这就是命吧，我命里没有啊”。

老谭有个女儿贝贝，今年 11 岁，小学五年级，就在官庄镇里的小学上学，村子里曾经的学校因为生源太少已经撤掉好多年了，所有村子里的孩子都像贝贝一样要去镇子上寄宿学校，这里的学校从小学一年级就允许寄宿，学校里也有专门的生活老师，大大减轻了附近村子孩子们上学的困难，“平时都什么时候回家？去学校方便吗？要多久啊？”记者问，老谭指着屋子里停着的一台摩托车说“周五下午接她回来，周日下午再送她回去，这个摩托就是专门为了接送她买的，以前路没有通的时候过去要两个小时左右吧，现在门口的路修好了大概不到一个小时”。

说起未来，老谭说他属于贫困户里面分散安置的那部分人，今年年底就会搬到醴陵市相对富足一些的东乡去，那边的房子在工作组的协调下很快就能建好。“等搬过去之后，我打算养一些石蛙，现在说这个东西价格还不错”老谭说。

起身告辞的时候，贝贝和老谭一起把我们一行人送出屋子，我拉着贝贝问“以后长大了想做什么？”“演员！”“为什么？”贝贝没再回答，跑回爸爸身边，父女俩笑得很开心。

回来的路上，和工作组周队长聊起老谭，他说：“他是这个村子里少数很聪明的人，不是生病的原因也不会过成这样，等搬到东乡以后，我们还会继续帮助他把石蛙的事情搞下去。”

贫穷从来不该是一种原罪

个人感言

中央人民广播电台记者◎李腾飞

贫穷是一个维度，不真正站在他们的实际来评价和定义都不公正公平。在扶贫过程中，基础设施、水电通信可以在短期内发生翻天覆地的变化，而脱贫斗志、干事劲头和致富能力也许需要很长时间的教育引导和培养，但变化总在发生。

按照中宣部统一要求，我从 5 月份开始来到云南省楚雄市子午镇挖铜村开展为期一个月的驻村调研采访。这是一个彝族贫困村，全村 391 户 1479 人中有 93% 是彝族，2016 年年底仍有 123 户 391 人的建档立卡贫困人口。这里没有大雪封村、劈山阻河的恶劣条件，没有溜索渡江、攀藤附葛的出行不易，却有着离市区仅 30 公里但要花 3 个小时的交通成本，有着无硬化道路、无规模化产业、无稳定水电通信的恶劣生活。我走访的贫困户里，有年过半百依然找不到媳妇儿的光棍几兄弟，有常年患病、人到中年无儿无女的绝望夫妻，有打工养殖年入万元却因为家人众多依然艰难的辛劳两口。当然，也有不思劳作终日与劣质酒水作伴的懒汉，有令扶贫工作队员头疼不已的“等、靠、

中央人民广播电台记者李腾飞（左）在采访村民

要”思想，有舍不得扶贫优惠而不愿脱贫的贫困“钉子户”。但在我看来，没有人活该受穷，他们值得也应该去享有更好的生活。

脱贫有那么难吗？！有人出主意，到城市里包吃住月入 3000 元攒下来，一人打工全家脱贫，可看似简单可行的数字计算背后是不会坐公交地铁、找不到求职信息、不会说普通话、没有任何职业技能的天然屏障；有人想办法，一头母猪一窝产 10 个猪崽一年能挣几千块，可背后也许就忽略了但凡生病很可能血本无归的粗放养殖和甫一出售便要转手偿还饲料赊欠的紧迫窟窿；有人指明路，用功读书考大学找好工作改变命运，可背后是初中才开始学英语、优秀教师流失严重、寒门再难出贵子的教育现状和逼仄通道。脱贫并没有想象中的容易，那些领到猪鸡就宰杀吃掉、扶贫资金到手就买酒吃喝的新闻案例并不普遍存在，那些好逸恶劳、不思进取的主观想象也并不是致贫主因。

2015 年 8 月，云南省纪委监察厅挂包帮扶挖铜村，涵盖交通、水利、电网、通信、产业、教育、易地扶贫搬迁等 14 个专项规划逐步实施。现在水泥路直通村里，安居、饮水、灌溉工程惠及居民，“党支部 + 合作社 + 基地 + 农户”模式渐成气候，核桃、花椒、肉牛、黑山羊和烤烟、辣椒、土鸡等种养殖长短结合增收明显。村民们也逐渐习惯和学会了更规范文明的生活方式，用上太阳能洗热水澡，垃圾集中倾倒处理，每天有三班进城长途公交，邮政包裹可以送到村委会……

村民的生活收入水平大幅提高令我欣喜，而一些观念上的变化更加让我感慨。2016 年年底，建档立卡贫困村民罗安详和村里其他家一样开始建设安

中央人民广播电台记者李腾飞（左）和村民一起种苞谷

中央人民广播电台记者李腾飞在种辣椒

居房。觉得施工过程中工程队用了太多水泥，对效果也不满意，再加上要求村内道路修到自家门口未果，罗安详和工程队吵了一架，只打了地基的安居房就此停工。半年时间过去，眼见着邻居住进了新房，生活发生根本转变，罗安详这才后悔不已，主动找到扶贫工作队和村委会，请求帮忙协调复工。经过跟施工队协调，双方签订合同，终于开建。罗安详这回受到了教育，连连摇头说很后悔，确实是自己糊涂。他考虑了自己经济实际，决定先暂盖一层安居房，等劳动以后挣钱了再自己加盖。现在罗安详踏实种苞谷、养牛挣钱，还积极到村委会无偿帮忙。以前气得说他“可怜之人必有可恨之处”的扶贫队员这回也夸赞他进步很大。有些看似代代相传的贫困“基因”，是可以被教育、改造的，而在现实生活中学到的才最为深刻见效，起作用的并不是“恨铁不成钢”的埋怨指责，毕竟也需要百炼方可成钢。

贫穷是一个维度，不真正站在他们的实际来评价和定义都不公正公平。在扶贫过程中，基础设施、水电通信可以在短期内发生翻天覆地的变化，而脱贫斗志、干事劲头和致富能力也许需要很长时间的教育引导和培养，但变化总在发生。

股神巴菲特说过，把我放到沙漠，只要有一个驼队经过，我又可以从头来过。受到的教育、可动用的资源、视野和眼界、触及的圈子，这些才是影响赚钱的最大因素，并不是“你穷是因为你不努力”，也并不是“不改变贫困思维一辈子就该这样”。坐着火箭可以抵达太空，但坐着牛车只能走到邻村。

在全国轰轰烈烈地推进脱贫攻坚进程的当下，请多一些人文关怀的感同身受，多一些将心比心的帮助理解。

驻村故事：停工的安居房

驻村采访，终将一生念想

个 人 感 言

中央人民广播电台记者◎张孝成

“精准扶贫驻村调研”采访活动，在我看来是央媒记者深入基层，走村入户，知民情、解民忧、彰显基层扶贫攻坚创新实践的采访报道过程；也是一次难得的回炉淬炼历程，这一历程丰富了记者人生经历，沉静了浮躁心灵，净化了庞杂思想，提升了精神境界。

克孜布拉克村是中哈边境——新疆裕民县的重点帮扶村。5 月的克孜布拉克村生机盎然，背靠巴尔鲁克山，面向塔额盆地，绿色覆盖着远山，葱郁的草场、农田环绕四周。作为央广精准扶贫驻村调研记者，我走进这个山村，与哈萨克族干部群众同吃同住同劳动，朝夕相处一个多月，收获良多。

新闻是脚底板走出来的 “笨”办法有时最有效

从国家级贫困村到省级重点帮扶村再到全村整体脱贫，克孜布拉克村的脱贫之路走了 30 多年。期间干部调研多，从中央到地方给予的优惠政策多，一些人对这个民族村脱贫有想法，认为是政策性依赖。因此，村里的干部群众对我的驻村采访多少有些抵触。

有空房说是没腾出，安排我到工作队，睡的是通铺，后窗直对着牛棚羊圈，味道大、苍蝇、蚊子也多。吃的水是小水库引下来的，有小虫子还很浑浊。因为水的原因，我总是腹胀、腹鸣，也因此喜欢上了哈萨克酸奶酪——一种有助于消化的膻味很大的“奶疙瘩”。

联系采访，无论村干部还是村民张口就是哈萨克语。问起村里或是村民经济发展情况，支书闪烁其词，村民也语焉不详。而乡镇干部，总是忙这忙那，难以照面。

面对这种际遇不免烦恼，后来想想这也许就是基层生活吧，且耐心适应。夜晚，辗转反侧难以入睡。早起，四处走走转转。山村夜不闭户，相邻院子都有小门相通；院里的狗也温驯，它向你低吼，似乎就默认你了，呜呜叫着趴下。很快我走遍了全村，采录到 4 点的布谷鸟鸣、5 点的知更鸟叫、6 点的

中央人民广播电台记者张孝成（左）在采访村民

公鸡打鸣和七八点的牛哞羊咩，乃至9点后下蛋母鸡的咯咯哒、摩托车小四轮的轰鸣和村民日常起居的音效。

白天，我坚持与驻村工作队一起入户走访，与村民一同下地劳作。迎着朝阳、顶着烈日、冒着风雨，与牧民一同放牧、清渠、浇水、施肥，一同在圈棚里接生小牛、喂养土鸡、打牛粪饼、烧塔巴馕——一种牛粪烘焙的哈萨克馕饼。就这样我与村民熟识起来，于是在真诚问候中，汉语和哈萨克语混搭交流，连猜带比画，点点滴滴收集信息、辨别真伪、汇总综合，摸排线索并让它清晰起来。“贫困村的小鸡银行”“民族村的少数民族——胡天朝”“山村晨牧晚归”“克孜布拉克村的前世今生”“疾病，脱贫绕不过的坎”……图文并茂的鲜活报道就这样渐次出笼，并借助互联网和微信、微博、微信公众号传播到天山南北、长城内外。

几天后，当我走遍村里村外，当脸色经历风吹日晒变黑时，哈萨克族村民的笑脸多了，问候“加克斯”的多了，说汉语的多了——一位老党员说，村民接受我了。大伙觉得这位记者还算朴实、真诚，没有只是围着干部转，而是走进群众生活；没有单纯表功摆好，也没有片面揭短报丑，而是真实反映村里变化，客观报道村民脱贫后面临的新困境……

驻村调研的局面就这样打开了，惊喜瞬间脑际忽闪过一位前辈的话：新闻有时是靠脚底板走出来的，“笨”办法虽然辛苦，有时却是最有效、最管用的办法。

你听群众心声　群众听党声音

调研采访期间经历一次座谈会。村民反映驻村干部入户走访简单重复，重视稳定工作，轻视群众疾苦，不关注村里长远发展。裕民县委书记邹义伟

中央人民广播电台记者张孝成（左）采访哈萨克族农民吾买尔，了解蔬菜种植情况

直陈利害：维稳是当前重中之重，但不是唯一内容。医疗系统的工作队员就是要拿起听诊器、血压计，听取群众心声，把握百姓脉动，融服务于工作，解决群众关心关切的实际困难，这样才能赢得信任、换取配合，积极参与维稳，认真听取党和政府声音。

驻村工作如此，党的新闻舆论工作不也如此吗？此后的采访中，在挖掘报道扶贫脱贫典型经验、做法的同时，我更加注重倾听老党员老干部、致富带头人、妇女创业者以及困难群体的心声，围绕村里因病返贫现象抬头、农副产品难卖、创业平台单一、合作社贷款难等问题展开调研，与驻村工作队、村两委和县乡相关领导沟通协调，支持驻村工作队开展入户体检、建立村民健康档案、开展医疗健康培训，和村民一起创办“星期六巴扎”，协助驻村工作队引导村民规模养鸡，倡议发起成立央广新疆记者站“小鸡银行”爱心扶贫基金，帮助村民阿黑协调贷款、联系育肥大户联手创办合作社等。

记者驻村调研期间工作和生活的地方

村民关心关注的困难问题一件件解决，并伴随着广播、新媒体图文、视频报道实时传向世界。当“世界上最小的乡村巴扎开张”“克孜布拉克村的‘小鸡银行’”“农民阿黑，累并快乐着”“脱贫，需要健康来助力”等图文、音视频报道相继发出后，你想象不到：哈萨克族村民竟然也用磕巴的汉语重复着报道题目，二次传播着报道内容。在这过程中，我明显注意到，村里大喇叭响得次数多了，村民关注新闻多了，参加升旗、参加会议、参与驻村工作队活动的人群也多了。村民的认同感、获得感还展现在看我的眼神、洋溢的笑脸、热情的招呼、请我吃馕喝奶茶的动作以及配合采访的实际行动中。

基层干部群众讲实际，也最讲感情

6 月 2 日，驻村调研采访工作结束，我即将离开克孜布拉克村时，裕民县有关领导专程前来相送。一再感谢央广记者驻村报道同时传经送宝；带领村民走出最后 50 米、大胆开拓市场；成立爱心扶贫基金，扶持哈萨克族妇女发展小鸡产业；引导激励驻村干部走出思维误区，维稳同时聚焦“访民情、惠民生、聚民心”的初衷。他们也请记者继续关注克孜布拉克村，关注裕民县的扶贫攻坚工作。

驻村故事：他们家的伙食费、学费都靠从“小鸡银行”里“提款”

10 多位得知消息的村民匆匆赶到村头送行。67 岁的汉族村民胡天朝拉着我的手久久不愿松开，邀请我在夏收后到新家做客；哈萨克族村民阿黑抱着我直埋怨：走也不打招呼，说好的羊羔子都来不及宰。要我秋后一定来合作社看看，尝尝下山的羊娃子肉；贫困户塔勒古丽含泪说，家里的土鸡蛋已经供不应求，“小鸡银行”爱心基金赞助的麻花鸡长得很快，古尔邦节就可以下蛋了，下次一定带些鸡蛋走……

驻村工作队队长杨志国依依不舍，带着工作队员一送再送，合影照一拍再拍，挽留的话说了一遍又一遍。700 公里返程路上，他还不时打电话发短信，询问走到哪里，午饭吃了吗，路上是否顺利。次日凌晨，杨志国又发来微信：一个月的相处，结下一生情缘。忘不了一起入户走访，忘不了彻夜长谈，忘不了反复叮咛和帮助；驻村的每一篇报道都凝结着深情厚谊，克孜布拉克村欢迎您下次再来。

人的一生中会经历无数 30 多天，在边境山村——克孜布拉克驻村的 30 多天，短暂而又长久。在这里，我不仅收获了丰硕的多媒体报道、丰富的基层实践，还收获了哈萨克族村民的深厚情谊，感知了基层干部群众对新时期央广媒体人的真切认同。

一次驻村采访，终将留下一生念想。我想：克孜布拉克的驻村经历，必将激励我在今后工作中更多地走近乡村深处，走进乡民心里，贴近基层生活，倾听群众心声，采写出更多为人民鼓呼、为时代放歌的精彩报道。

扶贫干部的“孺子牛”精神感动了我

个 人 感 言

中央电视台记者◎张鹏军

习近平总书记说，“防止返贫和继续攻坚同样重要”。秦家庄村依托 2000 亩果园，已经让九成人脱了贫。但扶贫工作组仍然在竭力发展乡村旅游，为大家寻找持续增收的门路，防止产业单一造成返贫。“群众事，无小事。”养猪场搬迁过程中，党的基层干部没有简单地拿污染说事，一拆了之。而是挨家挨户做工作，走群众路线，和养殖户商量着办。只有把老百姓的利益放在第一位，扶贫干部才能把好事办好，扶贫工作才能得到群众的认可。

入夏，从山顶俯瞰秦家庄村，绿树掩映，花海如潮。然而，走进村庄，迎接我们的不是花香，反而是恶臭。而看似茂密的果园有些也被撂荒，破败的景象正在这片绿色的海洋里悄然蔓延。青山绿水环绕，为什么还会空气污浊？坐拥千亩果园又怎能难以致富呢？带着疑惑，我们开始了在秦家庄村一个月的蹲点采访。

老支书秦志义告诉我，村里三面环山，人均耕地不到两分。为了致富，从20世纪80年代开始，这里就在开荒种树。如今，村里的果园已达两千亩。扶贫工作组在村里成立了林果专业合作社，帮助九成村民脱了贫。但是近几年，水果市场不太好，乡亲们的荷包又缩水了。为了保卫扶贫成果，眼下，扶贫工作组正试图通过发展乡村旅游，把绿水青山变成金山银山。

习近平总书记说，“防止返贫和继续攻坚同样重要”。秦家庄村通过发展林果专业合作社，绝大多数人都脱贫了。但扶贫工作组仍然在竭力发展乡村旅游，为大家寻找持续增收的门路，防止产业单一造成返贫。这正是扶贫案例中“勤政”的表现。某一时段的脱贫不是真正脱贫，贫困户的收入情况应该被动态关注，出现波动时，扶贫干部应该及时查找问题，有针对性地调整扶贫办法。动态扶贫也应是精准扶贫的应有之义。扶贫工作不是某阶段的数字说了算，也没有一劳永逸，这就需要扶贫干部有“孺子牛”般的勤奋精神。

中央电视台记者张鹏军（右）在录制节目

“绿水青山就是金山银山”，以后，游客可以在秦家庄村赏花、吸氧、采摘、纳凉，不但村里的水果好卖了，农家乐也会成为不小的收入来源。但是记者发现，村里8

个养猪场污染严重，臭气熏天。按照旅游扶贫规划，村里 8 个养猪场要搬迁到 3 千米以外的村口。老秦开始和扶贫干部挨家挨户做工作，但都吃了“闭门羹”。有些人把老秦直接推出了家门：“养猪场搬了我上你家吃饭呢？以后再也不要来我家了。”60 岁的老秦，甚至差点挨了养殖户的板凳：“你们建好了新猪场，我们再搬。”

养猪场没有正规手续，又污染环境。老秦说这事本可以协调环保部门动用强制手段。但他没有那么做，而是和扶贫工作组一起，先为大家协调、开辟好了新猪场的用地。此外，还为配合搬迁的养殖户争取到每平方米 100 元的搬迁补助。一个月内完成新猪场建设的养殖户，还将额外获得每平方米 20 元的奖励资金。这样一来，工作就好开展多了。

要想让群众动起来，扶贫干部得先动起来。“群众事，无小事。”养猪场搬迁过程中，党的基层干部没有简单地拿污染说事，一拆了之。而是挨家挨户做工作，走群众路线，和养殖户商量着办。县、乡党委政府，也没有推诿，而是积极协调解决新猪场的用地、电力、水利、道路等问题。这才有了养猪场搬迁工作的顺利推进。党员干部应当时刻提醒自已，我们的初心是什么？做每一项工作的初衷是什么？那就是为人民服务，为了群众脱贫致富。所以在搬迁等矛盾比较突出的工作中，扶贫干部更加不能急于求成，方法简单。而是应该用走群众路线的工作方法解决问题。俯下身子，不厌其烦，竭力向前。

建设新猪场时，养殖户都在相互观望，没有人先动手。村支书老秦苦口婆心说服弟弟家先带头。其他养殖户这才陆续开始跟着干。养猪场开始搬迁了，老秦终于有时间去医院照顾老母亲。原来，老秦的母亲已经是胰腺癌晚期，老人家在医院里告诉老支书：“好好当干部，不要给子孙后代留骂名，我就算咽了这口气也安心了。”村支书老秦说：“大家终究有一天会明白，我做的一切都是为了村里好！”，“每次以优秀党员的身份走上领奖台的时候，我觉得一切都值得”。

“上面千条线，下面一根针”，采访中，记者深深被党的基层党员干部的担当所打动。他们心里装着老百姓，所以时时处处想着为村里谋好处，舍下家，顾大家。舍私利，顾大局。老支书秦志义的动力，来自共产党员的担当和荣誉感，也来自中国普通家庭的家风传承。只有扶贫干部把老百姓的利益放在第一位，“俯首甘为孺子牛”，扶贫干部才能把好事办好，扶贫工作才能得到群众的认可。

驻村故事：河北秦家庄：再创增收新路子

“贫穷”的父亲

个人感言

中央电视台记者◎侯凯笛

因伤致贫、因病致贫、因学致贫，是中国摆脱贫困、决胜全面小康社会中最难啃的硬骨头！在驻村蹲点调研报道中，我采访了许多人，我和他们一起下地干农活，一起坐在炕头上聊天，一起烧柴火打井水吃猪油……

虽然他们的生活还并不十分富裕，有些人还依然贫穷，但生活艰辛却依然笑着往前走的情怀，让我感受到了一种力量！这种力量更让我看到他们的希望！

作为财经记者，我们经常把北上广深的摩天大楼、飞速奔跑的高铁列车、便捷安全的移动支付解读为中国经济飞速发展的缩影，我想说的是：在这些令人羡慕和骄傲的景象后面还有一群人、一群砥砺奋进的人！走近他们、了解他们、介绍他们，是我们的责任，因为他们更是砥砺奋进五年的伟岸形象！他们有了真真切切的获得感，才是真正的辉煌中国！

在中央电视台财经频道，我是第一个举手报名，主动申请去贫困村蹲点的记者。很多人问我，你为什么要去，不怕苦吗？回头看来，似乎我压根没有想过生存条件会怎样，会不会吃不饱住不好，能不能洗澡，有没有网络，我只是希望解答一直以来我脑海中的疑问：在中国经济高速发展的今天，还有一群怎样的人，他们在过着怎样的生活？近几年国家出台了那么多帮扶措施，进展究竟如何？作为记者，我们又能做些什么？

2017年4月30日至6月5日，我来到内蒙古自治区宁城县小城子镇八家村，开始了37天的蹲点生活。37天里，让我印象最深，同时也是思考最多的，是村民宁相春。

宁相春，是八家村的贫困户。他家是因病致贫。宁相春的儿子名叫宁有臣，小名叫二军，今年34岁。3年前，由于一场车祸，二军高位截瘫。从此，他的生活只能在床上和轮椅上度过。二军出车祸之后，神经也严重受损。3年来都是只能感觉到饿，从不感到饱，体重也越来越重，一下长到了200多斤。他的吃喝拉撒，包括换尿布纸尿裤等全都由爸爸宁相春一个人承担起来。到八家村之后，我给宁相春起了个名字，叫“吊轮爸爸”，还有“发明家爸爸”。为了让儿子能出门晒晒太阳，60岁的宁相春发明了一个吊轮神器。

其实在二军出事之前，宁相春家的条件还不错，家里养了70多只羊，在当地也算个养殖大户。但是这3年间，为了给儿子治病，宁相春花了70多万元，卖光了所有的羊，还欠了很多外债。虽然医生说，二军的寿命可能只有两三年，但是宁相春从来没有放弃。

蹲点的这30多天里，我几乎每天都会去他家看看。有两个瞬间最让我动容，一个就是宁相春的笑脸，30多天里，他从没有跟我说过一句埋怨。因为他的特殊情况，不能离开儿子外出劳作，所以村里给了他两头牛养在家里。宁相春当时就对我说，到明年这两头就会变四头，四头变八头，以后这日子不就越来越好了吗。当时他的笑特别明媚，那种发自心底的乐观，让我终生难忘。

还有一个瞬间，是我在临行前问了他一个问题。我说，宁大哥，你未来的愿望是什么？你希望未来的生活是什么样的？我原本以为他会告诉我，希望二军站起来，但是我没想到，他对我说，以后等二军站起来，有了钱，他要把钱捐给更多需要帮助的人。他说这么多年来，党和国家没有忘记他，政府没有忘记他，他也要把钱捐给更多人，去帮助更多人。

那天晚上我想起了一句话，梁实秋先生曾说：人越穷，越靠近他本身的成色。我很幸运，也很感激，能认识宁相春，能在八家村生活 30 多天，看到这些虽然贫穷，但却依然乐观坚强地生活着的人们。

在八家村 70 户 176 个贫困人口当中，像宁相春这样因病致贫的比例在 40% 左右。完全丧失劳动能力的就有 26 户 36 口人。放大到八家村所在的整

中央电视台记者侯凯笛（右）在村民家采访

个宁城县，2016年，因病致贫人口占贫困人口的38.4%。这和国家卫计委统计的全国的总体情况差不多。这些人群由于缺乏劳动能力，的确在脱贫上比较困难。缺失的劳动力，日渐老龄化的农村人口，让这类人群在政府的扶贫帮助中成了最难下手的对象。

驻村之前，我做了大量调研，其中有一个问题让我非常困惑。近几年，脱贫攻坚工作不断深入，然而，因病致贫、因病返贫的比例不降反升，从2013年的占比42.2%，到2015年提高到44.1%，涉及近2000万人。其中患有大病和慢病的是734万人，疾病已经成为贫困增量产生的主要原因之一。为什么，在党和国家如此重视的背景之下，这个数字不降反升呢？今年两会期间，习近平总书记在回应“因病致贫、因病返贫是脱贫攻坚的艰巨任务”问题时指出，因病致贫和因病返贫问题会长期存在，对此要采取“靶向治疗”的措施和办法。那么，在这些基层的贫困地区，这一措施实施的效果怎样呢？

在八家村，我格外留意这个问题。我发现，对于因病致贫，整个县级卫生系统和财政系统都有一系列的帮扶措施。一是上级医疗机构定期走访义诊；二是建立精准扶贫的健康档案，对医疗工作人员进行考核；三是在看病的支出上给予补助：药费最低价，二次报销，等等。比如八家村所在的宁城县，就组建了21个健康扶贫专家组和9个医疗服务团队，定期送医送药下乡，并为所有的贫困人口建立了居民健康档案和精准健康扶贫卡，几乎每个贫困人口都有了自己的家庭医生。2011年至2017年，宁城县对贫困人口义诊2.6万多人次，减免贫困患者医疗费用88.48万元，投入扶贫款36.4万元。

数字似乎看上去不错，那么，为什么在全国那么多贫困地区，因病致贫的比例依然下不来呢？蹲点中我听到了两个小故事，似乎让我找到了答案。第一个故事是贫困户张海云讲给我的。他说，他女儿5岁的时候，不小心摔

驻村故事："吊轮爸爸"憧憬的新生活

伤了胳膊。情急之下，他迅速找到了邻村擅长接骨的一位老师傅，没想到，这次"接骨"让女儿的骨折更加严重，周边的韧带撕裂，辗转 3 个医院最后才治好。可惜的是，女儿的胳膊上留下了一条长长的疤痕。他的女儿含着泪跟我说，她的爸爸是世界上最好的爸爸，这条疤痕是"爱的伤疤"。

第二个小故事是我在和朋友探讨这个问题时，比尔·盖茨基金会一位专门负责医疗卫生的专员分享给我的。他说，在全球，穷人看病的费用比富人要高。我很好奇，为什么会有这样的结论。他告诉我，他们在全球的调查发现，穷人一生病首选就要吃抗生素，因为他们认为抗生素疗效快说明药效好，但他们不知道，过早摄入抗生素会产生抗药性，并且让他们的免疫力逐年降低，长期下来，未来的治疗费用要远远高过"喝点白开水休息两天"。他们不去打疫苗，不是因为穷，而是因为无知，他们不知道如何做正确的选择。而越不知道正确选择，越无法改变贫穷的命运。"扶贫先扶智"，这句原本我以为是遥远而空泛的口号，背后竟是那么扎扎实实的沉痛的代价，和众多扶贫干部们深刻的反思。

驻村的这一个月，我和当地的乡亲们从互不相识，到难以割舍。临行前，村里的贫困户给我们写了封感谢信，并且认认真真地签上了他们的名字，按上了 70 个红手印。告别时，张海云给我买了葡萄，说是在集市上特地买的，特别甜，一定要路上带着吃；张海云的爸爸妈妈，一对 70 多岁的老两口，拄着拐杖送我到大门口，一下就大哭起来；宁相春 37 天来头一次说不出话，拉着我的手攥了半天。车行时，他佝偻着背，一路跟着，在村里的小路上一直挥手，一直挥手，直至送我们走的车拐出村里的小路，再也看不见。

回到北京后，宁相春给我打过两次电话。他怕影响我工作，只敢在周日的白天打给我，说，没什么事，就是问问你过得怎么样。

三峡之巅泪与笑

个 人 感 言

中央电视台记者◎石云松

入土为安、落叶归根的背后，是对深山的眷恋，也是对墨守成规的执着，大山成就了他们的纯朴，也局限了他们的视野。扶贫必扶智，任重而道远。

走出村民曾毓仲家中的那一刻，我的泪水开始盈满眼眶，十几年的采访经历，已经让我见证过太多的生离死别，心，已经坚硬起来，但是这一刻，心里全是酸痛，是什么让曾毓仲作出这样的选择——离开奉节县人民医院的重症监护室，回到大山中的那个老家，静静等待死亡的到来？

曾毓仲是我们这次采访对象之一，因为肺源性心脏病，曾毓仲逐步丧失劳动能力，今年 4 月份列入了阳坝村新增贫困户名单，第一次见到曾毓仲时，曾毓仲正躺在床上，大口呼吸，表情痛苦，而他的妻子因为智力障碍，只是麻木地待在一旁观看，照顾曾毓仲的是他的儿子曾继华，对于父亲的疾病，曾继华显得束手无策。

驻村故事：重庆阳坝村：打通断头路扶贫农家乐

阳坝村里正在陆续开张的农家乐大院

曾毓仲已经出现心衰迹象，随时会有生命危险，驻村扶贫工作队队员紧急联系医护人员，从乡镇到县城，几经转折，将曾毓仲转送到了奉节县人民医院进行救治，并联系奉节县人民医院开通贫困户救助绿色通道，落实医疗救助措施，兜底解决曾毓仲治病费用问题。

扶贫工作队队员来回的奔波收到好的效果，曾毓仲在人民医院得到了及时抢救，病情缓解并进入稳定状态；帮扶队员还帮曾毓仲的儿子曾继华联系了一所汽车修理厂，解决了他的就业问题。

两个星期后的一个深夜，救护车的鸣笛声从我住宿的农家院前响过，本以为这与曾毓仲无关，没想到第二天，当地村民告诉我，曾毓仲家人昨晚连夜将他从县人民医院接回到了家中，准备让曾毓仲在家等死。

为什么会有这样的选择？为什么拒绝在医院里继续接受治疗？为什么明明有了抢救过来的希望，却选择回家等死？

我和扶贫工作队员赶往曾毓仲的家中，看到了奄奄一息的曾毓仲，曾毓仲的家人告诉我们，医院也不同意他们出院，但是曾毓仲感觉到自己快不行了，尤其是躺在重症监护室里，见不到亲人，心里难受，所以才想回到自己的家中，准备落叶归根。

驻村故事：曾家父子的难题（上）

落叶归根，百年传承，落土为安，一切都似乎无法质疑，可是，医生明确告诉我们，曾毓仲的性命是可以挽救过来的，还能达到自己穿衣吃饭，到村庄前后走走的状态，为什么曾毓仲不相信医生而相信自己的判断呢？这背后有没有其他的原因？一位村民告诉我，这里的村民宁愿死在家中也不愿意死在医院里，因为县里正在实施殡葬制度改革，死在县医院的人，一律要求送到殡仪馆火化，正是因为害怕这一点，曾毓仲和家人不顾医生的劝阻，离开医院。

哎哟，哎哟，哎哟，因为病痛，床上的曾毓仲不停喊叫着，妻子在一旁木然看着丈夫，儿子曾继华在一旁依然束手无策，一切似乎又轮回到了两个星期前，我见到的第一个场景，所不同的是，死神已经靠近曾毓仲。

嘿呦嘿呦嘿呦，在曾毓仲家附近，悠长的劳动的号子已经响起，一群村里的老年人，正费力将一块块墓碑从铲车上卸下，然后运送到深山里，那一个个墓碑上，记载着已经长眠在深山里的他们的祖辈的名字。

在那一刻，泪水盈满我的眼眶。我也蓦然明白，入土为安、落叶归根的背后，是对深山的眷恋，也是对墨守成规的执着，大山成就了他们的纯朴，也局限了他们的视野。扶贫必扶智，任重而道远。

同样在阳坝村，在曾毓仲家两公里外，欢快的音乐在深山中不停响起，14家农家乐正陆续开张，这些农家乐的户主都曾经是阳坝村的贫困户，在国家扶贫政策的帮扶下，正大力发展乡村旅游业，争取早日脱贫摘帽，另外一些村民也在政府扶持下，大力发展高山蔬菜为主的种植业，一些在外务工的青年人，也带着资金回到村庄，加入到了阳坝村乡村旅游也中，准备将阳坝村打造成三峡之巅的避暑村庄。

驻村故事：曾家父子的难题（下）

后　记

尽管扶贫工作队员后来采取了很多办法来劝说曾毓仲，但是曾毓仲坚决不回到县城医院接受治疗，5 月 23 日夜晚，曾毓仲在家病逝，以一种外人难以理解的固执，实现了他入土为安的心愿，儿子曾继华在处理完父亲的丧事后，离开了阳坝村，走出了这片生活了 17 年的深山，赶往浙江务工，准备闯出一条与父亲不一样的道路。

39 天的扶贫蹲点调研

个人感言

中央电视台记者◎刘朝晖

我们很荣幸参加这次蹲点调研，这是一次光荣的政治任务。参与扶贫调研这么多年，可是驻村的贫困状况还是让人难以置信。在蹲点的39天里，让我们感触最深的是，禄劝县将扶贫和教育紧密地联系在一起，并把其作为精准扶贫的重头戏，用当地有关负责人的话说，就是为了阻断贫困的代际传递。

今年4月下旬，中宣部集中组织中央媒体130名记者，在全国22个省区市、110个村，进行为期一个月的精准扶贫驻村调研采访活动。按照统一安排，我们到云南省禄劝彝族苗族自治县实地调研。

我们是4月29日出发，6月6日晚上返回的，一共39天，蹲点6个村，每天从早上6点多采访拍摄到晚上八九点，除了中间有四五天写稿赶播节目外，每天工作时间都超过12个小时。这是我们20多年到基层采访时间最长的一次。在这次蹲点报道中，我们可能是唯一一家做30分钟电视深度报道的。按栏目通常的工作量算，两个月做3期节目就算是比较多的，但我们这次39天，做了3集，每集30分钟，每期节目内容、形式都不一样。

我们和当地扶贫单位认真分析归纳、梳理后，及时和栏目、频道等各领导汇报交流，将这次精准扶贫蹲点调研集中在两点。

马鹿塘乡的神奇蜕变

马鹿塘乡海拔2670多米，因为海拔高，只能种土豆、青稞、荞麦等农作物，产量低，每亩也就几百斤，人均年收入2500元。因为交通不便，当地出产的优质土豆绝大部分成了猪饲料，贫困人口多，那当地是如何精准扶贫的呢？这是一个非常神奇的故事。最初，当地政府的思路是“要想富先修路”，2016年年初，筹集资金给附近几个村修通了路，但让大家绝没有想到的是，这条路意外打开了另外一个脱贫致富之门。2016年4月下旬，一些喜欢户外运动的网友，自驾来到马鹿塘乡，当大家爬上附近的高山后，被眼前的美景惊呆了。一大片高山野生杜鹃花，红的、白的、粉色的，密密麻麻从一个山头延绵到另一个山头，后来一测量，整个面积有4000多亩！他们兴奋地把现场拍的杜鹃花照片发到网上，2016年“五一”期间，昆明、禄劝和附近一些地方的游客，一下子来了1000多人，到中午吃饭的时候，这些游客把村民家的火腿、土豆、南瓜、泡菜等土特产抢购一空，有的人甚至给刚上任的县委书记打电话，寻找吃饭的地方。

2017年年初，禄劝县顺势而为，投入大量资金，在今年“五一”前，围绕高山野生杜鹃花海打造景区，开设游客餐饮休息服务中心，村民的生活、家园由此彻底改变：46岁的段建华夫妻，丈夫每天用毛驴驮运木材等原材料，给山上修游客观光栈道，每天收入200元；妻子在游客中心广场卖烤土豆，一个卖1元，一天也能卖100多元。55岁的张尧，做梦也没想到，会在家门口停车场干起了停车交通引导员的职业，一个月工资3000元，相当于他家快半年的收入。37 岁的李龙芬当上了餐厅服务员，更是平生第一次学会洗手，第一次知道家门口野生的薄荷叶也能卖钱。我们在报道中仅仅抓住 3 个典型的人物故事，互相穿插、平行推进、充满悬念的真实记录，点和面的自然融合，给观众一种耳目一新、独具特色的感觉。

教育扶贫

在蹲点的 39 天里，让我们感触很深的是，禄劝县将扶贫和教育紧密地联系在一起，并把其作为精准扶贫的重头戏，用当地有关负责人的话说，就是为了阻断贫困的代际传递。13 岁的残疾少年耿荣浩一家是当地建档立卡贫困户，当耿荣浩考到县城读初一后，全家面临前所未有的经济压力，他们的情

中央电视台记者刘朝晖（右）与村民交流

中央电视台记者刘朝晖（左二）与村民同劳动

况被当地政府和学校知道后，经过专项研究后，禄劝县禄劝一中专门腾一间靠近教室的10多平方米的办公室，供耿荣浩母子免费居住；又结合国家在小学、初中义务教育阶段的“两免一补”政策，免除学杂费，课本费，补助生活费，解决耿荣浩的吃、住问题。为了减轻他们家的经济压力，学校还给耿荣浩母亲安排了一个打扫教室走廊的工作，每月1800元。

更有意义的是，当地教育部门为了让大山里的孩子接受更好的教育，缩小和教育发达地区的差距。利用“互联网+”的现代科技，联合四川名校成都七中开办了一种比较特殊的教学模式——网络授课。通过网络直播或者录播，让成都七中教师授课同步传送到禄劝一中的教室里，孩子们可以同时得到名师和当地老师的教学，成绩大幅度提高，这些年高中网络班最好成绩是，全班都上一本线。从2016年开始，网络班的费用全部由禄劝县教育部门直接投入。今年，禄劝县又出台新的优惠政策：从 2017 年起，禄劝在国家对初中实行“两免一补”的基础上，扩大到全县的在校高中生，包括职业高中学生，通通实行“三免一补”。据统计，2016 年禄劝县教育投入 7 亿多元，占全县财政支出 27%，是当地财政投入最多的。这在全国都是很少见的，更何况是一个国家级贫困县！因此，我们推出了第二期节目《穷县里的“富”教育》。

驻村故事：彝山苗岭飞出“百灵鸟”

蹲点 39 天，我们完成了三期节目，7 月 5 日播出的第三期节目《彝山苗岭飞出“百灵鸟”》，是关于对少数民族孩子音乐教育扶贫的故事，主要讲彝族苗族童声合唱团和当地一个中学生合唱团的孩子，在两名音乐志愿者无私地帮扶下，如何通过音乐帮助自己融入集体、学习进步的感人故事。

蹲点 39 天，个人感觉对扶贫的认识更加深了，随着国家脱贫攻坚战略部署的落实，相信越来越多的百姓会从贫困中走出来，用坚定地步伐走向希望、走向未来。

当你成为他们 他们的故事才会是你的故事

个人感言

中央电视台记者◎许梦哲 许国飞

一个月的时间，我们同吃、同住、同劳动，我们感觉不是在采访，而是唠家常，跟以往任何一次采访都不一样，我们报道的不是某个村的故事，而是我们身边的故事。我们村脱贫致富的故事，我们还会继续讲下去。

4月底接到通知，中央电视台新闻中心派出6路记者参加“双百三同”活动，到农民家里，同吃、同住、同劳动，为期一个月。我和搭档许梦哲被派往宁夏隆德县赵楼村。从事新闻记者这个工作近7年的时间里，我去拍摄过的村子至少有几十个，扶贫报道也做过不少，刚接到通知的时候，我还觉得这次活动会不会形式大于内容，但接下来的一个月时间，让我彻底地改变了当初的这种想法。

5月1日，我和许梦哲把手头的一场直播工作完成后，从银川出发赶往固原市隆德县。这一走就是30天，梦哲初为人母，面对两岁女儿的难舍难分，

中央电视台记者许梦哲与村民同劳动

她的心里很难受，但新闻工作的常态就是说走就走。

赵楼村在六盘山脚下，村子里干净整洁，房子很漂亮，给人一种赏心悦目的感觉。我们借住在村支书赵忠军的家里，赵大哥的儿子和女儿在外地上大学，正好空出了两间房间。赵大哥家除了厕所是旱厕以外，其他条件已经与城里没什么差别了，不但通上了自来水，而且还有太阳能可以洗热水澡。

住在条件这么好的地方，我和许梦哲却很失落，其实我们更想去条件更差的村，我们认为越贫困的村子才越容易找到更好的新闻选题。既来之，则安之，接下来的几天，我们发现这个村的故事并不少。

就在一年前，这个村跟现在完全是两个样子。从村部会议室的老照片里，我们看到，之前村里的环境非常差，很多都是几十年前的土坯房，路也都是土路，一下雨，根本没法出门。2016 年，在中央和自治区财政扶贫专项资金的支持下，累计用于整村推进工作的 1500 万元资金，让这里旧貌换了新颜，把破旧泥泞的小山村变成了干净整洁的世外桃源。精准扶贫开展以来，村里

许梦哲（左）、许国飞（右）与村民赵忠军、张安珠合影

50户建档立卡户，成功脱贫了49户，2016年年底赵楼村实现脱贫销号。

赵楼村所属隆德县联财镇，驻村半个月以后，我们才见到了刚从北京积水潭医院看病回来的镇党委书记李荣林。长年走崎岖的山路，他的两个踝关节持续发炎后没有及时治疗已经坏死了。医生建议他全休，但他觉得自己虽然走路不利索，干工作也耽误不了啥，还坚持在岗位上。

我们看到他左手戴着一个运动手环，就跟他开玩笑：李书记，你脚都成这样了，还在朋友圈里跟人比步数啊。李书记告诉我们，是医生建议他戴的。别人戴这个是为了提高运动量，他戴是为了控制，每天不能超过2000步。但是没几天，李荣林就不戴了，因为基层工作更多的都是走村串户，根本控制不了步数。

赵锦鹏今年61岁，之前是隆德县人民医院的医生，2016年退休后又被医院返聘，每个月的收入在1万元以上，儿女们也都在县城有不错的工作，他在赵楼村算也是“富豪”了。本该是安享晚年的时候，他却比以前更忙了。

他在村旁的山上流转了2000亩土地，种植核桃等经济作物。给人看病这么多年，他又开始学起了给树看病。家里人都不想他这么累，坚决不同意他种树，他却告诉我们，国家对扶贫投入这么大，他自己也不能闲着，趁自己还能干得动，他要带领村民一起致富，不能什么都靠国家。精准扶贫，除了国家的大力投入，也离不开像李荣林这样的基层干部和像赵锦鹏这样的致富带头人。

除了采访之外，我们也跟着村民一起劳动。有一天我们跟着赵忠军大哥的妻子，也是我们所住家庭的女主人张安珠大姐去西瓜地里去“戳眼”。所谓的“戳眼”就是：把已经发芽的西瓜种子上面的地膜戳开一个洞，防止高温将西瓜苗焖死。不大的一片西瓜地，我和许梦哲一下午至少戳了一两千个眼，每戳一个眼就要低头弯腰一次。干活的过程才真正地理解了什么叫“面朝黄土背朝天”。劳动结束后，许梦哲说她以后吃西瓜一定要把红色的瓜瓤都吃干净，直到西瓜皮都成白色才算完。“谁知盘中餐，粒粒皆辛苦”，下地劳动是最好的思想教育课。

中央电视台记者许梦哲生火做饭

驻村故事：宁夏赵楼村：小山村的脱贫攻坚路

我们驻村的这一个月正是农忙季节，为了不给赵大哥和张大姐添麻烦，每天做中午饭的任务就被我和许梦哲包了下来。平常工作太忙，我俩都很少做饭，即使做饭也是用的天然气或者电磁炉，而赵大哥家还是用的炭火。做饭前我们要自己生火，炒菜时满屋子都是油烟，即使是这样，条件也比以前好太多。脱贫之前，村里 90% 的人还是利用焚烧秸秆来做饭的。这样生活方式已经渐渐地远离了我们，条件越好的大城市，人们越是向往这种农家生活，大铁锅、炭火饭，一个月的农家乐大厨工作，我俩其实还挺过瘾的。

刚来的时候，我们跟村民讲“你们村怎样怎样”，跟同事讲“赵楼村如何如何”，结束的时候，我们跟村民说“咱们村怎样怎样”，跟同事说“我们村如何如何”。这种变化是下意识的。之前虽说去过很多村子，每次少则一两天，多则一星期，采访结束了就离开了，偶尔会在老乡家吃个饭，从来没有在家住过。这一个月的时间，我们同吃、同住、同劳动，我们感觉不是在采访，而是唠家常，跟以往任何一次采访都不一样，我们报道的不是某个村的故事，而是我们身边的故事。我们村脱贫致富的故事，我们还会继续讲下去。

良种场村留住了我的心

个 人 感 言

中国国际广播电台记者◎侯奕光

我原本以为对于良种场村来说，这次调研采访是一次难得的机会，可以通过我的报道，让这里老百姓努力脱贫的故事被更多的人知道。一个月的时间过去了，我深深地感觉到，真正得到难得机会的人是我。

我原本以为对于良种场村来说，这次调研采访是一次难得的机会，可以通过我的报道，让这里老百姓努力脱贫的故事被更多的人知道。一个月的时间过去了，我深深地感觉到，真正得到难得机会的人是我。难得在农村生活这么长时间，难得与贫困户有心贴心的唠家常，难得学到这么多劳动的知识，难得结识这么朴实热情的朋友，难得参与这么重大的报道任务，难得与地方宣传部门和媒体的同仁有这么深入的交流。一个月的时间越过越快，心里也越来越舍不得这片土地。

初到良种场村第一眼看到的就是整洁的街道，宽敞的文化广场，修缮一新的房子。这一幕很难让我把这里和贫困两个字联系在一起。村主任告诉我，他们村里识别的贫困户都脱贫了。通过多天的走访，我慢慢理解了为什么这

中国国际广播电台记者侯奕光（左）与村民交谈

个村子可以脱贫。良种场村的村民给我最深的印象就是开明，整体素质很高。村里很多决定都是开一次会就统一了思想，大家没有怨言，都希望跟着村集体把政策执行到位。村干部和驻村工作队组成的这个领导集体团队氛围非常和谐。

村子现在发展得这么好，因为村里有种植、养殖和农机 3 个合作社。这 3 个合作社相辅相成，构成了脱贫致富的产业链。当然，这需要一个有想法，有远见的人来运作这件事。这个人就是村支书逄学文。逄书记经常说自己文化水平不高，小学还没有念完就出去打工了。但是他丰富的社会阅历弥补了他文化水平上的不足。他每天都特别忙，能够在村子里的时间少之又少。他告诉我，他的车一年跑 6 万公里，他当村支书的工资是一年 1.7 万元，根本连油费都不够。他经常说，这个支书实在是太累了，也不是没有企业给他高薪请他，但是他觉得作为一名党员，为了这个村子的老百姓，又不想放下这个工作。我很钦佩他对待工作严谨的态度，心直口快的性格，雷厉风行的做法。

除了村里自己的干部队伍以外，驻村工作队也在村子脱贫过程中发挥了很大的作用。驻村的第一书记叫修桂华，是前旗公路管理局的一位50多岁的大姐。她已经在这个村子驻村工作了3年，对于村里的贫困户都十分了解，也把贫困户建档立卡的工作做得井井有条。第一书记充分发挥女同志细致、有耐心的优势，以严谨负责的态度把扶贫工作一点一滴都记录在案，上级督导组来检查，都说良种场村作为脱贫的示范村确实工作十分到位。修书记还带领着工作队的队员每家每户走访，协调机械设备将村里公路和广场的地面进行硬化，帮助清理村里农户家中的垃圾。良种场村能够变成现在这个整洁有序的样子，离不开公路局的帮助和扶持。除了扶贫的工作以外，修书记还不忘加强村两委班子的党建工作，组织学习领会党中央最新的会议精神，研究解读扶贫政策。一个50多岁的大姐，家中有很多事情需要处理，还能够坚持在村中同吃同住，实属不易。

一个人驻村调研采访比较困难，工作上没有人可以互相协作，也很少有别人拍摄我采访的情景，需要自己寻找报道素材，自己决定报道形式、报道角度，这对我作为记者的业务水平是一次锻炼的机会。与老乡同吃同住同劳动的时候，我又学习了很多的劳动知识技能，帮助老乡家里建厕所，搭顶棚；和村民一起种甜菜，种树，浇水，喂羊。除了体力劳动，我还教会了村干部如何运用实用的手机办公软件，教会乡里宣传干事如何处理图片，还策划了村委会关心下一代爱心主题活动。我的家人也很支持我的工作，我的妈妈把单位和家里闲置衣物寄到村里，送给村里幸福院的孤寡老人。

通过这次调研采访活动，我深深地爱上了农村这片土地，也看到了中国农村真实的现状，村民真实的想法，生活真实的困难。当然，我的工作得到

驻村故事：医疗、养老、保险三重保障让内蒙古良种场村村民奔小康

了兴安盟、科右前旗、巴拉格歹乡以及村里各级干部的大力帮助，还有媒体同行的大力支持。这让我发现了我采访能力上还有很多提高空间，学习到采访的技巧、稿件编写的方法，尝试了不同的新媒体报道方式，掌握了用手机制作小视频的基本技能。收获很大，我会用所学所感指导我今后的工作，更加珍惜来之不易的生活条件。这次活动让我感动，感慨，感恩。

扶贫调研采访给我上了生动的一课

个人感言

中国国际广播电台记者◎王化雨

在我看来，精准扶贫就是让每一个贫困户都能够摆脱贫困的生活状态。像立新村这样的一个贫困村能够脱贫，是给春天的祖国大地增添一抹新绿。到了每一个贫困人口都脱贫的时候，那就是“百花齐放春满园”的美景了。

到吉林省白城市镇赉县立新村开展“精准扶贫驻村调研”采访活动之前，我对于这个贫困村一无所知，即便是通过网络搜索和向东北籍的同事询问，也没有增加太多认识。事实上来立新村之前，我怀着有些惴惴不安的心情做好了吃苦的准备。

从空中鸟瞰，引嫩江水到白城市的主渠道像一条玉带围绕着吉林省镇赉县立新村。立新村这个1998年洪水之后重建的小村落房屋整齐有致，全村370公顷水田像一面面镜子把这个村子包围了起来。很难想象，这个从空中看着有几分江南水乡韵味的村庄是一个贫困村。

和想象中那些自然条件极其恶劣的贫困地区相比，立新村的农业生产水平和村容村貌建设还是不错的。这也让我最开始的不安心理得到了一些缓解。立新村规模不大，只有197户630人，全村95%的农户以种植水稻为主，现在大米价格也高，为什么这个地方还会是贫困村呢？这是我到这个地方的第一个疑惑。

“涝呗！”村书记王长友用两个字解答了我的疑惑。立新村在2016年以前面临的致贫主要原因就是水田内涝。下雨积水排不出去，稻苗根系受到破坏，到了收获的季节产量自然上不去。用柴油抽水机抽水，成本太高一般村民也承受不起。

精准扶贫，就是要根据具体的贫困状况和贫困原因提出有针对性的办法。立新村是一个以水稻种植为主的农业村。在水稻种植过程当中，排水和

中国国际广播电台记者王化雨（右）与村民一起劳动

给水是两个关键因素。从泡田开始，当地农民每天都需要大量的水。这个村庄离嫩江非常近，可是要想充分地利用江水，没有完善的进水渠道也是不行的。由于这个村子的水田大多数处在低洼地，因此到了多雨的季节，为了能够排出积水，防止稻苗受损，这个地方需要泵站帮助排出稻田多余的积水。

2016 年，包保帮扶部门协调修建了一个泵站和 5000 米的衬砌进水渠，解决了稻田内涝的问题，提高了给水的效率，当年水稻增产，农民自然增收，村里面的贫困面貌得到了极大的改善。泵站和衬砌进水渠并不是一个投资特别大的工程，却解决了这个贫困村的实际困难，普惠所有村民。

通过一个月的体验式采访，我认识到泵站和衬砌进水渠对于林新村而言，并不仅仅是改善了耕种的条件。在东北一年只种一茬庄稼，对于立新村的村民而言，也就是说他们从 4 月开始培育水稻苗，5 月初开始平整土地，泡田，洒药，施肥，插秧。每天天一亮就要起床，即便有机器的帮助，也要忙碌一整天。这种忙碌的节奏直到 6 月插秧全部完成才能稍微轻松一点。然而直到秋季顺利地把水稻收割之后售出，才意味着他们一年的辛勤劳动有了切实回报。换句话说，一旦这个过程中出现了一个问题导致粮食减产，也就意味着他们一年的工作基本白费。从这个角度讲，那个泵站和衬砌进水渠可以说是给立新村村民今后的稳定收入吃下的一颗“定心丸”。

立新村是一个非常小的小村庄，这里的民风淳朴，颇有几分“阡陌交通，鸡犬相闻”的意味。这里的村民对于我这个新手农民，不仅教得耐心，也包容了我把原来他们能够干得又快又好的农活儿弄得乱七八糟。如果可能的话，我还想在这个村子再住上一段时间。

在这里生活调研采访的一个月期间，我感受到了脱贫攻坚工作开展以来这个村庄发生的变化，这种变化远比我的报道文字和图片来得更加生动。在采访期间为环球资讯微博供稿 9 篇，包括一期微视频，阅读量 204.7 万次。为

驻村故事：东北农民忙插秧　水泵水渠助收成

菲律宾语部脸谱官方账号供稿两篇。为全台提供通稿两篇。除了为本单位供稿，还积极向其他媒体投稿。我感觉到自己有必要把这个地方发生的故事让更多的人了解和知道，但是同时也感觉到自己能力的微薄，还有很多生动的故事等待着我的挖掘。

在我看来，精准扶贫就是让每一个贫困户都能够摆脱贫困的生活状态。像立新村这样的一个贫困村能够脱贫，是给春天的祖国大地增添一抹新绿。到了每一个贫困人口都脱贫的时候，那就是“百花齐放春满园”的美景了。

变化与希望——郝庄村的扶贫之路

个 人 感 言

中国国际广播电台记者◎张 硕

一个月的时间说来不长，离开郝庄村的时候却感到难以割舍。在充满着希望与变化的郝庄村，每一天都是新鲜的。在这里，同甘共苦不再是书上的词语，我记得，自己的泪水滴在了老乡肩头，自己的汗水洒在了麦田中、泥土里。在未来的日子里，这份从未拥有过的乡村记忆将永存我心，促我前行。

“繁忙”是郝庄村给我的第一印象。“变化”是第二个。

在初夏一个月的“精准扶贫驻村调研”采访活动中，我看到了郝庄村的希望、变化，看到了扶贫工作给村民带来的看得见的实惠，看到了基层干部的汗水，看到了农民群众的微笑，这里每天发生的故事都值得记录下来，让更多的人看到。

“一天一变样”的基础设施

郝庄村位于河南省许昌市建安区灵井镇，其地理位置偏僻、交通条件落后、农业经济方式单一，是该地区扶贫攻坚任务最重的一个村。初到郝庄村，村东头的进村道路正在修建，而绕道进村的小路则泥泞不堪。沿途所经过的一处工地人来人往、繁忙异常，村支书告诉我，这是新建的村卫生所正在施工。而就在那一天村里召开的扶贫攻坚会议上，我听到最多的是这四个字，“基础设施”。

于是我发现，村里的路，村里的广场、路灯，在一天天的采访过程中，悄然改变着。每一次进村，我都能看到崭新的变化：新修的路灯、新建的村室、文化广场和卫生所、新近改造的电网覆盖系统。就在 5 月底，村里新建的 6 公里主干道也完成了铺路，汽车“进村难”的尴尬一去不复返了。我想，我所看到的变化与希望，村民一定也看得到。

改“输血”为“造血”的食用菌大棚

过去，郝庄村的集体经济常年为零，单一的农业经济生产方式让村民无从脱贫，遑论致富。脱贫需要产业，需要项目。没有项目，单纯的“输血”政策只能解决一时之急，并非长久之策。为了改变这一尴尬现状，驻村工作组尝试利用资产收益扶贫方式，来壮大集体经济，将集体资金入股成熟企业，改“输血”为“造血”，从而从根本上解决农民的贫困问题。

经实地考察，河南世纪香食用菌集团的“公司＋农户”产业模式与郝庄村的自然环境与客观条件十分匹配，从此，郝庄村集体经济实现了“零的突

中国国际广播电台记者张硕帮村民收麦子

破”，截至 5 月 15 日，郝庄村已搭建完成 15 个食用菌大棚，预计每棚每年可增收 1 万元，为至少 10 户贫困户稳定增收带来保障。除此之外，村里还计划在假发制造、社火道具生产、牲畜养殖等方面进行经济扶贫，防止农民群众脱贫后返贫。脱贫不是扶贫工作的终点，如何防止返贫，如何让当地百姓真正实现小康，这里的党员干部仍在努力。

“送戏下乡”不断，文化用品常新

除了在物质生活方面精准扶贫、积极保障，当地的精神文明建设工作也没有懈怠。

5 月 20 日下午，尽管已是周六，许昌市建安区豫剧团和往常一样送戏下

驻村故事：河南农家美食——菜馍

乡履行文化扶贫的职责。于是，在郝庄村村南头临时搭建的舞台上，我和当地村民得以欣赏到一场丰富多彩而又贴近群众的“豫剧文化大餐”。在建安区政府的积极组织下，送戏下乡的活动几乎是一天一村，每天都有。在周六下午的郝庄村，舞台上锣鼓喧天、曲声盈耳，舞台下的农民群众也听入了迷，时而跟着哼唱、时而击掌叫好，现场一派欢乐景象。

不仅如此，为了进一步丰富贫困村民众的文化生活，郝庄村还修建了新的村文化室、村民文化广场。利用劳动之余的时间，村内妇女总是会在傍晚来到文化广场，跳上一段广场舞。与此同时，建安区委文广局也陆续为农民群众送来了包括电脑、音响、投影仪、报纸、书籍等在内的文化用品，丰富了贫困乡村的精神文化生活。

带着“钢板”工作的驻村第一书记

说到驻村一个月带给我最深切的感受，莫过于当地基层干部平易近人、勤勉不辍的工作作风。每每到村里，你都能看到村干部忙碌的身影，不是在解决问题，就是在去解决问题的路上。郝庄村所属的建安区每晚 7 点都会召开扶贫攻坚的例行会议，以监督相关工作的进展和实施情况，因此，有的干部一到晚饭时间就跑去开会了。村支书赵红侠女儿出嫁，因为工作没有赶上婚礼；驻村第一书记宋国峰，由于骨折腿上打着钢板，依然奋斗在扶贫的第一线。

一次采访中，宋国峰拍着自己的伤腿，笑着告诉记者：“我是干宣传工作的，这么多年跑的地方不少，见的也不少，但是没有真正深入接触农村工作，下乡以后，才知道很具体、很细，必须一项一项亲身去解决、去面对。”

对于郝庄村剩余的10户贫困户，宋国峰印象最深的是五保老人宋国保。宋国锋说："在2016年春节慰问中发现了79岁的五保户宋国保，去他家里送过米、面、油，下雪天送过被子，多次动员他去敬老院，他守着自己的老房子不肯离开。他的老房子是土墙，有上百年的历史了，被政府列为危房。我们与村干部一起帮宋国保盖新房子，即使他不去敬老院，我们也要保证老人住得放心！"今年春天，新房子建成了，宋国锋考虑给老人修一条从家里通到村道的小路，防止老人雨天滑倒。

驻村故事：掌握"互联网+"机遇的"淘宝村"

平实的语言、忙碌的身影，在村支书和第一书记工作时紧锁的眉头中，我看到了农村基层干部的具象，看到了政府的责任心，看到了脱贫的希望。

走不完的山　隔不断的情

个　人　感　言

中国国际广播电台记者◎王　薪

2017 年 5 月是我人生中难忘的一段回忆。关于记者，关于八好村，关于乡村，此行的一个月带给了我更多的理解、新鲜和情怀。一期一会，且行且珍惜。

千山万弄，这是今年夏天我学到的一个新词。不到广西，不曾目睹千山；不到八好，不知何为万弄。

作为参与“精准扶贫驻村调研”采访活动的记者之一，5 月的夏天，我有幸来到广西河池市大化瑶族自治县板升乡八好村。出发之前，脑海中关于它的所有概念只是“八好村是一个贫困村”。在网络上搜索不到关于八好村的详细信息，种种未知，满心期待。

从大化县城驱车 3 小时左右，一路山连着山，路盘着山转，最后到达大山深处的八好村。第一次置身这么偏远的深山区，能看到的除了山还是山。这里没有一望无际，没有天高地阔，感觉这片土地就是如来的手掌心，每个停留此地的人都是那个孙猴子，再怎么跳再怎么走也没法摆脱眼前的山。

在八好村，祖祖辈辈的瑶族村民正是在这样的地方居住生活。听村民说，八好村的“八”其实是从“爬”音变而来，当地除了2016年修好的一条通村公路外，进村入户都是要走崎岖不平的山路，从直立行走最后累成“爬行动物”，手脚并用。

抵达村子的第二天，我便开始“巡山”，走访山中瑶家人。由于语言不通，听不懂瑶话，所以每一次出发都需要有个翻译伙伴。全村近500户人家，大都住在道路不通的山弄里，超过60%的家庭是贫困户，当地村民又靠天吃水，土地石漠化严重，九分山一分地，很难发展产业，种种现实下，每走一步都感觉眼前这山好像变得更高而人却更渺小了。

八好村的贫困就像刀子割破皮肤流出鲜红的血一般，让人疼且清晰可见。路是这个村子的硬伤，也是村民们的殷切期盼，然而当地连绵不绝的石山和缺水又使得在当地修路成本很高，难度很大。八好村的扶贫是真真正正的“攻坚”。这里曾被联合国粮农组织官员考察后认为是除沙漠外最不适合人类居住的地方。

有趣的是，这里却同时属于中国长寿之乡，有不少长寿瑶族老人。他们久居深山，远离城市的喧嚣，呼吸新鲜空气，吃野菜，喝玉米糊。玉米是当地人过去的主食，吃大米也不过是近些年才有的改变。村里没什么耕地，唯一的农作物玉米也是在被石头填满的山地里“见缝播种”。收获的玉米除了人吃，一部分喂养家畜，一部分还酿制玉米酒。

瑶族人和玉米酒的关系就像鱼和水的关系。干农活累了，他们就会喝一杯玉米酒，吃点腊肉，整个人就又精力充沛了。遗憾的是，这酒到我这里，整个人就晕了。

家有远客到，瑶家人都会准备玉米酒，进门一杯酒，不是亲人胜似亲人，热情好客在瑶族人这里像是与生俱来。此次“精准扶贫驻村调研”采访活动

驻村故事：大山深处的瑶家木瓦屋

也正是要求记者们与村民同吃、同住、同劳动，入乡随俗，采访也会变得更顺利，更容易发现“真”。

八好村有一所八好小学，这里是全村唯一拥有手机信号和网络的地方，离开学校走进山弄里就意味着与外界暂时的失联。这里也因此成了我驻村期间的驻点。学校里400多名瑶族学生，六个年级，一个年级一个班。男孩爱打闹，女孩爱跳绳，校门口小卖部的辣条总是最受欢迎的，他们唱许巍的《蓝莲花》，也唱着《最好的未来》，他们喜欢光着脚在操场上打球，他们也在每一条回家的山路上风雨无阻。

八好小学一半以上学生住校，这些孩子的父母大都外出务工，他们从学校回到家里会耗时很久，最远的需要行走3个多小时。每周五下午3点学校就会放学，为的就是确保家远的孩子可以在天黑前走到家，周日下午返校。

5月是当地雨季，常常下雨。也许很多人会和我有同样的疑问：如果碰到周五或周日下大雨孩子们回家和返校怎么办？答案是冒着雨回家冒着雨返校。无论如何，住校学生周五都必须要离校回家，因为周末食堂不供应饭菜。

我在驻村期间，有次进山入户被大雨困住，雨下了好几个小时，难得体验了一次雨中和雨后走山路的感觉：一个字叫“难”，两个字是“危险”，走在被雨水冲洗过的石头路上如履薄冰。想到这可能对八好小学的孩子们以及八好村所有村民来说是再平常不过的事情，有些敬佩，却也心酸。

可以说，在八好村修的路越长，当地脱贫的路就会变得越短，这也是八好村所有村民的共同夙愿。

一个月的驻村生活很快结束，离开八好村的第二天，校长发来一条短信：“不知道为什么，你离开以后，就是特别想念你！希望回到北京以后，别忘了山村里还有一个牵挂你的老哥。”

所有的相遇都是久别重逢。八好，八好的山，八好的人，后会有期。

村子·法子·日子
——说说我驻村的那些事

个 人 感 言

中国国际广播电台记者◎吕 谋

马儿庄总是十分宁静，如同我一个月来的波澜不惊。平凡人的生活大都是平凡的瞬间，日复一日的积累带来了年复一年的改变。拍下看到的眼前，记录听到的耳边，真实的还原，简单的再现。我想，记者要做的，就是把这里的故事讲给那里的人听，告诉他们，这里，已经变了模样，这里，还在继续前行。

回忆一个多月前出发的时候，内心是复杂的，思绪是凌乱的，而高速上遇到堵车而错过了预订航班，让我变得更加焦躁。

到达银川，已是半夜。旅途上的劳顿并没有积累成困意，脑海里不断思考着一个问题：采访，该怎么做呢？捧着自己盲目准备的一些资料，猜测着村子里的情形，完全理不清头绪。就像一名入伍新兵，离家时总会满腔热血，然而初上战场就会无所适从。

转天，我来到了此行的目的地——宁夏盐池县冯记沟乡马儿庄村。也是

中国国际广播电台记者吕谋（左）和村民一起喂羊

从这一天开始，我的纸、笔、相机、采访机就再没离过身。就这样，我看上去，“像”个记者了。

来到村子，目力所及的，是一条干净整洁的主干道，两边矗立着一根根太阳能路灯，阳光照着葱郁繁茂的树冠，遮蔽着连排坐落的红砖瓦房，房门前的院子里大都停着辆小汽车。走进村部，就可以看到这个村全部的“机关部门”了，村委会、村党支部、民警执勤室、村人大会议室、文化活动室，虽然每个部门都仅有几平米见方的一间办公室，但各项功能可谓一应俱全。眼前的种种景象，远远超出了我的预期，也不禁让我疑惑，这真的是个贫困村吗？在随后和马儿庄村支书冯立珍的聊天中，我的疑惑逐渐得到了解答。

冯支书和我想象的样子略有不同，戴着半框眼镜，穿着蓝灰色的外套，深色牛仔裤，更像是城市里的老公务员。只是黑里透红的国字脸，还有粗糙的皮肤，才让我肯定他是个地地道道的西北汉子。初次见面，冯支书似乎有些拘谨，我就索性直接问他“为什么村里看着并不像贫困村”。一说村子，冯支书一下子打开了话匣，原来，马儿庄今年就要完成脱贫销号了，很快就能摘掉“贫困村”的帽子，而且是高质量脱贫。其实，村里的286户农民只剩5户建档立卡户了，而这5户也是因病等原因导致没有劳动能力而生活贫困。冯支书告诉我，其实变化最大的就是这几年的光景。道路硬化，危房改造，马儿庄已经渐渐成为名副其实的“美丽村庄”。

驻村故事：听音乐生长 G20国宴走红：盐池滩羊助力宁夏马儿庄村脱贫致富

之后的日子里，我和冯支书一起，走访了村子的各个地方，从养殖户到合作社，从小学校到文化广场。我渐渐了解到这里的过去，熟悉了这里的现在，也思考着这里的将来。这期间，我也和身处天南海北的同事们互相沟通着各家村子的情况。不得不说，马儿庄是幸运的。精准扶贫的优势在这片土地上体现得淋漓尽致。风沙严重我们种柠条、苜蓿；缺少资金我们把土地流转，给村民贷款；没有产业我们依托滩羊打造品牌；看病困难我们有医疗保险。虽然“精准扶贫”4个字已经耳熟能详，但如何让想法变成现实才是最困难也最重要的。要让一个村子摆脱贫困，并不是靠给钱、收购农产品就足够的。真正的脱贫，不仅是收入超过红线，还要保证不再返贫并且生活越来越幸福。无论是城市还是农村，生活幸福感才是我们追求的目标。

今年，马儿庄还会建设新的饲料加工厂和育种基地，这里的养殖户在今后能做的不仅是每天喂羊，还会不断学习更加科学的饲养方法，拓展新的管理经验。冯支书希望，在未来，这里的滩羊会打造出属于自己的品牌，让这里的生活更上一个台阶。

除了找到致富的路子，对这个村子的未来更重要的就是这里的孩子。马儿庄小学是这次采访结束后，我最挂念的地方了。那里有坚守了11年的老校长，有来这教书的90后教师，还有一群见生人会躲的可爱的孩子。记得第一

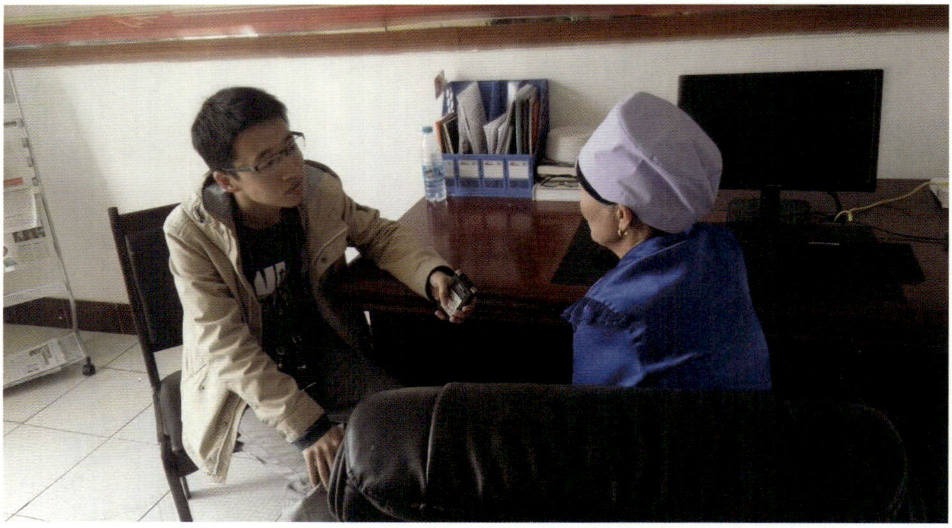

中国国际广播电台记者吕谋（左）采访冯记沟乡回六庄村支书马自霞

次走进教室，孩子们看到我显得很紧张，目光停在我身上，我想用眼神回应时，他们却又躲开。操场上玩耍的小男孩们，看到我举起相机，会突然跑向别处，边跑边和小伙伴们嬉闹。但这之后，我一次次来到这里，渐渐地，他们也开始看着我的镜头做鬼脸，研究我的采访机，胆子大的甚至和我开起了玩笑。看到我来，他们会喊我“吕老师好”，吃水果时，他们会多领一个香蕉送给我。虽然声音依然带着羞涩，动作依然有些闪躲，但我们确实熟悉了起来。

6 月 1 日那天，是他们的儿童节，也是我离开马儿庄的日子。我把最后的采访时间用来记录他们奔跑、跳跃、玩耍和欢笑的种种瞬间。这是马儿庄小学难得喧闹的一天，因为这里只有 34 个孩子，平日里的大部分时间，校园都显得很安静。这种安静的氛围，或许是整个国家农村教育的缩影。哪怕是再远的村庄，哪怕只有一个孩子，我们都应该努力让他们享受到基础教育，给他们提供改变生活、追寻另一种未来的机会。

一个月的采访中，我还遇到了很多人，很多事。有年过七旬仍要自力更生的农家老汉，有靠着医疗保险保命保家的大爷大妈，有儿子加入了维和部队的光荣军属，还有一周七天工作日的女乡干部。或许是因为自己采访的还不够深入吧，这一个月里，我没有遇到那种让我潸然泪下的故事，每天看到的更多是村干部的日常工作，农民日复一日地喂羊吃草。然而就是在这简简单单、反反复复的工作和劳动中，我们的村庄正在一点一滴地发生着改变。扶贫的根本，终究是要回归老百姓的生活。想让越来越多普普通通的老百姓过上幸福安稳的日子，所依靠的就是这些繁杂琐碎的细枝末节。脱贫也好，致富也罢，对于老百姓而言，任何改变的开始与结束都要回归一天天的“柴米油盐酱醋茶”。当老百姓可以惬意地享受平淡带来的美好时，我们的村庄，也就真正幸福了吧。

啃下脱贫"硬骨头中的硬骨头"

个人感言

科技日报记者◎李　禾

石柱村生态环境优美，生产的农产品基本都是有机、生态的，由于运输不便、成本高昂，这样的产品却无法变成现金。随着道路的整修，相信这个困难将得到解决。另外，当农村经济做大、做强后，青年人将会愿意返乡创业，相信养老难题也会有所缓解。当我离开村子时，村民满怀希望地说，希望我以后还能再来石柱村，那个时候，相信这个大山里的贫困小山村会有一个翻天覆地的变化。

2017年4月30日至6月2日，作为一名科技日报记者，我参加了"精准扶贫驻村调研"采访活动，来到重庆市巫溪县土城镇石柱村。巫溪县是国家级贫困县，而石柱村不但是国家级的贫困村，而且被称为巫溪县"最落后的贫困村"。

石柱村目前常住人口53户，252人，其中建卡贫困户43户，185人；2016年脱贫了5户；目前还有建卡贫困户38户，共161人。石柱村计划在

2017年年底脱贫。石柱村之所以会成为巫溪县脱贫“硬骨头中的硬骨头”，跟它的地理条件、人口结构等息息相关。

前往石柱村的道路相当漫长，去之不易。北京往返重庆万州市的航班一天仅一个航次。飞达万州后，从机场到巫溪县走高速公路，还需要行驶3个多小时；从县城到达土城镇还需要乘车近2个小时，从土城镇到石柱村的山脚下，还要开车四五十分钟；从山脚下沿着正在整修的村干道爬到人口相对密集一点的石柱社，还需要4个小时左右。

石柱村平均海拔1400米，全村山高坡陡，耕地和林地基本都在坡度达60度的斜坡上。由于没有平地，在山坡上有一小块比较平坦的地方，就会有两三户人家在这里盖房子。地广人稀，因此，从这两三户人家走到另外几户人家，按照当地人的说法是“看着近，走到哭”。采访对象非常分散，需要花费大量时间和精力在爬山的路上，而且没有人带路，很难找到农户，这是我在出发前所没有想到的。

县镇领导、村民以及我通过采访都认为，石柱村贫困的关键是没有一条通车的道路，前些年交通靠木梯和绳索来“攀爬”，现在仍然靠“脚走”。由于建筑材料拉不上山，村民还一直居住在20世纪六七十年代修建的土坯房里，石块和黄泥巴做的墙，没有玻璃，木框的窗户上钉着一层半透明的塑料布挡风；猪圈、羊圈、鸡窝等紧挨着住房，没有卫生间，粪便池露天敞着……没有便民服务中心和村医务室，基础建设非常落后。

我在采访中还发现，由于没有路，无论是吃的米、油、盐，还是生活用品、种子等都要人背上山；在斜坡上耕作时，村民一般都是屈膝，半弯着腰，所以大多数村民膝关节和腰部都不太好；加上恶劣的居住条件，不少村民患有风湿，得过蚊蝇导致的传染病。因病致贫是这个小村子贫困的主要原因之一。

科技日报记者李禾正（右二）在采访村民

巫溪县是务工大县，石柱村也是如此，年轻人基本都在湖北、陕西等地打工，留在村里的平均年龄超过四五十岁，其中多是妇女。这些村民大多不识字，除了看病基本没有下过山，连村干部都很少去县城。因此，他们不懂普通话，我又不懂当地方言，采访时语言不通成为首要障碍。为了解决这个问题，镇里派了个年轻的女政工干部全程陪同我，给我做翻译，但是由于沟通的不通畅，很多感人或有趣的细节未能及时获得并记录下来，这确实是一个巨大的遗憾。

采访的另外一个障碍是得到准确的数据。由于石柱村基本没有记者来采访过，而且当地也没有系统整理过相关数据，可是我们写报道用的必须是准确的数据。以修路为例，正在修整的村干道究竟是从何时开始修的？看似一个很简单的问题，但是我在采访中，不同的村民给出的答案居然都不相同。其中有村民说是1995年、2005年、2007年、2010年、2011年……这让记者难以判断，非常头疼。

驻村故事：“名牌”土鸡苗到村了！

另外，采访的另一大障碍居然是天气。今年以来，巫溪县多雨，按照原本的计划，石柱村的村干道应该在今年4月完工的，但是由于频繁地下雨，工期严重滞后。记者在村里时，有一半多时间在下雨。一下雨，正在整修的村干道就容易发生落石、滑坡、泥石流，田间的小路不但泥泞，而且由于都在超过60度的大陡坡上，这时在上面行走容易发生意外。下雨时，记者就无法出门采访。雨停了，记者希望出去采访，但路还没有干，依然无法成行。不得不说，真是天公不作美啊！

尽管遇见种种困难，但是村民的乐观和努力，对科学种植知识的渴望，让记者印象非常深刻。在5月27日，土城镇镇长龙再清和巫溪县农委的高级农艺师刘少华来山上，给村民做“魔芋栽培技术”的科技讲座，并免费分发防治软腐病的药剂。记者发现，每家村民都派了一个人来。尽管很多村民不识字，但都听得非常认真，提问也非常踊跃。在这样的村子，通过科技培训就让村民成为现代农民基本上是不可能的，但是通过类似的培训和讲座，普及相关农业知识，让农民从农业生产中得到更多的经济收入，还是很有希望的。

记者在采访时发现，石柱村与大城市有一个共同的问题，就是养老难。大城市是因为工作忙碌，而农村却是大量青壮年劳动力的进城打工，农村的老龄化，以及与家人常年的远距离等，该怎么解决农村养老问题，不但是城市在探讨，农村也是如此。

乡村是城市的根

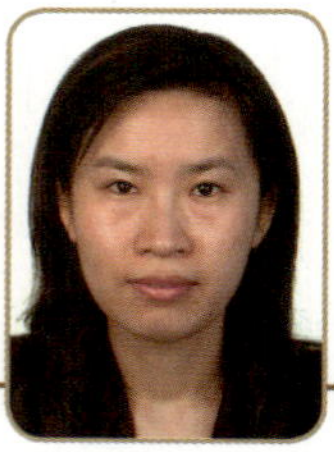

个 人 感 言

科技日报记者◎华 凌

回望一个月扎根贫困山村蹲点调研的点滴，由衷感谢中宣部给我这样能够充分体验和了解乡村的机会，这种经历对于一名记者而言，弥足珍贵、终生难忘！通过这次特殊采访经历，我深刻体会到，在电脑前足不出户，不到一线采访是挖掘不出感人至深的好新闻。我们要像老一辈新闻人一样，用脚板走出新闻，呈现事实本真，这才能体现新闻的生命力，更是当代记者的职责与使命。

把久居大都市的人，一下子“空投”到川南僻壤的小乡村，住上一个月，会是什么感触？参加驻村蹲点调研的记者来告诉你——

城市里车水马龙、人声鼎沸的喧嚣，被乡间田垄此起彼伏的鸡叫、鸭嘎、蝉鸣和犬吠的“晨乐”和“小夜曲”替代，时间似乎慢了下来，视野里长出了大片的绿色。以往在城市里的睡不醒或睡不着、各种焦躁或忧虑似乎如抽丝般渐渐远去，特别是在雨后清新空气中，吸一大口盛开的栀子花、黄角兰的芬芳，着实令人心醉。

党的十八大以来，中国5564万人摆脱贫困，相当于一个欧洲大国的人口总数。未来 3 年，还将有 4335 万人脱贫。而雨台村刚刚摘了“贫困帽”，是喜人之事，但从长远看，尚有令人担忧之处。

记者驻村蹲点调研一个月以来，了解到村里绝大多数青壮年都到城市打工去了，不少人还在外面买了房，很大一部分留守乡村的是老人、妇女和儿童，以及病残者。

驻村故事：雨台村里来了“大科学家”

这意味着，每天在田间辛勤耕作的是老人、妇女，甚至是孩子，而这种状况在农村已是常态。那么，这些“剩余”劳动力的生产现状如何？

在正值农忙时节的 5 月，记者发现村民耕作时仍然沿袭几千年来古老的劳作方式：面朝黄土背朝天，汗水连连流满脸，特别是插秧时，五六十岁的村民需赤着腿和脚，站在冷冷的泥水中，弯着腰插上几个小时的秧苗。

消除农村贫困，其实在缩短城乡之间的差距。然而，如果农村仍然以原始农耕的方式生产农作物，今后将如何能够真正摆脱贫困的命运？而留守儿童，即乡村的未来，长大之后会心甘情愿如此辛劳地当一辈子农民吗，恐怕又要像父辈一样背井离乡、四处打工。

多年来，城市一直得到农村的滋养，吸纳了精锐的人力，富集着丰厚的智力资源。有统计表明：即使是现在城市里的人，也有 90% 以上是进城的农民，或者是进城农民的儿子。无疑，中国人的根在农村。

科技日报记者华凌（右）向贫困户赠送棉被

而这“根”却在中空，日益凋敝、后继

科技日报记者华凌（左）与村民同劳动

乏力。与其说“空巢”的乡村需要城市，不如说，已长成绿叶或者果实的城市，如今应当报答对“根”的情意，用自身的智慧和能力扶贫脱贫，反哺乡村建设。

从世界的角度来看，当欧美已经在农村大量使用机械化设备耕作，让农民轻松收获的形势下，呼唤我们越来越多的科学家、科技工作者把目光投向山村，那里是展现“科技是第一生产力”“大众创业、万众创新”的广阔天地，期待“科技大牛”们能够为农村升级产业生产方式，建立可持续性致富发展模式，以确保到 2020 年农村贫困人口全部脱贫，让全国人民共同迈入繁荣富强的小康社会。

驻村故事：科技大牛，贫困乡村渴求你的“金点子”

乡村富裕了，支撑城市的“根”则茁壮。相信那些长期漂在外面谋生计的农民兄弟，自然会返归美丽的家乡，投身农村现代化建设，这样老人有所养，儿童有所依，城市和乡村之间形成良性循环机制，达到和谐平衡的共同发展。

这片黑土地，充满希望！

个人感言

工人日报记者◎杨学义

一个月来，从最初的不了解农村，到后面的相对熟悉，让我深刻感受到：不了解农村和农民，就不算走到基层，就不能够看清国家的全貌！这是一段让我终生难忘、终生受益的经历！

5 月，我在黑龙江省齐齐哈尔市拜泉县国富镇自治村度过。在即将挥别自治村时，我再一次来到村北头的木耳大棚，一个月前，这里还只有刚刚搭好的钢架，村民正在热火朝天的抢工时。如今，这里已经建好，村里加工厂生产的木耳菌包也已发酵成熟，村民忙活着将第一批培育好的菌包，挂上绳子……

我见证了木耳大棚拔地而起，木屑装入菌袋，黑木耳从菌包中生根发芽的全过程。这片黑土地上，有太多故事，像菌袋中滋生的黑木耳一样，鲜活、蓬勃、动人……

从回乡投资的企业家岳国良身上，我看到了一诺千金。他在特殊年代随双亲来到贫瘠的村庄，父母去世后，靠着乡亲们的帮助度过了艰难的岁月，离开村庄时，许下了回报家乡的承诺；改革开放后，靠着从乡亲们身上学到的品德，成就了一番事业。他从来没有忘记30多年前离乡时对乡亲们许下的承诺，多年来已为村子投入了超过2亿元的财富，帮助乡亲们脱贫致富。

从村里的拜泉县自治现代农业农机专业合作社理事长赵有身上，我看到了不折不挠。多年来，他克服了固守传统农业经验村民的不理解，用增产增收的事实，吸引了更多村民把自家土地加入合作社，解放了劳动力，普及了大型机械化生产，提高了生产效率。村民们开始奔向远方务工，或者在家门口当起了工人，告别了“面朝黑土背朝天”的生活。

从村里的拜泉县德润食用菌种植专业合作社理事长彭君身上，我看到了远见卓识。他放弃了在城市多年打拼得来的安稳生活，拖家带口，回乡参与

工人日报记者杨学义（左）帮助村民将化肥、农药运送到设备上

建设。经过艰难的探索，终于建成了黑木耳全产业链，数百村民在家门口当上了工人，本村和周边2000多人可受益于此，直接脱贫。

驻村故事：黑土地上的致富梦

从“85后村长”曲鹏程身上，我看到了自强不息。大学毕业时，他放弃了城市中优厚的待遇，回到生他养他的小村庄，主持了水库清淤、粮库建设等重点项目，脚踏实地的改变着乡村的落后面貌。新时期下，他用实际行动诠释着“广阔天地，大有作为”，活出了别样青春。

从自治村村民那里，我看到了友善、淳朴、勤劳。走在村里兴建的新型社区中，我遇到了城市中久违的、来自陌生人的坦诚和微笑。我和他们一起，体验着从乡村民居搬到现代楼房后，生活习惯、精神面貌的转变。他们在村里的合作社当起了工人，收入更多了；他们告别了烧炉子、劈柴、扒灰的家务活，穿得更干净了；大姑娘、小媳妇抹上了化妆品、追起了时髦，大妈们跳起了广场舞，老少爷们开上了私家车……

我有幸见证了自治村正在发生的巨变，一群住上了现代化住宅的村民，在黑木耳全产业链生产线上，辛勤劳动。他们用曾经耕地、劈柴、扒灰的双手，扎根黑土地，发展扶贫产业，用劳动创造价值，改变着自己的命运和家乡的面貌，创造着一份伟大的事业！

临行时，坐上送行的车，走在乡间的路上，细雨蒙蒙，绿色的禾苗从庄稼地里长出来了。我恍惚记起半个多月前大型拖拉机在这片土地上播种时的情景，那时的黑土地，发出冲天轰鸣，震耳欲聋，像一个硬汉，展示着他的雄壮。如今的黑土地，却似一个乡间女子，如泣如诉，向我表达着不舍，也抒发着希望，更描绘着一幅秋后大丰收的田园景象。

这是一片充满希望的黑土地！

唤醒贫困户“我要脱贫”的意识

个人感言

工人日报记者◎杨召奎

通过蹲点采访，让我认识到，在基层采写新闻，与通过堆积材料、网上找素材完全是两种状态。深入基层，你会在不经意间发现好的新闻线索和灵感。深入基层，多和贫困户、驻村第一书记、致富带头人、返乡创业者交流，引用他们原汁原味的话语，会让新闻更加生动活泼。有的时候，他们不经意说出的一句话，放在文章的标题就十分打眼。

在海南省琼中黎族苗族自治县为期一个月的蹲点调研采访中，我切实感受到精准扶贫政策给贫困村带来的巨大改变，这不仅有物质生活上的改善，更有精神层面的改观。这一点，可以从该县湾岭镇鸭坡村贫困户王一凡不再酗酒、长征镇万众村妇女不再打麻将看出来。

过去，王一凡一觉可以睡到上午 10 点，中午和晚上都要喝点小酒，依靠一亩三分地得过且过，没少被家人埋怨。但自从加入养蜂合作社和稻鱼共生养殖合作社，他尝到了赚钱的甜头，也看到了致富的希望。于是他开始变得积极，人也有了“精气神”，不再睡懒觉、不再酗酒，努力脱贫。

在万众村，以前村里的妇女特别爱打麻将，即使没有钱借钱也要打。但是自从政府扶持该村种桑养蚕之后，这个贫困村里的妇女再也不打麻将了。如今，走在村子里，不时可以遇到抱着桑叶回家喂蚕的农妇。

该村妇女主任王庆妮告诉记者，养蚕是个精细活，多下功夫才有好收成。养得好的话，一张蚕苗能产茧 150 斤，养不好的话才不到 100 斤。现在一斤蚕茧大概卖 20 元钱，一张蚕苗的收入就能相差 1000 多元钱。乡亲们靠种桑养蚕尝到了甜头，看别人效益比自己好，都憋着劲儿想把产量提高，谁还有闲心打麻将？

王一凡不再酗酒、万众村妇女不再打麻将的背后，不仅是生活习惯的转变，更是思想观念的改变，那就是在政府的帮扶下，村民们有了“我要脱贫”的意识。

工人日报记者杨召奎（中）与村干部交谈

驻村故事：有一种温暖，叫“精准扶贫”

贫困户之所以贫困，是多种原因造成的，比如村子交通闭塞、家里地少、老人生病等，但记者在调研采访中发现，还有一个较重要的原因就是贫困群众自身不思进取、好吃懒做、得过且过，心中还存在根深蒂固的“等、靠、要”思想以及缺乏脱贫致富的干劲与韧劲。

正如很多扶贫干部常常挂在嘴边的一句话“扶贫先扶智”，就是说不直接送钱送物，而是调动贫困户自身脱贫致富的积极性，或发展特色产业，或学习一技之能外出务工，总之让其依靠自己的双手勤劳致富。但要改变一个人长期的习惯乃至思想观念，何其难也？

这一点，鸭坡村驻村第一书记秦家越体会得比较深。他告诉记者，鸭坡村最初筹划抱团养殖蛋用山鸡产业，但很多贫困户一直处于观望状态。在秦家越看来，由于小农意识等传统观念的影响，贫困户难以形成抱团发展的局面。

怎么办呢？据记者了解，万众村村民之所以转变了观念，是因为看到了个别村民养蚕赚了钱才纷纷加入的。所以，村里的“领头雁”这个榜样的力量，对村民思想意识的转变有很大的作用。秦家越告诉记者，养蚕一个农户就可以，但养殖蛋用山鸡产业必须得形成一定规模才能有订单。

村子里没有榜样，别的村子、别的县里有！秦家越和帮扶干部就利用电视夜校的机会，有意识地引导农户注意观看其他地区抱团发展的成功经验，并在组织讨论环节重点分析和讨论，比如重点分析了定安县蘑菇养殖合作社抱团养殖蘑菇脱贫致富的典型例子。

渐渐地，贫困户的思想意识逐步打开，他们开始明白抱团发展可以实现统一采购、统一管理，质量、销路、收益都有保障，他们开始相信抱团发展事业宽。不久，村子里的贫困户就纷纷签字，并主动学习养殖知识。2016 年年底，该村共有 46 户贫困户顺利脱贫。

俗话说，授人以鱼不如授人以渔，改变贫困户的思想观念就是“授人以渔”的办法。只有激发贫困户的内在动力，唤醒贫困户的主动脱贫意识，让他们找到发展致富的路子，拔掉穷根，才能让他们顺利摘掉贫困户的帽子。如果只想依靠别人，即使暂时脱贫，恐怕也难持久。

西海固星夜

个人感言

工人日报记者◎吴丽蓉

这次驻村调研，于我而言，不只是体验式采访，更是浸入式生活。有幸见证脱贫攻坚、记录贫困村的点滴改变，为我作为记者的职业生涯画上了浓墨重彩的一笔。这是一段少有的珍贵经历，也是我人生中一笔影响深远的财富。

不下雨的日子，我每晚都会在院子里看上一会儿星星。

人们大都睡下得早，夜里的乡村格外安静，偶有几声犬吠。仰起头来，便是满天繁星。这个时节，木星最亮，北斗七星就在头顶，夜半偶见天狼星。看得久了，星星便越看越多，像被擦洗过一般锃亮。

上一次对这样的星夜司空见惯，还是在我的小时候。在京津待了七八年，又重见到数不完的星星，实在是一种奢侈。

而拥有灿烂星空的此地是贫困的。

这是宁夏南部的一个小村庄，地属西海固，是曾被联合国确认的“不适宜人类生存”的地方。黄土高原丘陵沟壑地形，气候干旱，水源奇缺。我是因为参加了“精准扶贫驻村调研”采访活动，而来到这里住了一个多月。

4月30日我从北京出发，从银川转机至固原市，又在彭阳县城住了一宿，5月2日抵达驻地白岔村。到的那天，村里正在修路。汽车七弯八绕，一路上尘土飞扬，有时需在前车开过后，等待10余秒后尘土散去，后车方可继续前进。

我在村民赵阿姨家住下。她给我收拾出一间干净的屋子，每天给我准备些吃食。这里的一日三餐皆为各类面食和土豆，人们的日常饮食中极少有水果蔬菜和肉类。

赵阿姨开着村里唯一的一家小小的门市部（杂货铺），每日零星地卖出点东西，但她更主要的工作是种地。

工人日报记者吴丽蓉（中）与孩子们在一起

驻村故事：白阳镇的万寿菊

缺水使得这片土地十分贫瘠，我不断地被告知，彭阳县没有天然林，我所看到的每一棵树都是人工种植的。

人们大多以种植玉米和土豆为生。

我曾在一户农家的地里种了些土豆。这里种土豆的过程依然很原始，用铁锹在地上挖个洞，往里面扔土豆，再把土盖上，就行了。

玉米则需要覆地膜，用以保持土壤的水分。膜上有小孔，以便雨水进入和人工灌溉。有一天，我和赵阿姨去地里给玉米浇水。我提着水桶，从地旁边的井里打水上来，再用水壶对准地膜上的小孔往里注水。这个过程并不轻松，浇了一会儿水，我便觉腰酸背痛，“面朝黄土背朝天”的劳作当真辛苦。

远远地，我看见邻居家两位老人也正在地里干活。其中的老奶奶已经 75 岁，牙齿掉得差不多了。她戴着一块红头巾，累了便在田埂上席地而坐休息一会儿。赵阿姨看着她，对我说：“你看我们这儿的老奶奶是不是很辛苦，不能去逛公园、跳舞、打麻将。”是啊，年轻人基本都去外地谋生了，村里留下的多是老人和儿童。

村里的白岔小学只有 14 个学生。这些七八岁到十来岁的孩子们，大多要走 1 小时的路去上学，但似乎没有人以此为苦。我没有听到一句抱怨，其中一个小女孩还说：“走路还可以锻炼身体呢。”学校里的老师告诉我，但凡家里条件好一点的，都去县城或者外地上学了，留在这儿的都是实在没办法的。

“六一”儿童节那天，他们都穿上了自己最漂亮的衣服，在学校里表演节目、做游戏。中午休息的时候，所有人都跑到赵阿姨的门市部买零食吃，每个人脸上都洋溢着灿烂的笑容。我想，对他们来说，这一天大概真的很开心。

村支书的儿子也在这里上小学，有时候他会开着自己那辆被村民调侃的“破车”送孩子上学。

我没想到的是，这位脸被晒得通红的村支书真的很忙。他早上 6 点出门工作，到夜里 10 点多才能回家，中午随便吃点馍馍对付，日日如此。他开着车，每天要赶二三十公里路，每隔两三分钟要接一个电话。他说，这两年扶贫工作量大，每天都忙不过来。可是，虽然很忙，但他一年的工资收入还比不上种地的妻子。

在这一个多月的时间里，我还见到期盼依靠牛棚里的几头牛脱贫的村民，辛辛苦苦摸索出致富经的农民女企业家，放弃艺术梦想回乡养蜂创业带动乡亲脱贫致富的 90 后男孩……

每当我遇到一个新的人，听到他的故事，心就会被撞击一次。这撞击的效果不是一时的，而是长久的。

这便是人生中一段少有的珍贵经历了。不只是体验式采访，更是浸入式生活。贫困村的乡亲们，赶上好政策，正在努力地过日子。这些，我都看到了，并有幸用我的笔为他们记录下来。

当我在夜里想起那片西北的星空时，我想我始终不会远离他们。

笔杆子要对得起那一声声“扎西德勒”

个人感言

工人日报记者◎吴　迪

当我在贫困户家看到有无线 WiFi 的时候，当我在山顶眺望这个村子远处正在拓宽的公路的时候，当我看到有多个国家滑雪运动员聚集在这里参加赛事的时候，我明白，一些传统与现代的冲击还将在青藏高原上继续着，并将以更快的速度延伸到更多领域。某种意义上说，这或许是诸如撒风马等一些迷信传统的灾难，但融入现代社会的脚步加快，却是精神脱贫的开端。

“扎西德勒！”

2017 年 5 月 1 日，我抵达青海省会西宁，省扶贫局工作人员马青军在接待和欢迎后，说出了一句我以往只在电视上听过、在书页中见过的这四个字。

青海是“复杂”的——既是西部地区、高原地区，也是民族地区、贫困地区。但就在这“复杂”的高原上，我却多次听到来自民众的这声纯洁的祝福：扎西德勒。

在为期一个月的调研采访中，就如何讲好脱贫故事以及新闻报道实践有一些感悟，写成手记分享之。

学会忘记

起初，下到基层后立刻着手采写第一篇稿件，然而却下笔困难。不是因为准备不足、采访不够，而在于走入“程式化”困境——张三李四在好政策的扶持下成功脱贫，政策真好云云。这是一种“欲盖弥彰式”的宣传，既要达到一定的宣传目的，又不想露出宣传痕迹，而事实却给了一记耳光，宣传意味明明很浓，而且不会有人愿意看。

好，推倒重来。

工人日报记者吴迪（右）在驻村劳动

驻村故事：三公里脱贫路

既然之前的写作思路总是被某些思维定式笼罩，那么这次就彻底忘记我是谁，忘记为何而来。这也是“走转改”报道的一种尝试。

不预设思路和答案，不刻意组织文章结构，让一切如村口的小溪一样自然、平缓。于是，我住进了贫困户韦忠清家，听他讲述家里的曲折和变迁。把自己当成是他家中的一员，一起做青稞面搓鱼、一起扫街、一起巡护森林，在点滴交谈中构建起与这个家庭立体的情感。后来，在写起文章后，我脑海中给自己的定位不是记者，而是他家的亲戚、朋友，是在缓缓讲述一个故事，而不是写一篇新闻报道。如此，最后的文章不提政策却能感受到政策的温度，不见干部却能体会到干部的关怀。我也第一次感受到“走转改”对新闻采写工作带来的直击心灵的改变。

亲吻大地

饱蘸深情方能写出“沾泥土、带露珠、冒热气”的文章，然而，饱蘸深情却非空想能够实现，需要及时发现新闻、赶到现场，更需要“融入”现场。

在平均海拔近 3200 米的上金巴台村植树现场，我看到一位孱弱的老妇人跪在地上，双手握着一柄断了一截把的铁镐在刨坑，刨几下，放下铁镐，用双手将沙石泥土捧出来，然后再刨。力道不大，但微微颤抖的身体表明那已经是她全部力气。

这一幕深深烙在我的脑海中，我想，如果我没有亲临现场，没有与她交谈，没有帮她继续刨坑，无论如何也不可能想象出这样接地气、这样真实又无奈的场景，无论如何也不可能知道她家庭的困顿和苦难，无论如何也不可能知道这数百年才形成的高原草甸之下是多么贫瘠的土地。

工人日报记者吴迪（中）在村民家中采访

联想起一些媒体普遍存在的写稿子依赖通稿、整合材料“攒稿子”、复制粘贴“拼稿子”等情况，我双手从树坑里刨出一块冰凉的大石头的时候，这种凉意和反思顺着手掌、胳膊，传递到心里。

是啊，饱蘸深情，是用手刨、用脚丈量、用嘴亲吻大地后的感情自然流露。

此外，在采访中，对工作有极大帮助的还有另一个尝试。

由于所去之处有藏族、回族、土族、撒拉族等少数民族群众，加上当地方言，交流起来有不小的障碍，且贫困户较多，往往在交谈中容易出现人物对不上号、信息混乱的情况，这对新闻真实性是极大的威胁。因而，我在当地乡政府花了三天时间背诵所有贫困家庭的建档信息，从证件照、姓名年龄，到致贫原因、家庭收支，再到孩子学业、生育婚否等，事无巨细。

有次偶然遇到贫困村民郑玉帮（女），闲谈问起她在江西和贵州读大学的两个儿子的情况，她惊讶于“来自北京的记者”竟然如此牵挂她家情况，热情地说起家事。

这是拉近与群众心与心之间的距离的一种尝试，显然，是有效的。

“铁肩担道义，妙手著文章”，作为新闻工作者，此次为何而来？我心中很清楚，但能为百姓做些什么？我却不敢妄断。但有一个坚定的想法——一定要笔蘸浓墨与深情描绘这里的仓廪与风貌，决不能辜负那一声声“扎西德勒”。

其实，我们隔得并不远

个 人 感 言

中国青年报记者◎孙庆玲

现在的我或许也有所改变。以往常沉浸于自己的“小确幸”“小世界”中，对周遭时代的滚滚洪流的感知有些迟钝，哪怕自身早已裹挟其中。在这次蹲点采访中，细观所接触、了解的每个人，会发现他们的命运“节点”无不与整个时代的转变相连，当然也与他们自身的努力和选择相关。

说起下乡，其实是参加“精准扶贫驻村调研”采访活动，我驻村在河北省涞源县塔崖驿乡北铺村。

这是座隐没在山中的小村庄。从县城到村里，车子不知在山间绕了几个“十八弯”，一路上有的山怪石嶙峋甚是奇特，有的植被为衣一身秀气，有的拔地而起魁梧雄壮，山间灵气充沛，却都是些无名山。据说这重重山中，曾响过驼铃、战马的嘶鸣、日本的枪炮，如今那些昔日的刀光剑影早没了踪影，但这里老百姓还有场旷日持久的“仗”要打，便是脱贫。

北铺村是涞源县 23 个省级深度贫困村之一，村里 100 多户人家，贫困人口达 67%。村又分为 7 个自然村（又称“庄”），散落在夹在三道大梁间的两道沟里。我住在西沟的石门庄上，这里只有 10 户人家，石头和着黄泥垒起的房子大多依山而建，房屋旁辟出几分地来，可以种些蔬菜或玉米，庄里有一条马路穿庄而过，一条纤细的小溪就顺着马路流，也不知流到哪里。

我借宿的人家在村口，三间房两头炕，还有两口大灶台含着随时可能喷出的火，墙被熏得满身黑烟，让屋里的光暗了几度。平日里，家中只有一位 72 岁的老奶奶，笑盈盈的，有些腼腆，做好了一桌饭菜却不好意思上桌吃饭。年轻时的她能扛着近百斤的箱子“翻大梁”去乡镇上卖，在 2004 年之前，村里人想出去只能沿着几代人踩出来的小道翻过大梁，腿脚利索的年轻人也要走上 6 个小时才能完成一个来回。于是有的人干脆留在山外面讨生活，也有的讨饭。

早在 1987 年，村里修整出 5 公里长的盘山路、河床路，但因坡度大，山洪一来，路就被冲垮了。村民们也曾想过取道紧邻的易县，但约 2 米宽的道占了易县人的土地，征地补偿又不令人满意，被占了地的易县人一急，把道挖了。所以村民们都憋着股劲儿，一定要修出条走得出去的路，北铺村书记王玉格曾对我说，“人活着不就是要争口气？大梁也得掏出个洞子（方言，意为隧道）来”。后来村民们流血流汗，花了4年时间凿出了条通往山外的隧道，这条隧道使这样一群新时代的“愚公”结束了进出村翻大梁的历史。

如今村里的马路通到了家门口，房东奶奶也老了，也懒得再出去了，除了每半年定时去邻县拿治疗脑血栓的药，平日里她就顺着马路来回走走，但走上一公里也就有些吃力，或坐在马路边和村里老人打打牌，但他们不爱带她打牌，嫌她老了出牌糊涂，虽然这个庄上最年轻的也有四五十岁。

年轻力壮的，有的在外面打工，有的上学，也有不少在乡上租了房子住。在乡上租房的，多半是为了孩子上学，比如村民李雪娟。从 1997 年到 2010

年，全国减少了37万余所小学，其中农村小学占81.3%。北铺村村小也没能幸免，在2005年被撤掉，所以为了儿子上幼儿园和小学，她已在乡上租房住了7年。如今儿子上到了小学4年级，她也搬了4次家，搬来搬去，她总在同一条街上打转，也就是塔崖驿村后街，被当地人称为“租房一条街”。和紧邻112国道、店铺林立的前街相比，后街上的房子更矮、更破、更旧，街上也更为冷清。但乡上唯一的小学塔崖驿乡中心小学，便在这条街上。

房租从最初的每年800元已涨至每年1500元，李雪娟就能省则省，但在她眼中，只要能陪着孩子花再多也是值得的。好消息是，北铺村已被规划为涞源县易地扶贫搬迁村，在县城安置片区附近就有幼儿园和小学，李雪娟一家已同意搬迁，这意味着他们的租房陪读生涯即将终结。

平时，老奶奶住在东边炕，我睡西边炕，炕靠着窗，窗占了半面墙。晚上躺在炕上，能感到从窗缝漫进来的丝丝凉气，也能听到山间的布谷声，还有吊顶上老鼠散步的声音。如今想来，那些夜晚是难得的安静，不免有些惦念。后来在把北铺村的采访、调研基本完成后，我又去涞源县白石山脚下的风凉沟蹲点了一周，换了个住处，住进了村民闫景家。

闫景今年59岁，头顶秃了大半，牙齿没了少半，面色黝黑，经营农家乐已有25年。他家院前时常停放着一排挂着京、晋、冀、津等地牌照的汽车，院后是灰瓦红漆的长亭，亭外是约10米宽的河道，对岸就是被称为“太行之首”的白石山。

夜色中的白石山像一块演出落幕后的巨大幕布，等到了白天这里又将上演另一番热闹。而在闫景小时候，无论昼夜，这座山都始终保持着沉默，除了偶尔传来几声鸟叫和山脚下小河流水的潺潺声。那时，沿河而建的风凉沟还是个穷山沟，他的农家院所在地及周边还是一片空旷场地，以供村民晒粮食和生产队分粮食，每逢分粮，闫景和弟弟就坐在自家分到的粮食上，紧盯驻村故事：风凉沟的“逆袭”

着来来往往的人，生怕谁错拿了他家的粮，毕竟那时“一袋粮可能就是一条人命”。

1984 年，沉默的白石山不断传出隆隆爆炸声，山上的沿苍铁矿开采。同年，生产队解散，闫景上了山，当起了矿工。在他看来，这是把脑袋拴在裤腰带上的活儿，白天上山去，晚上不知能否活着回来。1985 年的一天，在闫景面前，一块石头突然落下，砸在同村的肖兵儿背上，肖兵儿瘫痪了，后来村里发大水，无法动弹的肖兵儿被冲走了。闫景回忆，他当矿工的那两年，村里的矿工死了 4 个。

2014 年，中央提出京津冀协同发展战略，涞源县抓住这个机会重新布局产业，决定整合保护矿业，做强做大旅游产业，并通过混合所有制模式组建的白石山旅游公司逐步完成了对白石山景区的整体改造升级，村里的游客才逐渐多了起来，村民的日子也慢慢红火了起来，村里考出去的大学生有的也返乡搞起了旅游。如今风凉沟的柏油路铺上了石砖，沿街也竖起了一排灰瓦白墙的小楼，其中一面墙上，有位自称“白石散人”的诗人题了首《白石山即兴》“雨霁云涛翻作浪，烟沉叠嶂化成帆。风光无限知何处，疑是瀛洲在眼前”，白石山还是那个白石山，但风凉沟已不是那个风凉沟。

现在的我或许也有所改变。以往常沉浸于自己的“小确幸”“小世界”中，对周遭时代的滚滚洪流的感知有些迟钝，哪怕自身早已裹挟其中。在这次蹲点采访中，细观所接触、了解的每个人，会发现他们的命运“节点”无不与整个时代的转变相连，当然与他们自身的努力和选择相关。身处贫困山村的他们，其实和居于繁华闹市的我们没什么本质区别，只不过他们生于贫困，生活对他们要残忍得多，所以他们也要坚韧顽强得多，看着他们，仿佛觉得这世间没什么苦难能把他们压垮，为了活着。而这，也给了我莫大的信心和勇气，与其一颗“玻璃心”吐槽逃避抱怨，不如横刀立马，大干一场。

某年某天回过头来看，或许输赢已不重要，至少勇敢过，努力过，也就够了。

6月2日，我坐着停经塔崖驿乡的绿皮小火车摇摇晃晃地回到了北京。在上车前，突然下起了阵“太阳雨”，雨中，透过车窗和前来送别的村民们挥手告别，村支书反复嘱咐我说，“隔得不远，常来看看……”

是啊，我们隔得并不远，虽然人间的悲喜有时并不相同，但我们却是命运相连。能与他们共度一个月，虽短暂，但很荣幸。

“记者调研也要接地气”
——遇见藏地村庄里的几种生活方式

个 人 感 言

中国青年报记者◎李 想

“基层干部要接地气，记者调研也要接地气。”我明白，自己要做的还有很多。

我至今记得2016年2月19日，习近平总书记在新华社调研时的场景。当习近平总书记与在河南兰考县进行基层干部作风调查的记者双瑞视频连线时，习近平总书记说：“只有转变作风、真抓实干、精准扶贫，才能确保如期实现全面建成小康社会的目标。”

那时，作为一位媒体人，我才入职不久，几乎没有任何采访经历，更没有到过贫困山区。但有一句话，我印象很深，在《摆脱贫困》这本书中，习近平总书记写道，“新闻工作者要有强烈的社会责任感”。

因此，今年4月，当看到“精准扶贫驻村调研”采访活动通知时，我迫不及待报了名。

从北京到西藏，距离超过3000公里，海拔落差大于3500米。我驻点的地方位于林芝市米林县卧龙镇塘崩巴村，从县城出发，沿着山路拐过几十道弯，才能到达。我明白接下来的一个月意味着什么——高海拔、语言不通、恶劣气候、身体的不适应。

随着采访的深入，越来越多的好故事冒了出来——无论是这个人口 147 人的西藏小村，还是周边其他乡镇，在很多人心中，都憋着一股闯劲儿。

在这里，有人用藏地木碗改变村民生活

第一次见到村支书白玛多杰时，他正在拾掇摆满了工房的藏地木碗，他告诉我，这些木碗都是村民们亲手制作的，它们将以每只 120—2000 元的价格，销往西藏各地。

"这个小的，用来喝酥油茶，会有特殊的香味。大一些的，用来装糌粑。"白玛多杰身后的藏地木碗合作社内，储存着上百只木碗和茶杯，他讲得很兴奋，语气里透着自豪。而在一年多前，他还在发愁——塘崩巴村人均耕地面积少，大部分村民文化程度低，技能匮乏。

用尽各种办法后，白玛多杰想起了藏族家庭中常见的木碗。他筹集了 30 多万元，辛苦了大半年，藏地木碗合作社终于开张了。自那以后，每天清早，这个 120 平方米的合作社内，都会传出村民打磨木块的声音。

随着村民手上茧子的增多，因手艺生疏而浪费木材的现象减少了，合作社现在为 11 位村民提供岗位，他们每个月都能拿到一两千元的收入。村里有 9 户丧失劳动能力的贫困家庭，白玛多杰每年会补贴每户 1500 元。

在这里，有人爬上海拔4500米的山头赚钱养家

早晨8点，村子的早点摊前已是热闹非凡。几位妇女围坐在一起，用小刷子刮去虫草上的泥土。一位前来收购的小伙子正在讲价，原定每根130元，最终80元成交。

39岁的曲珍，2016年在山上挖了两个月，为她带来了1万多元收入。与其他女村民比，曲珍的这双手要粗壮许多，她从11岁挖虫草，挖了近30年。她说，虫草长在海拔4500米以上的地方，她一去就是一周，然后下山休息几天，再上去。她会准备一周的口粮，糌粑、酥油、米饭、土豆……晚上就睡在帐篷里。山上空气稀薄，早午温差极大，即便是藏民，初来乍到，也会头疼、恶心、手抖。

虫草资源，成为藏民收入很重要的一部分，不过它只出现在5—7月。挖虫草是个精细活儿，回到家里，曲珍把随手拍下的视频放给我看，镜头里，人们弓着身子，扛着锄头，边闻气味边找，“山上很多植物和虫草颜色相近，运气好一天可以挖到七八十根，运气差的，一天两三根都有可能。”曲珍说。

在这里，有人拯救了“非物质文化遗产”

村民雅达儿带我来到珞巴族服饰工坊，房间里，摆满了用珞巴技艺编制的围巾和手包。她找出一条自己编织的围巾，指着其中一角让我看，上面用花纹印着她的名字。“可以给我拍张照吗？”她用双手举起围巾，冲着镜头微笑。

雅达儿告诉我，现在她在家织布就能赚钱，每个月有3000多元，都不想

外出打工了。她的师傅是亚依——“非物质文化遗产”技艺的传承人，就住在她家不远处。40岁出头的亚依已经做了30年珞巴编制了。

驻村故事：山脚下的藏医学校

在西藏，珞巴族总人口只有2300多人，人少，意味着会珞巴编制技艺的更少。很久以前，珞巴族就有织布做衣的传统，用植物给羊毛上色，在织布机上做成氆氇，最后剪裁成衣，在藏历新年时穿上，这是亚依儿时的记忆。

为了留住这门老手艺，2007年，亚依开始教姑娘们学习珞巴编织技艺。新手织一条三米长的氆氇要一个月，起初制成的腰带和衣服没人买，只能丢在家里当摆设，姑娘们摆摆手，几乎都走了。即便2008年珞巴编织被评为国家级非物质文化遗产也没吸引太多人注意，最后只剩下雅达儿和其他两个姑娘在坚持。直到2012年，西藏传统工艺传承与发展综合项目启动后，才开始有客户发现并收购这些成品。

现在，越来越多的珞巴姑娘找上门来拜亚依为师。亚依说她很开心，开心的是留住了这门手艺。

这个藏地村庄里，不只有木碗、虫草和氆氇的故事。生活日复一日，那些家长里短的然而又励志的、传奇的故事，每天都在这里上演。

驻村结束后，我一共发了5篇报道。我第一次深切认识到了精准扶贫，知道了一个县城一年实现了99%的脱贫任务……总结会上，主持人问我，如果还有机会，你还想去吗，我没犹豫，一个字——想。

习近平总书记的对采编人员说的那句话我至今记得：“基层干部要接地气，记者调研也要接地气。”我明白，自己要做的还有很多。

烈日和雪花可以共存的地方

个人感言

中国青年报记者◎赵　迪

从西宁市去往上红科乡的路上，覆盖整个车窗的高楼渐渐被此起彼伏的山峦和望不到边际的土黄色植被替代，不时会遇到各种颜色的经幡。在这里，你似乎可以听到大地的心跳。刚从城市来到这里的人，也许会感到一些新奇，而时间长了，内心里更多的是一种宁静。

这是一个烈日和雪花可以共存的地方。

5 月初，我从北京来到青海，开始在果洛藏族自治州达日县上红科乡进行为期一个月的扶贫蹲点采访。

从西宁市去往上红科乡的路上，覆盖整个车窗的高楼渐渐被此起彼伏的山峦和望不到边际的土黄色植被替代，不时会遇到各种颜色的经幡。在这里，你似乎可以听到大地的心跳。

广袤的高原上只有一条公路，只能同时容下两辆车并行，大货车呼啸而来，几乎紧贴的车距和高发的车祸也没有使相向而行的车辆减速。在有些当地人看来，每辆满载货物的车子都是拉近大山深处和城市间距离的希望。

2017 年 6 月 1 日，果洛州达日县，正在修路的工程队。这里刚刚下完雨，远处的天空中出现了彩虹

从西宁出发，需要先开六七个小时的车到果洛藏族自治州，之后行驶 3 个小时到达日县城，再经过两个多小时才到达上红科乡。特根村是这次蹲点的主要村落，从乡上到那里还需要 3 个小时。越往下走，路越坑洼，越颠簸。

上红科乡位于达日县南部，平均海拔 4520 米，据果洛州政府网站数据显示，该县少数民族居民比例达 90% 以上。上红科乡主干道上除了几间小卖部、修车店、小饭馆和村民们的住宅，似乎便再也没有什么了。这里没有娱乐场所，乡亲们眼中最时髦的应该就属一间音像店了。10 多平方米的小店同时经营零食和日用品，一面墙上摆了几排花花绿绿的碟片。除了佛经，《少林寺》《成吉思汗》《白雪公主与七个小矮人》等汉藏双语的影片也都很畅销。

乡上没有通往外界的公交车，如果要出去，多数人是靠搭车或几个人凑钱拼车。乡上有的老人从来没有踏出过这片草场和雪原。

摩托车是这里最流行的交通工具，上到年过六旬的老人，下到十一二岁的孩子都喜欢驾驶着摩托车在乡上为数不多的几条街道上飞驰。一路上扬起的滚滚尘土掩盖不住车身上五颜六色的灯光和劲爆的音乐声。车上的年轻人随着节奏摆动着，他们留着入时的发型，宽松的深红色藏袍下是印有骷髅形象和夸张英文字母的 T 恤，手腕上的佛珠和脖子上的金项链上下晃动。车上的音响中循环播放着佛经，也有混音版的传统民谣和网络流行歌曲。这里的手机信号不是很通畅，年轻人可以清楚地记得信号覆盖到哪一段桥和路。

这里的人们似乎都彼此认识，即使一天中会见好几次面，隔着大老远也还是会打招呼，不用担心像在大城市那样，每一副躯体都在低头看着手上的屏幕或是思考着生活中的琐事。对外来人，他们也都会笑脸相迎。

这里的村民用电大多依靠自家的太阳能光伏电池板，白天储存电能，晚上可以供电用来照明。有时运气好，电量充足时可以看上一会儿电视。村民们说，太阳能光伏电池板老化很快，不稳定，受天气影响大，大一点的家用电器还是用不起来。

上红科乡也没有通自来水。虽然政府开凿了深水井，但是因为没有电，带动不了抽水泵。有条件的牧民会用小型汽油发电机发电抽水，许多牧民则选择到河里打水。

在乡上唯一的卫生院里，32 岁的医生相智拉开窗帘，让更多阳光洒入屋内。远程医疗协作设备、B 超仪、分析机……各方捐赠的崭新仪器被盖上薄布，静静摆在桌面。就连电脑也只能黑着屏幕，开方取药需要用笔在纸上记录。相智说，因为电力不够，这些仪器没有办法使用，已经成了摆设。

相智在这里已经待了 4 年。病房里坐满了来自各个村子的病人，人手并不够用。这几年卫生院招聘医务人员，但由于海拔高、环境恶劣，没有太多学医的年轻人喜欢到这里来工作，有的来了几天就申请调换工作单位。这样的情况不仅出现

达日县建设乡

在这所卫生院，也出现在乡政府和乡上唯一的学校。

在上红科乡通往县城的路上，一名骑摩托车的藏民

在北京，这个季节已经有接近30度的高温，但我在上红科乡的大多数时间里，还是需要穿羽绒服、烧煤块生火来取暖。刚来到这里的那两天，高原反应头痛，也不知道什么时候需要向炉子里加煤，被冻醒后发现炉火已经熄灭，只好坐在床上等天亮。刚从城市来到这里的人，也许会感到一些新奇，而时间长了，内心里更多的是一种宁静。

为期一个月的蹲点采访结束时，我请人为自己在乡上拍了一张照片。背景里米黄色的红瓦平房和白云蓝天，让我揣测这里若干年后的样子。

在一次活动上，一位同行讲，"也许并不是他们选择了贫困，而是贫困选择了他们"。离开的路上，车窗外，熟悉的山脉连绵闪过眼帘。

驻村故事：烈日和雪花共存的地方

有一条路叫不愿再回从前

个人感言

中国妇女报记者◎徐　旭

重温脱贫历程，体验发展前景。这里有村里人的辛酸血汗与成功欣慰，更有他们对美好未来的朴实期许与坚定追求。

中国妇女报记者徐旭（左）采访村民

当得知记者蹲点的村离南宁市只有一个多小时的车程时，记者的脑子里泛起了疑惑，村子离大城市这么近，怎么还曾是个贫困村？

要去的村叫新平村，在2016年摘掉贫困村帽子之前，贫困户有163户，730人，年人均收入不足2100元。

车行驶在去新平村的山路上，这边的山都是丘陵。山上是树，

中国妇女报记者徐旭（左）与村民一起下地干活

山下是稻田。一个拐弯，坐在后排的记者差点倒在旁边的小廖身上，小廖是邕宁扶贫办的工作人员，她安慰道：“没事的，这儿的路短，急弯很多，一会儿就好了。”

果真，一个弯接一个弯……

新平村到了。

“路这么难走，难怪有那么多贫困户。”记者想，路可能是制约这里发展的一大瓶颈。

新平村驻村第一书记杨修凯热情接待了记者一行。在后来的交流中得知，她这个有着 19 年驾龄的老司机，第一天报到时也吐得“翻江倒海”。

新平村下辖 9 个自然坡（村），村民住得很分散，最远的一个坡离村委会有 18 公里。2015 年 10 月，杨修凯刚到村里时，坡与坡的路还没有打通，有的坡的村民出行，只能绕远借道别的村。

为了工作方便，杨修凯把自己家的车开到了村里。第一次去一个坡走访，车陷到泥里出不来，让她傻了眼。杨修凯刚到村里时，就有村民跟她说，只要给我们修两条路，我们就给你送个好书记的匾。

半年后，新平村修了 19 条路，实现了坡坡通。

走访村民，路是必谈话题。有的人把自己不愿意出去打工，自己的日子

驻村故事：教育扶贫政策，让我的子女上学不再难

越过越穷这笔账都算到“路太烂”的头上。

有时，杨修凯也会为路辩解，她反驳个别村民说：“你呀，就是懒，路再烂，别人能出去打工，你为啥就出不得？”

路，也是杨修凯的骄傲。每次走在路上，她都会讲起为修路跑项目的那段历史，其中有一个她堵交通局长的事给记者讲了不下3次。

有一次，杨修凯听说交通局局长在隔壁村看望他包的贫困户，杨修凯开着车就去找他，局长说自己有车，让她回村等。她说，您还是坐我的车吧，我怕您不来。

2016年，新平村摘掉了贫困的帽子。走访中，一名脱贫后村民的话让人印象深刻，他告诉记者，他没事就喜欢在村里的路上溜达，“走在这条路上，活着踏实”。

精准脱贫，不只是收入的提高

个 人 感 言

中国妇女报记者◎姜军旗

从事新闻工作近20年，下基层应该还算不少，但真正在一个村子驻一个月，这还是第一次。一个月的驻村，让我有机会零距离接触最真实的中国农村和扶贫工作者。农民的勤劳朴实和扶贫工作队的真干实干让我对他们有了新的认识。这一个月也让我重新认识了自己的职业，正如那句话：新闻是用脚底板写出来的。

依托秀美的田园风貌和丰富的历史遗存，山西灵丘县曲回寺村把发展乡村休闲旅游作为精准脱贫的主要举措。

和大多数农村相似，曲回寺村男性壮劳力大多外出务工，留在村里的以老人妇女为主。考虑到这一实际情况，县乡各级和扶贫工作队积极鼓励贫困妇女开办农家乐、农家驿站，并为其统一提供被褥和必要的硬件设施。

起初大家报名踊跃，但在最终确定时，几户贫困妇女打起了退堂鼓。扶贫工作队员和村干部在做思想工作时发现，这几户贫困妇女的顾虑来自家里的男主人。

中国妇女报记者姜军旗（右）在采访村民

这几家贫困户的男主人都在外务工，收入虽然不高，但相对稳定。女主人提出开办农家乐的想法后，男主人无一例外地希望“女人在家照顾孩子，种点地就行，不要抛头露面了”。

女人该不该外出工作，这个话题对于城里人来说，早已不再需要讨论，但在农村，由于信息的闭塞，就业渠道的相对狭窄，女性仍然以照顾老人孩子、收拾家务、种地为主。女性的就业创业积极性和潜力远未发挥出来。而对于贫困户而言，合理配置家庭劳动力，最大限度发挥每个成员的潜能，是摘掉穷帽子必不可少的。

“为了自己有面子，宁愿戴个穷帽子。”蹲点采访期间，记者走访发现，绝大多数贫困户脱贫致富的愿望都非常强烈，而且信心十足。但在就业创业过程中仍存在一些落后守旧的思想，甚至是性别歧视。

邻村的第一书记给记者讲了一个类似的事例，为了照顾一个贫困户，村里提出让他每月顺便打扫一次唯一的公共厕所，报酬是“每月两袋白面”，但被对方回绝，理由是“我们祖祖辈辈都没给人扫过厕所”。

扶贫必先扶智。脱贫攻坚首先要拔除思想穷根。在农村地区，传统文化对女性的社会期待并不友善，这也导致女性的角色扭曲，从女童开始，女性的弱势就在潜移默化中不断积累。这也是农村女性贫困的一个主要原因。对于农村妇女而言，她们就业创业首先要挣脱传统观念的束缚，树立男女平等的观念。

近年来，随着巾帼脱贫的推进，在各级妇联组织的组织和带动下，越来越多的农村妇女居家就业创业，女性早已撑起了脱贫攻坚的半边天。但不可否认，在脱贫攻坚战的第一线，女性的身影还是少了些。

驻村故事：穷山沟脱贫有了“国际范儿”

母亲决定一个民族的未来，一个走出家门、自立自强、脱贫致富的女性，无论对子女的性格形成，还是对其他的贫困户的脱贫，本身就是一个励志的活样本。在我国现有建档立卡贫困人口中，妇女占 46.5%，妇女不仅是脱贫攻坚的重点对象，更是脱贫攻坚的重要力量。贫困妇女脱贫不仅关系自身生存与发展，而且关系阻断贫困的代际传递。

在不少农村的产业脱贫中，种养殖业，乡村旅游、电商等脱贫项目相对普遍，而这些产业更适宜妇女就业创业，鼓励女性打破传统观念的束缚，充分发挥自身潜能，主动就业创业，不仅是精准扶贫的内容，更关系脱贫攻坚的成效和可持续性。在蹲点采访中，这一点也得到了印证，凡是妇女就业创业搞得好的贫困村，脱贫成效也更显著。因此，也可以说“妇女的改变可以带动村庄的整体改变”。

脱贫不仅仅是收入层面，我们在衡量脱贫成效时，不能只看收入是否达到了既定目标。健康服务、社会保护、女性就业以及女童教育机会的均等获得、贫困户女性的角色重建、社会融入等非收入因素的贫困状况和现象，更容易被社会忽视，也更应该成为我们精准扶贫的重点。

我是记者 更是村民 我写的是我们村的故事

个 人 感 言

中国妇女报记者◎田珊檑

当地村民十分的纯朴和善良，入乡随俗，成为他们的一分子，能更好地挖掘他们的故事。感谢中宣部组织的“精准脱贫驻村调研”采访活动，让我静下心来，深入采访。通过同吃同住同劳动的方式，我真正成为一名村里人。

刚到海南省白沙黎族自治县阜龙乡可任村的时候，接触到被大伙称为“独臂羊司令”的符有方，他曾经是建档立卡贫困户，失去一只手臂的他不仅在2016年年底摘掉了“穷帽”，还成为养羊示范户。带着记者的职业敏感性，我很想挖掘他的故事。起初，这样的打算几乎是失败了的。

符有方给我的第一印象是不怎么爱说话，哪怕天气很热，他也穿着长长的衣服。第一次采访是在村口，我能感受到对方的拘谨，面对我的提问，他几乎只回答了“是”与“不是”，采访并没达到预想的结果。事后，我深深地自责，觉得自己的采访太功利了，直奔我想要的结果，忽视了我想要的素材可能正是符有方心中多年的伤疤，谁愿意再回忆悲伤的过去呢？我的确带着任务来，但我更想先融入村民生活，先成为他们的一分子。

与符有方第二次见面，是在村民家的饭桌上。几个村民聚在一起庆祝今年的好收成。这次我没有明确开展我的采访，只是与符有方闲聊，诸如“羊生病了怎么办？”等话题。我发现符有方并不内向，反而十分健谈。

“田记者，我可是革命烈士后代，养了10多年羊了，也是养羊大户喽。”符有方的主动分享，让我既意外，又激动。那天之后，我时常去符有方的养殖基地看看他的羊，取点“羊经”。

符有方真正敞开心扉谈自己的过去，是在我与他一起到山上放羊途中。那天下午3点，我与符有方跟着羊的步伐，从一座山头到另一座山头，为了

中国妇女报记者田珊檑（右）和村民一起劳动

不被羊甩到后头，我拼命往前赶，符有方反而一直笑着提醒我“小田，你慢点，别摔着。”一路上，他给我分享他养羊的经验。约 3 个小时后，他讲述了自己 17 岁因意外失去手臂，以及之后是如何颓废、自卑、自弃，又是如何振作起来摘掉穷帽并成为养羊示范户的经过。面对我的镜头，符有方第一次说出了心中期待已久的愿望“小田，你帮我征婚吧！”

我惊喜地发现，在符有方的口中，我已由“田记者”变成了“小田”。我想我们不仅仅是采访者与被采访者的关系，我们更是朋友。应符有方的要求，随后，在中国妇女报官方微博、微信发布消息，替符有方征婚。

驻村前，我一直在思索我怎样才能充分融入村民的生活中？作为一名记者，我又能为这个村子带来什么？现在，我的答案是，入乡随俗，互相尊重，一家人不说两家话，聆听他们的心声，感受他们的喜与悲，明白他们的诉求，书写他们的故事，发表他们的声音，发挥“新闻扶贫”的作用。

在采访过程中，我发现村里的不少妇女曾学过黎族织锦技艺，家中也有一些黎锦半成品，只是这些作品缺少销售平台和市场。随即，我向当地有关部门反映了这一情况。在当地政府的协调下，5 月 24 日，可任村举办贫困户黎族纺染织绣技艺培训班，给村里的妇女培训黎锦技艺，通过合作社免费为妇女们提供销售平台，并在电商平台进行线上推广。

“穿着我们的服饰，你就是黎族姑娘了，我们是一家人。”培训班上，村里的姐妹也为我准备了一套黎族服饰，姐妹们身着民族服饰一起学习黎锦技艺。同时，经中国妇女报推荐，中央电视台《经济信息联播》播出了白沙县的黎锦双面绣，助力打开白沙的黎锦市场。我想这就是“新闻扶贫”的作用吧！这样的作用不仅仅体现在所驻村，甚至全国各地。

“好的扶贫经验，值得分享和学习！”5 月 18 日，我创作的一篇记者手记在《精准扶贫，不要独奏要交响》被《人民日报》评论版采纳，文中提及白沙县“全城扶贫”模式。文章刊发后不久，一些省市扶贫办致电白沙县扶贫办“取经”，这难道不是“新闻扶贫”的作用？

驻村故事：巾帼力量　撑起脱贫攻坚“半边天”

我是记者，更是村民，我写的是我们村的故事。村里人的喜怒哀乐与我紧密相连！我能做的，就是用我的笔将他们的喜怒哀乐记录下来，这也是我和村里人心中最宝贵的财富。

移民村居民：不仅能够安居，也能够乐业

个人感言

中国妇女报记者◎袁　鹏

从世代居住的大山里搬到平川地带的移民村，移民们的生产、生活方式发生了彻底的改变，这样的改变对移民的人生有着划时代的意义，这样的改变是他们之前不敢想象的！异地扶贫搬迁的意义不只是造福当代，更将泽及后人！

几乎可以说，一来到甘肃天祝藏族自治县德吉新村，我就喜欢上了这个高原上的多民族移民村，这里的雪山、草原、蓝天、白云，有着民族特色的漂亮的房屋，仅从外观上看，简直像个域外的传说之地。

和此前去过的贫困村不同，这个村从表面上看条件“非常不错”，尤其是居民的居住条件，许多村民住的户型是漂亮的二层“小洋楼”，而其他户型的房屋，格局、设施也都和城市居民家基本无二，在有些方面的条件，甚至优越于天祝这个小县城的居民。加之移民村的整个布局规整有序，道路交通等基础设施一应俱全。初来乍到，我甚至有点羡慕这个移民村的村民。

但在接下来的采访中看到的一些现象却让我有了另一种发现，那就是在移民村“光鲜”的外表下，村子里还存在着许多的问题。最突出的一个问题是这个村的生产发展问题，移民们虽然搬到了新的家园，但因为移民村配套产业还在培育、发展中，大部分移民在村里找不到活干，不得不选择外出打工，村里留下的大部分是老人和孩子；另外，这一带平均海拔2600多米，因为海拔高，气候多变，对于移民们而言，气候地理条件的特殊性，使移民们暂时还不完全适应新的生产生活环境。虽然目前靠着政府的低保、农林补贴等政策，居民们基本的生活来源可以得到保证，但记者可以感受到居民心中的惶惑、焦虑甚至不安定感。加上移民村还存在建筑质量、设计等方面的一些问题，还有移民村的管理方面存在的问题，等等，记者偶尔还会听到居民的一些抱怨声。

面对这个第一眼让记者感到“风光无限”的村子，我开始带着一种“有色”的眼光看待移民扶贫搬迁。但是，这种困惑很快在一次对移民迁出地的采访中打消了。

那个移民迁出地是天祝县东坪乡的一个叫作扎帐村的小山村，那一带确实是山大沟深。虽然只有100多公里的路，但记者一行的越野车居然走了3个多小时，仅20多公里的上山路就走了将近一个小时。这里的干部群众告诉记者，现在这里的路是硬化路，通了班车，虽然每天只有一班，已经很方便了，过去上山下山就得一天，乡上的干部们一般一个月才能回家一趟。最关键的是大山里缺乏生产发展条件的潜力，缺水，靠天吃饭，即便生产一些农副产品，运输也很不方便；尤其居民的生活非常不方便，除了主干道，一些村户之间仍是土路，一下雪，因为山路陡峭，居民们就被困在了山上。山里山外条件的巨大差异，使得许多年轻人一旦出外打工，就不愿意再回到山村里，这导致许多山里的男青年找对象难，按当地人的话说“你小伙子再帅，家里再有钱，姑娘只要走一次那样的山路、看看那样的土房子，婚事也就告吹了”。还有孩子上学、就医等方面的困难，没到过这里的大山，一般人很难体会到。因为山里的医疗条件差，交通不便，过去这里的居民一旦患上急重一点的病，因为没法把病人运出去，特别是在特殊天气，病人几乎就只能在家等死，等等，这在以前的采访中是没有体会过的。

有了这次切身的体验，包括在以后的采访中的一些经历，我彻底打消了对异地移民搬迁扶贫中的一些困惑，而对于移民村的印象，我有了一个相对完整、清晰的认识。

首先可以明确的是，针对贫困山区的异地移民搬迁工程，从政府施政角度而言，这确实是一个艰难但正确的决策，这确实体现了当地党和政府在脱贫攻坚中的担当和决断力，这是一个主基调；而对村民而言，异地移民搬迁，彻底改变了过去的生产生活环境，这样的改变，对他们及后代的未来产生的积极影响将是不可估量的，甚至可以说是划时代的，这也是之前贫困地区的群众不敢想象的。而在新的环境和家园，尽管存在这样那样的问题，有些是正常的，有些问题确实需要整改，但总体而言，这些问题在可控范围之内。但这些事关移民切身实际的问题必须得到重视解决，因为这事关贫困地区群众对移民政策的评价。

在村子里生活、工作了一个月。从感情上讲，我既为移民们搬到这样一个各方面条件相对优越的村子感到高兴，但同时也为移民面临的生产发展等方面的问题感到忧虑。

“德吉”在藏语中是幸福的意思，搬到了移民村，移民们可以说初步实现了安居，记者同时衷心希望德吉新村的移民们尽快找到适合自己的生产发展方式，在移民村也能够实现“乐业”，在这里真正过上“安居乐业”的幸福生活。

驻村故事：“四个民族”组成的最美家庭开启新生活

扶贫要先扶“看见”

个 人 感 言

农民日报记者◎吴晋斌

我一直在思考一个问题，久居城市的我，为什么到了这个村庄开始变得心静如水、乐不思归？

是力量！是来自贫困最基层的、反贫困的中国力量！没有什么可以轻易把人打动，除了中国力量。它在吸引着我，感动着我，从感情上俘虏着我并入洪流、一起前行。

近日，笔者在贫困村驻村调研期间发现，有一个现象值得广泛关注，即在脱贫攻坚中，农户不知道该种啥养啥，村干部不知道村里该发展啥产业。往往是“夜里想了千条计，早上起来还是种玉米”。

农户不知道该种啥，村干部不知道村里该发展啥产业，说到底是“看不见”。看不见自己家乡的资源禀赋和优势，看不见区域乃至全国农产品市场的发展行情，看不见自己下力气种出来的谷子玉米、养出来的鸡鸭牛羊如何才能转变为商品，以及卖给谁、卖到哪里。

“看不见”，思路和眼光就会被局限在一个很窄的界面内，以致寻不到有

农民日报记者吴晋斌（中）在驻村采访

效的出路来改变贫困的状况。事实上，在脱贫攻坚的关键阶段，这种“看不见”已成为横亘在贫困户脱贫愿望与注入村庄的各种扶贫资金、扶贫技术间的一道无形的坎儿，一堵巨大的墙，以至于这些来之不易的扶贫资金、技术等扶贫资源本该发挥的效力也被挡在了门外。不迈过这道坎儿，再好的脱贫政策、资金、技术和贫困户脱贫要求都难以实现有效对接；不迈过这道坎儿，宝贵的扶贫资金和支持还有可能变成低端供给或无效农产品供给的推手，不但无助于贫户村、贫困户脱贫致富，更易成为农业供给侧结构性改革的一道障碍。

“看不见”给贫困村、贫困户带来的窘迫更加直接。笔者在调研期间就听一位贫困户说，“养下、种下没人来收，就砸手里了。小门小户的挣起赔不起”。一语道出了小农户因为“看不见”长期在致富门外徘徊的无奈。

造成这一现象的主要原因是，经历黄金十年，粮食产量连增和农民增收连快，农业进入了新常态，但是小农户特别是贫困地区的小农户并没有切实地实现角色转换，即从生产小农升级为商品小农。

长期以来，我国农业大都是在与“不足”做斗争。为了提高生产能力，在种子、化肥、农药、科技装备和机械化方面着力很多。但是在市场营销方面，以市场能力为主要内容的“看见”能力培养一直是块短板，围绕市场组织生产对农民来讲既遥远又陌生。如今我国农业农村发展已进入新的历史阶段，农业的主要矛盾由总量不足转变为结构性矛盾，矛盾的主要方面在供给侧。杜绝无效供给，减少低端供给，增加有效和中高端供给的市场需求对农户的生产经营提出了更高的要求。从某种程度上讲，农业的竞争已转向对市场的把握和销售能力之争，农民想要在一二三产业融合发展中分享更多收益，贫困农户要想实现脱贫致富，必须完成从传统小农向商品小农和现代小农的角色转换，其中，“看见”的能力是主要支撑。

从这个角度来讲，缺资金、缺技术并不是贫困地区农民致贫的主要原因，没有“看见”的能力才是更关键也更直接的因素。脱贫帮扶说到底是对贫困农户的一种能力建设和培养，要将其纳入到扶贫范畴，并且重点倾斜，以适应新常态下的产业扶贫发展需求。

扶贫要先扶“看见”。贫困户有了看见自己家乡资源禀赋比较优势的能力，有了看见市场蓝海和营销渠道的能力，利用政策，使用资金，选择技术，依托独特的资源禀赋去组织生产将变得快捷而有效。

扶贫要先扶“看见”。政府要有担当，肯投入去补足农民接受市场训练这一短板；政府要会担当，政府引导、社会化服务主体实施，让农民在市场实战中逐步提高看见的能力。

首先要在规划引导上多着力，帮助贫困地区干部和贫困户“看见”产业、“看见”项目。规划引导的过程不仅是授人以鱼，更是授人以渔的过程，可以让小农户明白为什么要干这个产业，怎么干这个产业才能增收，还能避免“人叫人干人不干”的一头热现象，实现政策调动千千万的效果。

驻村故事：太阳山拥抱“太阳光”

其次要多在市场服务方面使劲儿，帮助当地建立起合适的销售人才队伍和销售体系，给当地农业生产外挂一个市场化销售团队，让小农懂得不仅要埋头生产，还要抬头接轨市场。建设外挂销售团队的过程，也是农民和市场磨合的过程，磨合中他们就会“看见”怎样种怎么养才能卖得好。有了“看见”的能力，贫困户才能步入有效供给的生产轨道。同时整合资金政策技术到村到户，扶贫才能扶出最大效力。

最后要将农村致富带头人的培养和村干部的选配有效衔接起来。脱贫能力建设的核心是能人的培养和人才的支撑。有了能人才会给乡村的产业发展带来希望，才能引领带动当地农民一起参与到振兴产业实现脱贫致富的大潮中。农村致富带头人是农村自有的、不走的、有一定“看见”能力的人。要把农村致富带头人中政治过硬的一部分人培养为村级主干，成为发展村级集体经济、打造脱贫产业看得见、摸得着的现实依托。

破解传统中原农村发展瓶颈

个 人 感 言

农民日报记者◎莫志超

实际上，精准扶贫之所以精准，是要针对不同贫困户的不同情况因户施策，但更不能忘记对于整个村来说，也需要精准。西部农村脱贫方式就不同于中部农村，河流上游的村脱贫方式也不同于下游的村，关键是要找准每个村的定位，在此基础上必须牢牢抓住特色这一主题，才能把扶贫工作长久高效地开展下去。

4月28日至6月3日，记者前往安徽省蚌埠市怀远县龙亢镇韩庙村进行了为期一个月的“精准扶贫驻村调研”采访活动。驻村一个月，让记者感受最深的就是如何破解传统中原农村的发展瓶颈。

韩庙村位于皖北地区，属于淮河流域，在地形气候上是典型的中原农村。这种典型体现在，整个村庄及周围地区是一望无际的平原，农业发展以小麦、水稻种植为主，在农业领域没有原生的特色产业。

2017年中央一号文件提出要深入推进农业供给侧结构性改革，最基本的要求就是要把农业作出品质、作出精品。记者曾经走访过西部的许多农村，这些地区尽管发展水平有限，但蕴藏着巨大的资源。以贵州省遵义市湄潭县湄江镇核桃坝村为例，该村虽然地处群山之中，历史上水、电、路都不便，但当地的自然条件十分适宜茶树的生长，老百姓种茶也有很悠久的历史。所以在各方面的努力下，随着基础设施的改善，该村的发展是突飞猛进式的，根本原因就是具有内在特色。

反观韩庙村，虽然自然条件并不恶劣，甚至还有两条宽阔的河流流经，但是农民找不到致富的好方法。72 岁的村民韩新金早在 20 多年前就双目失明了，家里的一切都由老伴陈长兰照料，韩新金的二儿子在初一时就辍学了，而他辍学的原因仅仅是因为家里没钱，需要他和父亲一起每天上街卖豆芽，赚个四五块钱补贴家用。

韩新金的情况在当地贫困户中很普遍，整个韩庙村有 4400 多口人，土地

农民日报记者莫志超（右）采访村民

也只有4000多亩，人均不到一亩，在这种人多地少的背景下，每个人从土地得到的产出效益就非常低，只能依靠种小麦、水稻赚的一些钱来维持收入。可以说，摆在韩庙村村干部面前的首要问题就是找到一个突破口，突破这种环境不够艰苦但又没有特色的“不痛不痒”停滞模式。

抱团发展是近几年当地逐渐进行的尝试，在整个怀远县，各级干部都把《塘约道路》作为学习的重点，这种学习主要在思想意识的转变上。当地干部认识到，要想突破瓶颈，就必须把力量集中起来，变“零散”为“合力”。“一户一块田”是第一步，过去，每家的承包地分散各处，生产效率低、土地利用率低、侵占土地的现象也较为严重。后来，当地对各户的承包地重新进行划分，在保证面积不变的前提下，每家的土地变成了连续的一大块，土地的产出效益大大提高。

土地集中了，也就有了成立合作社的基础。村民、退伍军人韩友兵在村里租下了240亩地，搞设施种蔬菜。在他的合作社里，每天都有几十户贫困户进行着各种各样的工作，他们不仅能得到工钱，每年还能从流转土地的租金中得到收入。

抱团发展，远比一家一户单干要有力得多。但是，韩友兵的合作社也面临着品种、市场等一系列问题。村里搞蔬菜产业，最大的障碍就是对行业不了解，以为种菜就是简单地种种然后拉到菜市场去卖。但其实，蔬菜本身学问也很大，优质品种甚至可以论个卖、当礼品卖。在记者的牵线搭桥下，一家专门做蔬菜种子的企业邀请记者和村干部前去参观，在科技示范大棚里，亩产1.8万斤的辣椒和黄瓤的脆甜西瓜让村干部认识到什么叫作高效农业、优质专用。村干部纷纷表示今后要好好研究农业技术，把村里农业产业的质量提上去。

未来，寻找特色是一项必须完成的任务。在记者和村干部的共同努力下，

驻村故事：从韩庙村看如何破解发展瓶颈

一个新的机会呈现在村民面前。蚌埠市是小龙虾主要的生产地区和消费市场，而在韩庙村，靠近北淝河的水域有一片养殖场，水上一排排芦苇勾画出了一条条天然河道，水下，小龙虾、河鱼等在自由生长。过去，这片水域只是简单包给几个农户管理，记者在采访之余反复跟村干部表示，不能重走一家一户分散劳动的老路。如今，村干部逐渐认识到，如果将这一区域进行整体规划，将观光、美食等旅游元素纳入进来，并吸收更多的村民成立合作社，将会是村里致富的一块金砖。

用新闻扶贫撬动山乡巨变

——以农民日报编辑记者参加“精准扶贫驻村调研”为例

个人感言

农民日报记者◎李朝民

驻点调研采访的村，为记者们了解真实乡土中国提供了基地，为世界读懂砥砺前行的中国打开了一个新窗口。更重要的是，驻村调研采访活动以人民为师，为人民鼓呼、为时代放歌，架起了“上情下达”和“下情上达”的桥梁和纽带，让顶层温暖真正传导到基层百姓。农民欢迎，记者受益，意义重大。

2016年2月19日，习近平总书记在视察新华社时强调指出，“基层干部要接地气，记者调研也要接地气”。对三农记者而言，农民在哪里，基层就在哪里，中国三农故事就演绎在哪里。按照中宣部总体部署，农民日报社编委会选派4名编辑记者，从4月28日至5月31日，分赴湖南、山西、安徽、海南4个省的4个村庄。

我蹲点在湖南省邵阳县郦家坪镇罗汉村。与山村父老乡亲同吃同住同劳动，交流情感体察农情，记录波澜壮阔的“中国式反贫困”行动。同时，我还积极开展新闻扶贫活动，帮助罗汉村解决了一些发展难题，受到当地干群的称赞。此次驻村调研采访活动，不仅蹲出了感觉、驻出了感情，还采写了《光棍汉脱贫记》（包括视频版）、《好日子是干出来的》《原味乡村中平凡的奋斗者》《留守母亲骨子里的家风力量》《“城归潮”中的创业先锋》等多篇带有泥土味儿的报道，讲述了乡亲们坚忍不拔、自强不息的奋进故事，展现了新时期新闻工作者的良好形象。

罗汉村是邵阳县最偏远的贫困村，现有建档立卡贫困户 103 户 368 人。驻村的一个月里，我与村民在同一块田里劳作、同一口锅里吃饭、同一个屋檐下谈心，同看乡野美景、同听蛙声鸡啼，慢慢走进乡村深处，走进了乡亲

农民日报记者李朝民（左）帮村民收割油菜

心里，与乡土贴得更近了、与百姓的心连得更紧了。

驻村故事：做为“三农”呐喊的好记者

作为农民日报记者，“崇农立言、惟仁求真”是我们的宗旨。农民日报的性质和定位决定其新闻在基层，编辑记者必须走到基层、走到农民中去。编辑记者只有了解实际、了解农民，只有不忘记养育自己的中国农民，才能对农民有一颗赤子之心，才能自觉践行“走转改”活动，才能自觉“为农民说话、让农民说话、说农民的话”。经过驻村调研采访，我第一个收获就是锻炼了党性，淬炼了工作作风，对国情农情有了更深入的了解，为讲好中国故事提供了新视角。

第二个收获就是感受到了新闻扶贫的力量。在罗汉村精准扶贫过程中，我没有把自己当作旁观者，而是当作罗汉村里一分子，与干部们一起帮扶贫困户。同时，我把调研采访发现的问题和老百姓的诉求，归纳整理后一揽子“打包”反映给当地政府。当地政府高度重视百姓诉求，国土、教育、交通、水利、旅游等部门负责人到罗汉村进行现场办公。如今，罗汉村正发生着巨变：村民盼望10年的3.9公里主干道即将竣工，两处人畜饮水工程正在整改施工，村部活动中心、村中心小学、乡村旅游、矿泉水厂、集中光伏电站等项目正在稳步推进。

回顾这一个月的驻村调研采访活动，我深深感到，精准扶贫报道工作之所以能实现新的发展和进步，最根本在于同党中央保持高度一致，在于习近平总书记“2·19”重要讲话精神的科学指导。我深深感到，履行好党中央赋予脱贫攻坚新闻报道的职责使命，有以下几个方面需要很好坚持和把握。

第一，始终坚持政治方向、党性原则。打赢脱贫攻坚战，关键在党。脱贫攻坚战考验我们的精神状态、干事能力、工作作风，既要运筹帷幄，也要冲锋陷阵。得民心者得天下。从政治上说，我们党领导人民开展了大规模的反贫困工作，巩固了我们党的执政基础，巩固了中国特色社会主义制度。因此，我们要深刻理解习近平总书记关于扶贫开发极端重要性的论述，切实把脱贫攻坚工作当作头等大事，摆在首要位置抓紧抓好。做好脱贫攻坚新闻报道工作本质上是政治工作，同党中央保持高度一致是第一位的要求。

第二，始终坚持以立为本、立破并举。立，就是让正确的脱贫攻坚导向立起来、强起来。具体来说，就是抓典型。当下，亟须广泛选树脱贫攻坚中的各类先进典型（也包括新闻扶贫的典型个人和事迹），打造一批能在全国“叫得响、立得住、传得开”的典型，对其进行表彰。破，就是要加大改革力度，以改革促发展。一方面要坚持问题导向，破除阻碍贫困地区发展的体制机制障碍；另一方面强化监测督查，对扶贫领域存在的违法违规等问题，坚决从严惩处，严肃追责。主流媒体要加强舆论监督，既要弘扬正能量，也要敢于发声亮剑，切实把话语权掌握在自己手中，负起把好关口、把好方向的责任，负起巩固壮大主流思想舆论的责任。利用好网上网下两个舆论场，把脱贫攻坚主题宣传、成就宣传、典型宣传同步推送到网上，使积极健康的内容多起来、向上向善的氛围浓起来，提升宣传报道的整体效应。

第三，始终坚持农民主体、群众立场。农民推动了中国革命，农民引发了中国改革。实践证明，在中国这样一个农民占人口绝大多数的国度，任何时候都不能不依靠农民，任何时候都不能不想着农民。作为新闻媒体，在致力中国梦的伟大时代，不仅要正确对待农民，心还要贴近农民。要“为农民说话”，始终与农民群众同呼吸、共命运，在尊重农民、信任农民的同时，为保护农民权益鼓与呼；要“让农民说话”，实现媒体与农民的互动，让农民群众在媒体上畅所欲言，不仅要让全社会听到我们为农民说话，也要让全社会听见农民自己说的话；要“说农民的话”，新闻报道要通俗易懂，喜闻乐见，不搞弯弯绕，更要站在农民的角度说话，说农民想说的话、农民感觉对劲的话、说到农民心坎儿的话。

一次驻村采访，留下终身念想。在基层行走中，倾听山村父老乡亲的所思所想所盼，零距离融入乡土中国、融入基层群众。接下来的工作里，我会不忘初心，继续站在厚实的土地上，努力讲好中国故事、传播好中国声音！

驻村故事：原味乡村中的奋斗者

脱贫还需埋头苦干

个人感言

农民日报记者◎邓卫哲

做扶贫工作，基层帮扶干部一定不能怕碰钉子，更不能一有点挫折就打退堂鼓。做思想工作前提是要交心，先多走动、常联系、多沟通，获得信任。只有这样才能知道贫困户到底缺什么，真正想要什么，这样才能将扶贫物资送到他心坎里，贫困户才会觉得你是真正想帮他，把贫困户的心焐热。

在海南省保亭黎族苗族自治县三道镇三弓村驻村调研一个月，最大的感受是，“只要埋头苦干，肯定能脱贫”。这里的埋头苦干，既包括贫困户的内生脱贫动力，也需要帮扶干部的真心真情付出。

虽然地处海南中部山区，但三弓村交通相对便利，紧靠224国道，离镇墟不到5公里，到三亚市区40多公里，到三亚藤桥镇芒果种植区20多公里。抛开种养产业不说，只要村民肯干，一年中半年都有芒果工打，从催花、疏果、除草到采摘、打包，一天150元。因此，农民只要没病没灾，肯干一定能脱贫，这也是三弓村今年能被列入整村推进的关键原因。

在确保肯干的前提下，如何帮贫困户选对产业至关重要。三道镇是海南旅游重镇，境内有槟榔谷和呀诺达两个5A级景区。因此，围绕旅游需求做文章，是三亚产业培植的前提和优势，尤其是合作社托管养殖的规模一定要围绕镇里72家餐饮店的日常需求来确定品种和规模。

驻村故事：农民变股东 全村吃上旅游饭

有劳动能力的贫困户围绕旅游市场需求进行产业引导，扶持菠萝蜜、金椰、化肥等种植资料，还有五脚猪、山鸡、黑山羊等本地畜禽养殖种苗。可以散养，也可以入股合作社集中养殖，以自家养殖为主。

缺乏劳动力的则采取合作社托管养殖，贫困户以扶贫物资入股，合作社统一代养，收益三七分成，合作社三成，贫困户七成，目前主要有鸽子和豪猪两个项目。以鸽子托管养殖为例，镇政府投入76万元扶贫资金购买了3000对种鸽，量化给21户贫困户，每户每年按季度分红，前两季度各2000元，后两季度各1500元，共7000元。

扶贫先扶志，扶贫必扶智。帮助贫困户思想脱贫，是保质保量打赢脱贫攻坚战绕不过去的坎，如何调动懒汉的积极性是所有帮扶干部面临的最大难题。在三弓村，有个别贫困户认为，“富不了，也饿不死，没菜去山里随便摘点野菜，没肉就去河里捞几条鱼”。对脱贫致富想法不多，甚至想都不想，日子得过且过，最怕的就是觉得帮我脱贫是政府的事和自己没关系。这就必须要求帮扶干部真心真情付出，贴切有效服务，真正变“要我脱贫”为“我要脱贫”。

让我感触最深的帮扶干部是三道镇委书记王书军，工作思路清晰又切合实际，很会算账。在他看来，扶贫就是“帮思想、帮门路、帮理财”。按王书军的话说，“在乡镇摸爬滚打25年，什么样的村民没见过，思想最难做的都交给我”。他有9户帮扶户，每次下村都要自掏腰包备足9份菜和肉，自己小

驻村故事：三弓村脱贫纪事

孩上高中都没去学校看过，贫困户的小孩上学，除了正常教育补助外，每月还支持几百元生活费。村里贫困户的家庭情况他甚至比村干部还清楚，有了这样用心用情付出的帮扶干部，脱贫攻坚何愁不成？

贫困户的理财观念至关重要。村干部们开玩笑说，黎族人挣10块钱就要花出去12块。百姓理财观念滞后，但人情面子又特别在乎，好热闹爱喝酒。有的贫困户好不容易被介绍到旅游景区上班，但受不了每天8小时按时上下班的工作方式，中午回家休息要喝两杯，亲戚朋友一有个什么事又要请假去喝酒。为此，镇里引导景区专门对贫困户设立了上半天班的工作制度，先让贫困户适应每天上班的生活方式，再慢慢向全天转变，硬来反而效果欠佳。

做扶贫工作，基层帮扶干部一定不能怕碰钉子，更不能一有点挫折就打退堂鼓。做思想工作前提是要交心，先多走动、常联系、多沟通，获得信任。只有这样才能知道贫困户到底缺什么，真正想要什么，这样才能将扶贫物资送到他心坎里，贫困户才会觉得你是真正想帮他，把贫困户的心焐热。三道镇开展的“信党信法信组织，爱村爱邻爱亲人”三信三爱活动，以美丽村庄日、美丽村民日、村民学习日和党群议事日为载体，通过定期组织贫困户开展各类集体活动，来逐步提高他们的思想认识和脱贫意愿。

对我触动最大的是村两委干部任务重、收入少。没想到村干部竟然要天天坐班，而且几乎没有休过周末。毫不夸张地说，家里劳动力不足的村干部，生活条件比贫困户强不了多少，天天忙村里的工作，自己家的活没人干。因老婆生病，三弓村委会书记黄大泽家的100多株龙眼基本没人管理，纯粹靠天吃饭，长多少算多少。

基础不牢，地动山摇，脱贫攻坚离不开村干部的付出。如果村干部的生活都没保障，天天满腹牢骚，哪还有心情真心扶贫。好在保亭县最近要给村干部涨工资，所有村两委干部工资每月全部超过 1000 元。同时，三道镇也鼓励经济条件较好的农村致富带头人加入村委会，一是他们有思路、有门路，二是经济基础较好，能专心为村民办事。基层干部没了后顾之忧，才能一心扑在扶贫工作上。

扶贫工作要用真心动真情

个人感言

法制日报记者◎郭文青

经过这一个月，笔者已经融入了先进村的精准扶贫事业，既是一个记录者，也是一个参与者。

笔者走在屯子里，迎面走来了几个相熟的贫困群众。在他们口中，笔者起初是郭记者，现在已经成了小郭、郭叔叔。在笔者心里，自己早也成了他们的大兄弟。

扶贫干部要一步步成为贫困群众的身边人、心里人和亲人，才能真正将扶贫工作干在实处、做到细处、落到深处。

在吉林省大安市月亮泡镇先进村，扶贫干部走在村子里，村民们都会主动和他们打招呼，而且不称呼其职务，从来都是叫“老连”“小王”。

前几天，笔者来到贫困户付金生家。和老付唠嗑时，聊起驻村第一书记王磊，老付说：“王磊隔三岔五就来我家，跟我们处的特别熟络，我们都把他看成是大兄弟。”

一句“大兄弟”，道出了老百姓对扶贫干部的赞许，体现了融洽紧密的干群关系。

王磊是大安市委办公室干部，2015 年 12 月被选派到先进村担任第一书记。担任第一书记一年半来，王磊和村民同吃同住同劳动，为村里每个贫困户落实了政策。近一年来，他协调相关企业，为付金生家安装了光伏发电板，还帮他家落实资金，建起了大棚。

金杯银杯，不如老百姓的口碑。要成为老百姓心里的“大兄弟”，要在工作中倾心付出，在脚下留下印记，在老百姓心里留下印象。

要拉近干部群众的距离，首先要有完善的工作制度。在先进村，扶贫干部人手一份驻村工作纪律，开篇就要求必须保证驻村时间。每周 7 天，扶贫干部来到田间、炕头，为贫困群众讲政策、出主意、抓落实，变成了“泥腿子”，成了贫困群众的身边人。

法制日报记者郭文青（左）在大棚中采访村民

在驻村工作纪律中，有一条要求让笔者印象深刻：扶贫干部对乡镇基本情况、村屯贫困情况、贫困户家庭情况、扶贫项目性质、扶贫项目效益和扶贫政策措施要做到“六个一口清”。

笔者在调研采访中，感受到了这里的扶贫干部真正落实了“六个一口清”，聊起贫困户的家庭收入，就好像心里有把算盘；谈起贫困户的家庭情况，都能对答如流；提起贫困户的扶贫产业和所在位置，熟悉得像在说自家的事。

有了这样的清晰认识，扶贫干部能为每个贫困户找到脱贫的钥匙，为贫困群众打开心结和脱贫过程中的症结。这样，扶贫干部就成了贫困群众的“心里人”。

月亮泡镇党委副书记张艳萍是汉书村的扶贫包村干部，为贫困户周国宝的女儿丹丹落实了学费减免，还联系好心人一直资助她到大学毕业。周国宝的母亲潘静兰患有胰腺炎、胆结石、脑血栓等几种疾病，当地医院缺乏所需药物，张艳萍从外地医院协调药品。

周国宝的妻子韩春艳动情地说：“艳萍和我同岁，比亲姐妹对我们还好。”

用心做事才能把事做好。党的政策要用真心去落实，帮扶到户要用真情去体现。不带真情扶贫，不叫真扶贫，感情不到位，就扶不好贫。在扶贫工作中用真心、动真情，扶贫干部就成了贫困群众的亲人。

一人难挑千斤担，众人能移万重山。脱贫攻坚需要干部群众心往一处想、智往一处谋、劲往一处使。干部群众拧成一股绳，通力合作，就一定能在脱贫攻坚的大道上迈出坚实的脚步。

稿子写到这里，这次“精准扶贫驻村调研”采访活动行将结束。笔者在日常工作中是一名编辑，外出采访的机会不多，驻点采访一个月在编辑生涯中可能也很难再有。

回首这一个月与贫困群众、扶贫干部同吃同住同劳动，笔者沾泥土、带露珠，体会到了一线采访的乐趣和艰辛。

驻村故事：妙招频出的扶贫“先进村”

“五一”期间，笔者和一名同龄的民警一起坚守岗位，端午节在贫困户家挂葫芦、包粽子；冲进沙尘暴里记录扶贫干部加固电缆，冒着大雨拍摄抢修大棚；和扶贫干部一起刨过地，和贫困群众一起插过秧；在大棚里摘过香瓜，在田地里摆弄过黄菇娘；经历了 3 天内，最高气温从 41 度骤降到 14 度；被怜爱的老母亲感动的眼含热泪，也深刻体会到了什么叫人穷志不穷。

这些所见，加上笔者的所思，转化为了十几篇热气腾腾的稿件。

再看一眼这个村子，这片美丽的土地，再和村里的老熟人唠会儿磕。笔者真心希望，再回来的时候，这里已经摘掉了贫困的帽子，走上奔小康的康庄大道。

蹲点采访一个月，远方有的不光是诗歌，还有艰难，当然，还有希望！

洗羊塘村的脱贫梦让我欢喜让我忧

个人感言

法制日报记者◎石　飞

扶贫攻坚路，任重而道远，脱贫奔小康，还需再努力。我想说，亲爱的洗羊塘，让我们一起努力吧，让我们美丽的家乡早日步入小康，让我们的人民更加幸福安康。

“石兄弟，时间过得真快，真舍不得你走，在这一个月以来，在生活上你给予了我们很多帮助。走之前，我和部分村民来和你再坐一坐，希望你今后能常回来看看我们。”5 月 31 日，云南省昭通市巧家县药山镇洗羊塘村村委会门前人来人往，络绎不绝。村民们得知我即将结束在村里蹲点调研采访工作要离开时，自发来到村委会，拿着烧洋芋和煮熟的鸡蛋等为我送行。

作为一名记者，驻村以来，我给他们讲解扶贫政策等相关法律法规，并为他们的脱贫梦出点子、鼓与呼。此刻，我将要离开他们才让我意识到，在短短的一个月时间里，我已从初来乍到的茫然和陌生，到现在的清晰和亲切，让我明白，在这里，我已经不再是一个旁观者或局外人，在情感深处，我已然成为洗羊塘村的一员。

还记得 4 月 28 日初到洗羊塘村时，它给我的第一印象就是土地贫瘠，基础设施薄弱，全村住的都是低矮破旧的茅草屋。

特别是第一次入户到村委会副主任吕卓兵家采访时的场景至今让我还记忆犹新：一间 50 平米的茅草屋没有窗户，低矮破旧，屋内阴暗、潮湿，漆黑一片，门前堆放着高高的“海伐”草根沉积物，家中除了日常的生活用具外，一台 32 寸的彩电成为村主任家中最“耀眼”的物件。

“家里没有什么东西，我给你们烧几个洋芋吃吧”吕卓兵家的热情让我感到温暖。

正是有了这温暖的相伴，让我在这一个月的时间里，翻山越岭走遍洗羊塘村 10 个村民小组的每一个角落，通过走村串户让我目睹村里人真实的生活状况。下面，就请跟我一起来认识认识洗羊塘村里的人和事吧。

法制日报记者石飞（左）采访村民

驻村故事：扶贫对准贫困群众“胃口”

“自从搬来老店镇尹武海坝后，我不仅住上了‘洋房’，还给儿子娶了媳妇呢。”5月9日，我来到洗羊塘村易地扶贫搬迁安置点采访认识了48岁的吕卓梦，站在自家二层96平方米的新房门前，他向我如是说道，尹武海坝这个地方好，气候宜人交通方便不说，土地还比较肥沃，这里种上洋芋亩产可达4000公斤左右，另外，这里的就业机会多，村里务工一天可以挣120元，加上一些其他的收入，一年下来也将近有6万元的收入，算脱贫致富了。

而在吕卓梦原先生活的洗羊塘村，平均海拔在3200米左右，由于历史、自然、社会等多方面的原因，生态极度恶化，水土严重流失，农作物产量极低，主产农作物洋芋，其他地方亩产可达1500公斤—2500公斤，而洗羊塘村亩产只有300公斤左右，致使群众生活十分困难，加之燃料奇缺，部分地方群众饮水困难，已基本丧失生存条件。

“我们这里太穷了，全村10个村民小组403户人家1462人中，30岁至60岁左右的男人打光棍就有30余人。”吕卓兵说。

“为彻底改变村民的生活条件，根据《中共巧家县委办公室、巧家县人民政府办公室关于印发药山镇洗羊塘村易地扶贫搬迁工作方案的通知》要求，该村10个村民小组中的6个村民小组将搬迁至老店镇尹武海坝进行安置，另外4个村小组将在镇内进行异地扶贫搬迁安置。”药山镇党委书记杨友崇告诉我，据此，该村村民将永久告别茅草屋，住上“小洋房”。

杨友崇表示，不管是搬出的村民还是留下的村民，都得让他们留得住、稳得住、能致富。所以，结合实际先后制定《洗羊塘村异地搬迁实施方案》《洗羊塘村扶贫项目实施方案》等相关制度，发展黄花菜、洋芋、烤烟等农业种植和养猪等养殖项目，从而提高村民的生活水平。

法制日报记者石飞（中）到村民家中采访

看到这一切，我被感动着，同时，也被一些东西刺痛着，让我时而欢喜，时而忧伤。

洗羊塘村自2006年就启动了易地搬迁工作，但是，由于历史、自然等各种原因，当地群众的异地搬迁脱贫梦被一拖再拖、一再搁浅长达11年之久，客观上拖出了不少问题：2016年新建的洗羊塘水库可省下3000余万元的征地拆迁补偿费；早在2014年已经完成主体工程的尹武安置点不会闲置至今，原本为这批外迁村民储存和留用的800余亩土地不会被当地村民强行抢种占用，更不会产生土地确权方面的纠纷；洗羊塘村民为了早日搬家，丢荒了土地，变卖了牛羊，最终却搬不成家，经济损失难以估量；当地政府多次发文说要搬家，最终搬家梦一次次破碎，让当事群众内心备受煎熬，牢骚满腹之余还发生了洗羊塘水库建设阻工事件，而当地党委、政府及有关部门的公信力也随之大大受损，影响了当地党群、干群关系的和谐。

一个可预见的隐忧是，如果洗羊塘村6个村小组的易地扶贫搬家项目再拖延下去，这6个村民的户数、人口将不断增加，只有300套住房和800余亩土地存量的尹武安置点将难以完全吞吐和接纳这些村民，到时候再叫这些一心想着搬家的村民搬家一部分、留守一部分，异地搬迁工作势必阻力重重，新问题与老问题一起“盘根错节”，困扰着洗羊塘村脱贫攻坚大会战的进度和战果。

让我稍许宽慰的是，我从巧家县扶贫办等部门获知，在今年7月30日前，将完成洗羊塘村6个社的异地扶贫搬迁工作，211户758人将搬迁到气候适宜、物产丰富的尹武安置点，享有人均住房24平方米、人均1亩耕地和连续半年的钱粮过渡安置补助，在2019年所有建档立卡贫困户脱贫出列。

扶贫攻坚路，任重而道远，脱贫奔小康，还需再努力。我想说，亲爱的洗羊塘，让我们一起努力吧，让我们美丽的家乡早日步入小康，让我们的人民更加幸福安康。

海拔 4548 米高原上脱贫如火如荼

个人感言

法制日报记者◎李　豪

在郝如村的日子里，我白天到草场与村民面对面的谈心，谈曾经生活的艰苦、谈今天的幸福生活、谈生活中还存在的困难，晚上回到驻地吃下抗高反的药片、吸着氧气克服高原反应。一个月里，我切实感受到了牧区群众真实的生活，看到了高原上如火如荼开展的脱贫攻坚战，与村民结下了许多真挚的友谊，也给我留下了一生难以忘怀的人生经历。

离开之前，记者再次来到牧场，只见绿油油的山坡生机盎然，记得初到西藏自治区当雄县乌玛塘乡郝如村时，这里的牧场尚是一片枯黄，不知不觉一个月已经过去了。

来西藏之前，记者对西藏的印象仅仅停留在这里是一片神圣的净土。来到之后，才了解到这里是全国贫困发生率最高的地方，高出全国平均贫困发生率数倍之多。在脱贫攻坚开展前，有些家庭甚至接近赤贫状态，家里除了

法制日报记者李豪（左）与村民交谈

一个火炉，基本上可以用家徒四壁来形容。

一位扶贫干部告诉记者，西藏正悄然发生着一场史无前例的变革，而这场变革正是国家在西藏自治区开展的脱贫攻坚战，它将彻底解开贫困农牧民身上的经济枷锁。

郝如村平均海拔4548米，高寒缺氧、强紫外线的恶劣环境，让这里甚至一棵树都不能生长，加上旅游资源匮乏，草场面积小，脱贫致富难度较大。然而，这里却以惊人的速度全面实现脱贫。

记者走进村民的家里，披挂着哈达的领袖像、团结像赫然醒目，诉说着村民感党恩的朴素情怀。尚未落座，热情好客的藏族村民便将一碗热腾腾的酥油茶端到跟前，燃着牛粪的火炉让屋子格外温暖。谈起现在的生活，从他们朴实的言语中，无不透露着幸福与希望。

法制日报记者李豪（右）与村里老人聊天

村民达瓦巴珠因为家庭贫困40多岁仍然单身，为彻底甩掉穷帽子，在以前脱贫的政策下，他坚持进城务工，立志用自己的双手向贫困宣战。他说："再也不能贫困了，进城后，我可以做一名保安或者环卫工，让我和侄女过上好生活。"

法制日报记者李豪（左）采访村民

一个人只要有了目标就会去努力，有了希望才有动力。村民多吉次仁，借助国家的扶贫政策，他学会了开运输车、装载车，村里给他安排了就业岗位，让他学有所用。说到未来的打算，多吉次仁充满信心和决心："买一辆二手运输车，给自己跑运输，奔向幸福生活。"

劝学教师巴桑扎西，执教 22 年，劝回课堂的学生将近 30 名。听着巴桑扎西立志要让孩子们上学，用知识改变命运，用教育改变贫困的故事，记者数度湿润了眼眶。

法制日报记者李豪驻村第一天便遇停电，图为记者在微弱的烛光中写稿

生长在龙仁乡曲登村一组的央珠，家中有 13 个兄弟姐妹，由于孩子多，他们家是村里有名的贫困户。小时候的央珠，贪玩、想家，两次晚上跳墙从学校逃跑。时任央

郝如村草场

珠班主任巴桑扎西两次将央珠从家里劝了回来。

如今已经走向工作岗位的央珠说：“也许自己的一生，就在那天坐着老师的自行车返校时改变了。”从那以后，央珠直到考上大学，再未逃过一次课。

除了恶劣的自然环境，郝如村的基础设施也比较落后。由于没有自来水，用水成为问题，洗漱、喝水、做饭只能到远处的水井去挑，无论是机关单位还是牧民家里，水桶都是标配。

对记者来说，自然条件的恶劣、生活条件的艰苦都是暂时的，但却有那么多的干部群众长期生活在这里，特别是这里的干部，他们扎根西藏，将自己的坚守无私奉献在这片雪域高原上，挥洒着自己的青春激情，令记者十分感动。

乌玛塘乡乡长兰棣是一名汉族干部，20 岁入藏，从此便与西藏结下了不解之缘。作为乡长，凡事都要亲力亲为。一次，记者与兰棣一起开车到 30 公里外的县城为食堂买菜，路上提起高原上的艰苦生活，他毅然说："既然选择了这里，就要义无反顾地走下去。"

驻村故事：立志以教育改变贫困乡村面貌

从县扶贫办主任到乡里扶贫专干、从书记乡长到村长组长，他们对于扶贫工作的进展无不如数家珍。郝如村第一书记普布曲珍对全村 198 户人家的财产情况几乎了如指掌，每当问起村民家里的收入情况，无须村民开口，普布曲珍便拿起手机喃喃自语地算起来："今年他们家将出栏两头牦牛，加上草补、草监员工资、定性补助……"因此成了村民的"账房先生"。

为保证村民交易虫草的公平、安全，乌玛塘乡派出所教导员周继艺每天下班都要到郝如村的虫草交易市场巡逻。傍晚时分，温度早已降到零度以下，身着警服的周继艺脸冻得煞白，直到最后一位村民离开，他才收工。

在这里的一个月，记者不但看到了基层脱贫攻坚取得的进展成效，也看到了贫困地区干部群众百折不挠的脱贫意志和决心。

“只要是搞产业，推我房也愿意”

个 人 感 言

法制日报记者◎卢 伟

瓦房村虽然因为山大沟深、土地贫瘠等自然因素导致当地大面积贫困，然而与这些形成强烈反差的是当地村民致富的决心和昂扬的斗志，面对环绕在四周却没有任何矿产资源的大山，面对退耕还林的压力，当地村民因地制宜，积极发展养殖业、探索中药材种植，贫穷但不缺斗志，这是瓦房村给我的最为深刻的印象。

4 月底，记者初到陕西省略阳县乐素河镇瓦房村驻村调研采访时，山大沟深，人烟稀少，偏僻、贫瘠这些词顿时从脑海中蹦了出来。经过了解，其实这个村人并不算少，共有 12 个村民小组 316 户 1068 人，但因“地无三尺平”的自然环境限制，该村的房屋只能依山势分布，村民散居在周边 161 个大大小小的山坳中。

“只要是搞产业，占我多少地我都没话说，即使推我的房我也愿意！”在瓦房村陈家坪村民小组的一次小组会议上，65 岁的低保户武顺彪的话让记者记忆犹新。

因贫穷打了一辈子光棍的武顺彪深知穷的可怕和发展产业的重要性。该村的包扶单位汉中市委政法委经过调研走访后，计划支持陈家坪村民小组成立银杏产业发展合作社，在该小组发展药用银杏 200 亩。武顺彪在村民小组会议上立马对着镇村领导作了上面的表态。

“既要‘输血’解决贫困村民的燃眉之急，又要‘造血’解决村民的后顾之忧，要把二者结合起来，并且以强化‘造血’为主。”汉中市委常委、政法委书记杨记明的这段话让记者印象深刻。

产业发展是贫困群众提高收入的重要途径。当特殊困难群体依靠低保和五保户政策生活没有问题的情况下，他们从内心深处是迫切希望村子可以通过发展产业改变自身甚至全村的贫困面貌。

法制日报记者卢伟（中）到贫困村民家中采访

驻村故事：走在脱贫路上的瓦房村

“我自愿退出贫困户，我现在依靠自己的产业可以过下去了，不想再给政府添麻烦，总不能让政府帮扶你一辈子。”瓦房村村民武大纲在最近的一次村民小组会议上说。

由于居住条件恶劣、交通条件落后，武大纲被纳入贫困户。近几年，在镇村领导和包扶单位的帮助下，武大纲逐步开始涉及香菇、天麻、猪苓等产业，收入越来越多，目前他正打算在现在的住房原址重建新房。因为武大纲家的房子还没重建，村委会决定继续将其保留在贫困户中，其一是希望他在政府的帮扶上产业可以得到更好的发展；其二是待其重建了新房后，再将其列入脱贫名单。

在这次驻村采访中，让记者印象尤为深刻的是瓦房村卫生室的医生何永清和幼儿园的老师韩艳英。

何永清今年 30 岁，已从事村医工作 7 年。因 10 岁时的一场车祸，何永清失去了右手。初中毕业后，为不成为家里的负担，他选择了上卫校。为练好医生的基本技能，他拿自己当实验品，曾把自己腿和胳膊扎得没有一块好地方。

2009 年，何永清正式成为瓦房村卫生室的执业医生，何永清不仅承担起了村民常见病的诊治、转诊，还负责全村的公共卫生服务和妇幼保健等工作。良好的医德和过硬的医术，使何永清的名气越来越大，不仅瓦房村，周边其他村子，甚至相邻的甘肃省都有病人前来找他看病。

韩艳英是瓦舍沟幼儿园的一名数学老师，从事教师工作已经有 29 个年头。别看她每天笑呵呵的，其实对于她来说，站在讲台上的每一刻，都是在和病痛作斗争。她的腿 10 多年前因公受伤，动过多次手术。经过将近 9 年的恢复锻炼，她如愿以偿返回了熟悉的讲台。虽然每次上课站立过久腿部就会发肿发痛，但是能够回到阔别已久的讲台，她依然感到非常满足。

翻阅着这一个多月的采访笔记，回想起与村民们接触的点点滴滴，记者感慨颇深，在这片贫瘠的土地上，在如此恶劣的自然环境下，我们这些可敬可爱的村民们依然坚持奋斗，努力脱贫。正是因为有他们，这里的发展变化才越来越快、越来越好。

用笔感知　与村相守

个 人 感 言

中新社记者◎邢　翀

驻村这一月，哭过、笑过、苦过、累过。扎下头、弯下腰，用脚步丈量山土，用新闻感受扶贫。作为一名入职一年的年轻记者，第一次在中国山村工作、生活这么久，这是我宝贵的人生财富，亦是我记者职业生涯很好的开始。

很高兴参与“精准扶贫驻村调研”采访活动，在湖北省襄阳市保康县歇马镇简槽村驻村一月。这是我第一次在中国山村工作、生活这么久，对我的记者生涯和人生体验都是一笔宝贵的财富。

保康县是国家级重点贫困县，也是襄阳地区唯一一个全山区的县城。歇马镇是襄阳地区最大的镇、湖北省第二大镇，而简槽村是歇马镇最为偏远的村庄：平均海拔 1350 米，4 个居民小组，面积 22 平方公里。

简槽村曾长期种植玉米，但在高山湿寒的环境下，玉米长势很差，村民一度难以解决温饱。后来开始推广烟叶种植，逐步发展为烟叶种植大村，并于 2016 年年底全村脱贫销号。

这是一个中国最普通的山村，也是中国最典型的山村。这样的一个偏远山村能够摆脱贫困，很大程度上得益于产业发展，而产业发展的背后有很多人的努力，有人就有故事。所以在驻村期间发表了13篇日记网稿，3篇图片故事，5篇通讯社稿件，7条微博，2条短视频，合计共30篇报道，绝大部分都是围绕“产业”这个话题展开。

驻村故事：入山·初到简槽村

比如在驻村前期发表的《对话村支书·一个山村经济的三十年变迁》就是通过村支书一天的活动，以他的视角描述烟叶产业从无到有、从小到大的过程；《一川烟草满山村》《中国特色扶贫产业的“精准服务经”》是与产业发展直接相关的新闻；《基层党员话扶贫》主要讲述党员干部带动群众发展产业的过程；《大山深处驻村人》讲述驻村干部的扶贫故事；《中国80后“城归族”：因乡愁而归，因机遇而留》则旨在阐明产业发展促使年轻人回乡创业这样一种新趋势。

除此之外，按照计划在报道过程中注意全方位、多领域展示山村。如《易地搬迁挪新窝》讲述了扶贫“硬骨头”——易地搬迁在具体落实中的故事；《一个山区乡镇的“精神宴”》描述了精神扶贫、文化小康的具体做法；《简槽村里话医疗》围绕农村医疗合作及村医待遇展开；《山村琅琅读书声》以图片形式展现简槽村小学孩子一天的学习生活。

作为一名新闻记者，如果报道能够产生一些社会影响力、为村民生活带来改观，我想这是最大的职业荣誉感。我在文章中曾引用驻村干部一句话：今年打算再修4公里水泥路。后来交通局干部告诉我，他们虽然有这个计划，但还没有定下来；交通局长看到这篇文章后，立刻就决定了要落实，还要再多修一公里。《山村琅琅读书声》在微博上进行了传播，阅读量近

驻村故事：出山·告别简槽村

中新社记者邢翀（右）与村民交淡

千万，很多年轻人表示要来支教。保康县委书记也看到了这篇报道，他在全县教育工作会上就以简槽小学为例，论述了基础教育的重要性。能够通过新闻报道引起当地政府和社会力量的关注，我觉得非常高兴和欣慰。

这样的驻村采访活动是非常有意义的。之前所从事的新闻写作以严肃题材较多，而这次活动真正能够让我弯下腰来接地气，注入了很多情感。比如《入山·初到简槽村》《出山·告别简槽村》两篇驻村日记，很多人看到后告诉我都哭了。我非常喜欢这样有情感的写作方式，这在之前的新闻写作中是从未有过的。

一个月的时间，与村民朝夕相处，积淀了深厚的感情。临走时很多人跟我说，不知道什么时候能再见。听到这样的话，我没忍住泪水。大山深处这群人以往在中央媒体的呈现中并不多，一个月的集中报道让很多人认识了村庄。希望还会组织后续报道，再返回村落去看看大山深处经历怎样的变革。

驻村故事：山里有座小学　传出琅琅读书声

以我所驻村为例，虽然已经脱贫，但还有不少问题有待解决。比如村小学师资问题，我在驻村期间还为小学生代英语课，当地没有英语老师，全靠50多岁的老校长自学教授，年轻人不想来，代课老师待遇低，造成了教育资源的匮乏；山村通户水泥路还没有完全修好，但山间修路成本高，需要交通局和村里共同出资，村里也要出一笔不少的费用，而县交通局每年计划却很少；烟叶种植靠天吃饭，又面临全球禁烟的趋势，未来发展不得而知；青椒蔬菜产业发展受市场行情波动非常大，道路不便导致成本加大；山间饮水是很大的问题，不少老百姓家吃不上自来水，不能洗澡，即使住进了新房，厕所还需要自己挑水冲；村民居住分散，宽带网络接入成本高，没有有线电视，收不到当地新闻资讯；易地搬迁中，新家远离田地，生产生活反而存在一些不便，大多数村民不愿意集体安置；村医待遇低，甚至没有普通村民高。这些问题其实都应该得到后续关注。

驻村已结束，记者也已返回工作岗位。来到这个既非我家乡、又在千里之外的山村，认识大山深处一方朴实的山民和辛勤的驻村人员，我觉得这真的是缘分。很难说再见，也很舍不得，这是我人生中很难能宝贵的一次经历。真正希望政府和媒体能够持续不断地关注这些贫困村，稳固脱贫的成效，同时为老百姓带去实实在在的利益。

“泥土”蕴有鲜活素材

个 人 感 言

中新社记者◎刘　鹏

一个月的驻村采访，感受深刻，受益匪浅。最大感触是：在当下文山会海的媒体行业中，我们不单只在高楼大厦里记录时代的风云，更需在基层一线中轻闻泥土的芳香。

2017 年 5 月，是个微风和煦又乍暖还寒的季节，也是我度过的难忘而有意义的一个月。按照统一要求，我从 5 月初来到贵州省黔南州惠水县长岩村开展了为期一个月的驻村蹲点采访。

一个月很短，采访、写稿，每日固定流程，转瞬即逝；一个月很长，与村民同吃、同住、同劳动，亲身体验，收获难忘。难忘不仅仅是与村民亦亲亦友的情感，难忘更是个人真正的锻炼与成长。

在贵州从事媒体工作虽然时间不长，但自认为对贵州的省情、经济社会发展都有所了解，对于此次驻村蹲点采访心中更是觉得问题不大，便带着固有的看现象、听汇报、问成果的采访经验，开始了这次采访工作。

然而，真正来到村中，看现象，看到的是村里表面的现状；听汇报，听到是领导干部们早已准备的素材；问成果，得到的是看似清晰却又模糊的规划。

几天的采访下来，发现很难透过现象去认识事物的本质，特别是第一条《贵州长岩村脱贫记：“空壳村”的国际化旅游“野心”》的稿件，基本上把该村的前世今生以及各方面的发展都已囊括。发现：自己所看到的，所听到的，所问到的内容似乎都在稿子中有所提及。

随之而来的是选题难、选题荒、思路闭塞的困扰。如何才能发掘出新的新闻点？几天的苦恼后，经过与同事及其他驻村媒体朋友的沟通交流，决定先融入当地村民的生活。

身在其中方知其味。杨毕江是村中的一个返乡创业的年轻农民工，也是个很害羞不善言辞的人，在对他的首次采访就以尴尬收场。随后，我抛开采

中新社记者刘鹏（左）采访正在劳动的村民

驻村故事：中国乡村变迁观察：生机再现　村民化身“上班族”

访的姿态，以朋友的身份与他相处，同时一起劳动。几天相处下来发现，杨毕江并不是很害羞，且很有想法。他对我说，是因为我们熟悉了才会没有压力的交谈。

现实总比想象丰富，当我们静下心来、俯下身子、踏入泥土，眼睛向下，便有不一样的新发现。

长岩村距离贵州省黔南州惠水县8公里，辖6个村民小组，6个自然村寨，全村共有269户1227人，是一个多民族聚居的村落。村民为了生计，有劳动能力者均外出务工，长岩村也是典型的“空壳村”。

为了发展，当地积极寻找特色产业来打通自身的“造血”功能，茶产业正是这一剂良药。然而，发展茶产业在贵州已很普遍，难在如何发掘当地的特色。

其实，在与村民同吃时，每餐不同的饭菜，是村民们生活水平的变化；与村民在田间劳作时，发现的是村民们生产方式的改变；与村民在村中散步唠家常时，感受的是村民们思想观念的转变……这些都是丰富而鲜活的素材。基于此，采写了《中国乡村变迁观察：生机再现　村民化身“上班族”》。

另一方面，在以往写扶贫类的稿子时，关注更多的是贫困地区的基础设施建设，当地政府扶持力度以及各种各样的扶贫“新招式”。固有的思维让我写扶贫这类稿子难有新亮点，但通过这次深入基层，与村民真正生活在一起，就会发现扶贫不是一个维度：村民们自身的脱贫努力、他们对于脱贫的想法以及他们在脱贫路上的点滴实践，都是丰富的素材。

教育，阻断贫困代际传递

个人感言

中新社记者◎张 丹

不了解农村何以认识中国？此次驻村让生长在城市的我有机会深度参与中国正在进行的扶贫实践。白天在田间与农户种植葡萄，晚上与扶贫工作队入户调查。渐渐地，我不再是格格不入的外来者、不是大城市里居高临下的记者，村民们说我是“新茹村人”。作为他们的一员，我深切感受到农民的幸福与挣扎、贫困地区发展的困难与希望，这些都将成为我记忆的坐标，让我更踏实地行走在新闻的路上。

2017 年 5 月，我在云南省大理州宾川县萂村驻村进行扶贫报道。如今，那里的一幕一景、一人一事时常在我脑海中清晰闪过，其间的成功与遗憾化成了我对这个贫困山村的眷恋与深省。

萂村是一座有着 4000 多年历史的茶马古道旧驿站，居住的有白族、傈僳族、汉族三个民族。随着经济社会的飞速发展，萂村逐渐与世隔绝，繁华不再。近百年来，这里的人们与大山和贫困进行着不屈不挠的斗争。前几年，萂村成为镇上唯一建档立卡的贫困村，6207 人中仍有 242 人处在贫困线以下，贫困发生率 3.89%。这是出发前我从网络和他人口中了解到的萂村。作为生长在城市的 80 后，我通过这些信息，在脑海中勾勒出一个贫困村的轮廓。

初到萂村，眼前的景象却与我脑海中的轮廓全无交集。从宾川县城出发沿着旅游公路行驶半小时就到了萂村，平坦的通村公路一边是坝子里绿得发亮的连片葡萄田，另一边是鳞次栉比的崭新白族特色民居，橙黄色的标准校车把幼儿园的孩子们平安送到家长怀中，农村淘宝里的年轻人迫不及待地拆开刚收到的包裹。村民们说，这些硬件的变化主要集中在近几年，得益于精准扶贫和美丽乡村建设。

首因效应往往并不准确。采访中，我认识了 70 多岁的傈僳族老人海金香。多年前的一场车祸，让她失去儿媳，儿子终身残疾，两个孙儿正在上小学。老人没上过学，连孙子孙女的全名都不知道，硬是靠着七亩玉米田和十几只山羊的收入供孩子上学。“我去过最远的地方就是宾川县城，离这儿 20 多公里。”海金香希望孙辈能走得更远。

生长于萂村的赵齐今年 24 岁，正在西北民族大学读大三。由于祖辈和父

中新社记者张丹（左二）在采访村民

母都患有麻风病，被迫住在远离村庄的山上，收入主要靠两亩玉米田。为了让孩子上学，家里一直东拼西凑的借钱。赵齐的母亲说：“我和他爸都没上过学，苦了一辈子，也想不出啥赚钱的好门路，就想让娃娃多读点书，以后找个稳定的好工作。”

驻村故事：云南侨社的脱贫之路

深入采访后发现，村里贫富差距大，许多家庭都有海金香或赵齐的影子，他们多居住在自然条件恶劣的山区之中，受教育程度低，多数家中有病、残人员，缺乏劳动力、更缺致富的技能和眼界。虽然政府、社会力量都倾力相助，“龙头企业＋贫困户”的产业发展模式、对于学生的贷款帮扶、慢病重病患者的医疗救助等。但对于这些仍挣扎在贫困线下的人们来说，活着已经耗尽了全力，脱贫则难于登天。于是，他们被动地成了当前脱贫攻坚中“最难啃的硬骨头”。

村民们寄望于后代通过求学走出大山，过上更好的生活，许多家长不惜撇家舍业到城里组成“陪读大军”，但农村孩子的求学之路并不平坦。莉村完小这座有着百年历史的小学，至今因教师缺失无法开设英语课，全校教师年龄均在40岁以上，许多孩子读完义务教育阶段后由于学习成绩不佳、经济条件不足等原因不再继续学业。即使幸得深造的孩子，由于农村教学条件限制，当与城市生源共同竞争时多数也力不从心。

贫困的家庭往往祸不单行。经过近10年的坚持，海金香的孙子孙女学有所成，分别读了大专和中专，就在老人感觉苦日子快要到头时，孙女却由于压力过大患上了抑郁症，不得不中断学业接受治疗。

相比之下，赵齐是幸运的，明年即将毕业的他选择了师范专业。虽然父母希望他能在城市生活，但他认为对于很多农村孩子来说，在城市扎根太难了，“我还是想回到老家或其他乡镇做老师，让农村的孩子获得更好的

驻村故事：中国贫困地区探环保减贫新径

教育”。

从根本来讲，教育是阻断贫困代际传递的重要途径。

随着脱贫进入冲刺阶段，通水、通电、通路这样的基础设施发展可谓日新月异，如果教育没能同步，脱贫就会缺乏持续的内生动力。但如何为贫困家庭的孩子铺筑更加顺畅的求学之路，需要多方共同努力，逐步提高贫困家庭的人口素质，不让暂时贫困向长期贫困和代际贫困转移。

西北深山林区“花样”新径斩“穷根”

个 人 感 言

中新社记者◎冯志军

扶贫脱贫的过程绝非想象中那样尽是“喜悦”，它伴随着汗水与泪水交织不断的艰辛磨难。庆幸的是，有那么多人整日在为扶贫和脱贫而奔忙，这便值得期待。几年以后，希望眼下正在紧锣密鼓酝酿中的旅游产业开发和建设，会成为白河村脱贫致富的新径和依靠。

5月，我在甘肃天水市清水县山门镇白河村，围绕精准扶贫蹲点采访一个月，通过深入体验乡村生活，从不同角度聚焦观察具有贫困程度深、贫困面大等典型特征的白河村脱贫之路，其中既有对贫困原因的探索分析，又有对脱贫之路的经验推广，也有一系列扶贫人物的典型故事，较为丰富地对外呈现出了一幅“千姿百态”的扶贫脱贫画面。

看似漫长的一个月时间，随着逐渐融入乡村生活后，每一天都在乡间崎岖的采访路上循环往复，时间也变得飞快起来。在长期远离城市喧嚣的偏僻小村里，沉淀下来的一切所见所闻都如初见般美好，无论是一些令人动容的

中新社记者冯志军（右）采访村民

扶贫脱贫故事，还是承载着传统乡村生活的民俗风情，全然与都市里的嘈杂浮躁大相径庭，尤其是偶遇陌生村民的热情与纯朴令人记忆犹新。

白河村位于甘肃天水市清水县山门镇北部12.5公里处，当地是平均海拔1700米左右的深山林区。2013年，蜿蜒15公里的通村公路贯通，才让白河村告别“与世隔绝”的境况。

白河村辖5个自然村，共112户513人。过去3年，在政策、资金等多方面支持下，当地贫困发生率从56%降至37%，至2016年年底有贫困人口40户186人。

客观而言，当地并没有太多直观鲜明的外宣亮点和特色，反倒是它的落后与封闭是多年来接触扶贫采访过程中鲜见的。于是，近几年才与城镇化“扯上关系”的传统乡村的点滴变化，以及村民在脱贫致富路上物质与精神层面的需求变迁等，成为令人眼前一亮的“素材”。

随着与村民们聊天的深入，我发现，祖辈传承的“穷根”困扰了白河村村民很多年，“吃了上顿没下顿”的苦日子至今让很多老人心有余悸，即使眼下已有村民有能力进城生活时，他们表现出了对城镇化的恐惧和乡村的留恋。也有个别闯荡城市多年的“返乡族”则不同，他们既渴望城市生活的舒适便捷，也留恋乡村生活的宁静惬意，这些“冲突”便交错融入于他们的新生活中。

驻村故事：中国西北山村的“15公里”脱困路

城里人向往的“世外桃源”，却是山里人脱贫路上的“难言之隐”。随着驻村采访的逐渐深入，我愈能对当地扶贫脱贫路上的“硬骨头”感同身受。“一方水土难养一方人”“靠山吃不上山”等先天不足的基础条件，使得当地的脱贫之路极为艰难。这也即是生活在青山绿水间的村民，多年来脱贫致富多靠进城务工的原因。

综观此次驻村生活，我见到了与以前截然不同的扶贫与脱贫故事，有整日翻山越岭、东奔西走的扶贫干部，有自强不息的脱贫村民，有因贫娶不到儿媳而不停抹眼泪的老妇人，有家徒四壁一筹莫展的贫困农户，也有装贫哭穷隐瞒“家底”等救济的村民，还有农田里喘着粗气蹒跚务农的耄耋老人……

作为世界上的“减贫冠军”，在中国类似于白河村这样的村庄数不胜数，长期的封闭状态让他们难以知晓“外面的世界什么样”，但又在近几年由官方助力与外界“接轨”后，表现出了对城市生活的极大向往，在“脱贫致富”的主观意愿刺激下，使出浑身解数“奔小康”的场景在大山深处弥漫铺开。

尽管脱贫致富的“天资欠佳”，但我还是看到了官方和民间针对脱贫的努力和决心，这些都是贫困表象之外令人动容的“泪点”。内外共同使劲的“合力”表现在：官方不遗余力地争取各种扶贫政策和项目、安排专人长期进村入户及时落实，村民们则忙农活、建新房、搞养殖、学技术以及未雨绸缪瞄准乡村旅游商机……

事实上，扶贫脱贫的过程绝非想象中那样尽是“喜悦”，它伴随着汗水与泪水交织不断的艰辛磨难。庆幸的是，有那么多人整日在为扶贫和脱贫而奔忙，这便值得期待。几年以后，希望眼下正在紧锣密鼓酝酿中的旅游产业开发和建设，会成为白河村脱贫致富的新径和依靠。

蹲点调研 30 天：见证张北“空心村”脱贫路

个人感言

中新社记者◎陈　溯

这样长时间的、深入当地的采访十分有意义，让我们年轻的新闻工作者真正深入中国农村，深入扶贫一线，感受中国贫困人口的生活脉动，并在感受中实时搜集新闻素材，锻炼了采访能力。另外，作为一个新闻工作者，这种深入的采访也能够为中国的扶贫工作尽一份力。

2017 年 4 月底，我走进位于河北省张家口市张北县的一个深度贫困村——东号村，开始了为期 30 天的驻村调研，与当地村民同吃同住，深刻感受这个贫困的“空心村”中村民的生存现状。通过蹲点的这个小小村庄，我将中国扶贫攻坚的成效、决心，基层扶贫工作的场景，脱贫面临的困难和下一步规划一一展现出来。

进入东号村，给我印象最深刻的就是这个村庄散发出来的荒凉气息，很多土坯房已经年久失修，无人居住，荒草丛生，宛如进入一个已经荒废的村庄，这个村庄几乎不见年轻人，常住居民的平均年龄超过 65 周岁。

根据东号村“空心化”的特点，我深挖主题，写了题为《中国探路破解“空心村”难题　攻坚“最难啃的硬骨头”》的文章，以点带面，写出中国劳动力缺乏、老龄化“空心村”的现状，以及政府的解决方式，比如发展光伏产业、易地搬迁等。

采访期间，我先后走访了王凤英、蔡志平、陈明、张秀英、袁士明、李武、孟志明、孙志英、薛峰等十几位村民，其中有脱贫的也有未脱贫的，有靠低保度日的，也有靠发展种植业养殖业有收入来源的，并不定期走上田埂，与农忙的村民攀谈，了解情况。

根据村民的不同情况，我先后写了《寻踪中国“空心村”：村民平均年龄超 65 岁》《减贫“冲刺期”探多样脱贫路中国发展坐标不再倾斜》。

另外，我还对东号村所在乡镇的小学中学进行了探访，这里的学生多是来自周边乡村，通过观察留守儿童的生活和教育现状，我撰写了文章《“空心”学校的新生活》。

采访后期，我对东号村的采访已接近结束，进一步在张北县搜集扶贫素材时，找到张北县东北部的另一个村庄阿不太沟村，撰写文章《“雁归”创业在中国渐成风气》，描写了当地结合旅游业实现脱贫，以及当地村民陆续返乡创业的情况。

村里自来水没有入户，每天上旱厕、打水洗脸刷牙就是生活的日常，每周只能去县城里洗一次澡。东号村地处一片盐碱地之上，在这种地里不仅庄稼产量不高，饮用水也散发着一股咸味。

东号村位于张家口市的西北坝上地区，这里海拔近 2000 米，昼夜温差极大，即使到了 5 月下旬，夜间仍需要开着“小太阳”御寒；处在内蒙古高原上的东号村，风沙大，光照强，在田地里采访时，经常要面临狂风大作和尘土飞扬，以及紫外线的强烈照射。

驻村故事：中国探路破解“空心村”难题 攻坚“最难啃的硬骨头”

在面对恶劣的自然条件时，我并没有感觉到很苦很累，相反，我为生活在这片土地上的村民们感到伤感，并怀着这种心情完成了一项项采访、拍下一张张村民生活和劳作的场景，并顺利完成采访任务。

在距离北京仅三四小时车程的地方，竟还有如此贫穷的村庄，着实令我震撼。与此同时，当地基层为实现脱贫目标而做的各种努力和尝试也令我动容，深刻感受到中国的扶贫工作正紧张而快速地推进。作为一名新闻工作者，我也十分希望能通过自己的笔让更多的人关注到中国贫困村庄和中国扶贫工作的真实现状。

作为跑农业新闻的记者，在驻村的过程中，我真正深刻地感受了“三农”，包括合作社、村集体企业、乡村旅游、新农合、农业补贴等与农民生活息息相关的环节，加深了对农业新闻的理解。

一个月的采访已经结束，但我对农村扶贫工作的关注还将持续。接下来，东号村将启动易地搬迁工作；到 2020 年，中国将实现全面脱贫……我将持续关注东号村，持续关注中国的脱贫攻坚成果，作出更多的优秀报道。

这样长时间的、深入当地的采访十分有意义，让我们年轻的新闻工作者真正深入中国农村，深入扶贫一线，感受中国贫困人口的生活脉动，并在感受中实时搜集新闻素材，锻炼了采访能力。另外，作为一个新闻工作者，这种深入的采访也能为中国的扶贫工作尽一份力。

因地制宜发展产业，让有“恒产者有恒心”

个 人 感 言

澎湃新闻记者◎邵　克

“有恒产者有恒心”，百姓有脱贫致富的愿望，但需要支撑，需让百姓拥有稳定的产业和收入。这个支撑一是来自内生动力，通过解放思想等方式让老百姓勇于去干，自发去干。另一个就是来自产业的发展。产业发展所带来的切实效益，更能激发他们脱贫致富的信心和动力。内生动力和产业发展二者又相互支撑，共同推动实现脱贫致富与小康目标。

河北省阜平县龙泉关镇顾家台村位于太行深山区，2012 年年底，习近平总书记曾到这里视察，看望慰问困难群众。时任村党支部书记顾叔军说，那时村里的年人均收入只有 980 元。

习近平总书记说，全面建成小康社会，最艰巨最繁重的任务在农村、特别是在贫困地区。没有农村的小康，特别是没有贫困地区的小康，就没有全面建成小康社会。他鼓励这里的干部群众“只要有信心，黄土变成金”。

交通闭塞、土地资源贫瘠、无霜期短等因素制约着这里的发展，如何因

驻村故事：河北顾家台村：银行进村，家门口能办贷款

地制宜发展产业，找出脱贫致富的路子，摆在眼前亟待解决。

在摸索的过程中，当地逐渐确立并发展建立起了林果业、食用菌产业、家庭手工业和旅游业。林果业是对土地进行规划平整，统一流转给企业，由企业统一经营，农户以土地形式入股，参与效益分红。食用菌产业是利用当地的气候、水土优势，建香菇大棚，农户自主承包经营，企业负责技术和收购销售。家庭手工业则主要用于解决家庭妇女的就业问题，建设加工厂。旅游业则依托当地的好山好水的自然生态和龙泉关镇的历史文化古迹，来发展乡村旅游，以农家乐、民居等拓宽百姓收入渠道。

但改变旧有的路子，让农民去接受新的生产生活模式，不可避免地会受到质疑，遇到阻碍。这就涉及思想解放的问题，过于保守，“等、靠、要”思想观念仍然存在。

香菇大棚没干过，能不能挣钱？成本投资需要的钱从哪里来？在顾家台

澎湃新闻记者邵克（左二）在采访农民

村，村两委发挥了带头作用，农户有顾虑，党员干部先带头。7 人的村两委班子，4 人在第一年就带头承包了香菇大棚。除了村干部带头，村两委还组织想发展产业的农户到外地参观学习，看看外面的世界、先进地方的做法。

驻村故事：总书记关心的顾家台村：只要想挣钱，出门就有活干

另外，阜平县建成县乡村三级金融服务网络，从县里的金融办，到乡镇的金融工作部，再到村级的金融工作室，三级网络服务百姓贷款。还成立了惠农担保公司，给农户贷款提供担保。同时通过财政贴息、开发农业保险来降低农户风险。解决了农民贷款难、贷款贵的问题。引导、支持农民发展产业，在“输血”的基础上增强了“造血”功能。

就这样通过党员干部带头加上政策的精准落实，农民看到别人都挣钱了，自己也就放心了。

在顾家台村，我看到平整规划好的土地种植的苹果园，每排果树根部都铺设了水管，实现了滴灌。在顾家台村的食用菌产业园区，看到菇农们收获时忙碌的身影与喜悦。在箱包加工厂，看到家庭妇女们认真有序的做工，在顾家台村的箱包加工厂，我看到这里来自周围几个村的妇女，在流水线上工作。她们大多 30 岁到 50 岁。在有箱包加工厂之前，年轻一点的还可以外出打工，年纪大了的就没活干了。而箱包加工厂每天有着固定的50元保底工资，离家又近，还方便照顾家里的老人和孩子。

如顾家台村党支部书记陈国所说，村民只要想干活想挣钱，出自己家大门口就能找到活儿干。扶贫产业发展好了，这么好的政策，把老百姓的心都给归拢了，思想解放了，2020 年奔小康都没有一点问题。

龙泉关镇党委书记刘俊亮说，从干部到群众精神面貌都发生了可喜的变化。干部们服务意识更强了，在服务百姓脱贫的过程中也更有成就感。而群众在产业发展中有了获得感，脱贫致富有了信心。

“三变”改革激活农村要素市场助力脱贫攻坚

个人感言

澎湃新闻记者◎宋江云

在贵州这片处处充满“三变”改革元素的沃土上，农村沉睡的资源又一次被唤醒。资金、技术、人气的聚拢，对于“空心化”的农村而言，无疑是注入了一剂强心针，重新焕发了农村的新生机。当年轻人愿意留在农村，农村也能够给他们提供更多的工作岗位或商机，这是“三变”改革给当下农村带来的一种新变化。

“一片煤海，十万大山”是我整个5月蹲点采访扶贫点的地理写照。有着2000多人的贾西村，地处贵州喀斯特地貌深山区域，曾一度是贵州省的一类贫困村。

然而，在进驻贾西村之前，对于这个地处深山的村庄，我并没有太多的了解，只知道它在云贵两省交界处，隶属于盘县，于是大脑里各种脑补它的穷样。除此之外，对它的了解就剩下蹲点分配表上的信息，“该村组建了种植农民专业合作社，发动农户用土地入社入股”。

出于职业的本能，在百度搜索引擎里检索了一遍，有关贾西村的信息是少之又少。不过，出发前接到的一个电话，基本上点出了这个村庄扶贫工作的最大特点。贵州省委宣传部的一位同志在电话里告诉我，此次蹲点的贾西村是“三变”工作做得比较好的一个点，它所隶属的盘县是“三变”改革的策源地；六盘水市“三变”改革的经验还写入了2017年的中央一号文件。

“此次蹲点采访，你肯定会不虚此行的，”最后，这位同志在挂电话前说道。后来，事实也证明，这位同志最后撂下的那句话是有深意的。历经一个月蹲点的采访，让我对盘县的“三变”改革工作有了一个全新的认识，“三变”改革是在家庭联产承包责任制基础上，对农村土地使用方式的一种新探索。与以往的土地流转相比，“三变”改革模式的最大特点就是农民能够共享改革的红利。

在进驻贾西村的路上，盘县县委宣传部外宣办的工作人员先把我们带到

澎湃新闻记者宋江云（左）在采访村民

了一个貌似景区的村庄，站在观景台上，眼前尽收一片花海，这个村庄离我们要蹲点入驻的贾西村有约 6 公里的距离，后来才知道这个村庄还真是个 4A 级景区，名叫哒啦仙谷景区。

外宣办的工作人员给我们介绍，这个景区原本是一个做商超的商人准备搞蔬菜供给基地的，但后来也引入了“三变”，现在把它搞成了一个 4A 级景区。稍作停留后，我们就穿越哒啦仙谷景区，七拐八拐终于到了贾西村。

到贾西村后，我们落脚的首站便是在贾西村正中心的原贾西村小。被撤并的原贾西村小如今变成了盘江天富种植农民专业合作社的办公地点。是时，外宣办的工作人员给了我们两个方案：入住合作社或贾西村委会。合作社是贾西村刺梨产业的中枢机构，贾西村搞“三变”改革的关键人物便是合作社的理事长聂德友，出于采访工作需求，我们就决定在合作社住了下来。

接下来的一个月内，我们近距离地观察贾西村的“三变”改革工作成果，采访了返乡创业的煤老板聂德友，农民变股东的村民代表牛福香、任广卫、任美翠，80 后返乡打工仔兄弟聂由康、聂由青，驻村干部何正国等一批“三变”改革的基层亲历者，从他们的角度记录了这场对贾西村具有划时代意义的改革过程。

在采访过程中，我们始终围绕着“三变”这个关键词，寻找这个贫困村的变身“密码”。在贾西村刺梨产业园，我们见到了真正意义上的立体农业的样本，贾西村小前后的山上都栽种满了刺梨树，山上刺梨树下套种矮秆药材，山腰上发展林上养蜂，山下池塘养鱼。

贾西村推行的“三变”改革，是在坚持农村土地集体所有性质不改变、耕地红线不突破、农民利益不受损的前提下，开展“农村资源变资产、资金变股金、农民变股东”的改革探索。

尽管我们采访时见到的都是正能量一派祥和的景象，但是在“三变”改革的初期，由于各种因素，改革也曾遭遇过不少阻力。

有的老百姓担心丧失了土地经营权，眼前生计成问题；有的担心保底分成的兑现问题……

总之，老百姓有各种担心，这些担心也是正常的。不过，后来贾西村在落实“三变”改革政策时，在制度设计上都考虑了老百姓的这些担心。农户用土地经营权入股合作社，除了享受每亩 400 元 / 年的保底分成外，还可以在合作社产生效益后享受 10% 的二次分红。

驻村故事：煤老板变理事长：返乡种刺梨誓拔穷根

“先付钱，后用地”，每年的保底分成提前兑现，解决了农民的后顾之忧。

“当时进驻贾西村给老百姓做思想工作的时候，有些老百姓也不愿意”，盘关镇“三变”办主任何正国说，做群众工作就是需要多帮他们算算收入细账。

“农户自己种植玉米、土豆，平均亩产的毛收入只有五六百元，刨去化肥、种子成本，亩产也就四百多元，还没计算人工劳力。入股合作社后，农户不但可以拿到每亩 400 元 / 年的保底分成，还可以到合作社的刺梨园区做工，一天就有五六十元收入，合作社盈利后还可享受二次分红。”何正国就是这样通过算细账，给不愿意入股的老百姓做通思想工作的。

“不用种地，还能拿到比自己种地更多的纯收入。”何正国说，每位农户心里都有一本账本，只有利益不受损，改革政策才能在农村落地。

整个采访活动结束时，我们发现“三变”改革激活了农村要素市场，唤醒了沉睡的农村资源，给农村发展规模连片的现代农业提供了先决条件，有了产业基础，农民脱贫也就有了支撑。农民用土地经营权入股合作社，既没有改变现有的家庭联产承包责任制，农民还可以坐享规模化现代农业的分红。通过“三变”改革，如今贾西村长年在外打工的年轻人，开始出现返乡回流现象，这也说明各种生产要素正在向农村聚拢。

脚上沾满泥土，用心、用情讲好中国故事

个 人 感 言

现代快报记者◎王　凡

这是生命中很难重来的一个月了。如果说，平时的采访是走近基层，而这一次是真正地走进基层。我们不仅仅是一名新闻工作者，更成了一个扶贫工作者。我们用脚、用心、用情，用一个个生动、真实、有温度、有思想的脱贫故事，展现出“砥砺奋进的五年”，展现出努力前行的中国。脱贫之路，任重道远，有理由相信袁家庄人会越奋进，越幸福。

2017年4月底，我有幸参加“精准扶贫驻村调研”采访活动，在河北威县袁家庄村驻村调研一个月。6月1日早上，当乘车离开了河北威袁家庄村时，很偶然，车上正好在放那首应景的《回家》。那一刻，我的眼眶再次涌出了泪水，并非因为想到即将要回到千里之外的家，而是因为离开了这个生活了一个月的“家”，心里有很多的不舍。

袁家庄村是一个贫困村，有居民332户，1081人，目前贫困户9户19人。

是什么让村民们渐渐脱贫？我和同事在村里开始了走访，用脚步丈量着村庄的土地，随后答案渐渐明晰……

驻村故事：贫困村里幸福的“孩子王”

袁家庄村地处威县西部的沙河流域，因为村里大部分土地沙化严重，不适合种庄稼，以前村民们靠种棉花为生，2012 年人均年纯收入仅 3920 元，远低于全县平均水平。2013 年，威县县委、县政府确定了建设 10 万亩梨产业带的构想，启动了威县的“西部大开发”。袁家庄村因为贫困程度高，成为县里搞梨产业的第一个村。“精准扶贫，梨来敲门”，可以说，梨是袁家庄村脱贫的法宝。

而袁家庄村能够最快实施“土地流转”，村干部功不可没。村支书郑继奎各处奔走，最终用 3 天时间，就说服了村民们同意土地流转。村里马路拓宽、用上自来水、种上绿化树、装上摄像头、有了小广场、村民跳起广场舞等等，也都是这 5 年之中村庄发生的改变。

要想写出好的中国故事，找到脱贫攻坚的典型人物是首要的。在袁家庄

现代快报记者王凡（右）和梨嫂一起劳动

现代快报记者王凡（右）和梨嫂一起吃饭

村秋月梨园，“梨嫂”李秀红成了我笔下的新闻人物。

李秀红今年 47 岁，是两个孩子的母亲。女儿在外地念大学，儿子在县城念初中。她在梨园里打工已经 5 年，见证着梨园从无到有，一年大概有 1.8 万元收入。她笑容满面地说：“以前是贫困户，现在脱贫了。一天天的，日子好过起来。”

她每天早出晚归，负责的梨树有 17000 多棵。我们几次去梨园采访，也与她一起劳作过。当听到她说，“最开心的就是春天开花和秋天收获的时候”，我感悟到，她对梨园有着很深的感情。这位用情用心的劳动者，令人心怀敬意。

而听她聊孩子时，更是被她感动。她骄傲地说，自己没有什么文化，但很开心可以用自己的双手供两个孩子读书，虽然家里条件不好，但她从来没想过不让孩子上学。而现在的她，也在独自承担着孤独。孩子都在外读书，丈夫也在外打工，难得回来。她大多数时候都是一个人。一天中午，我们“突击”去了她家，李秀红炒了一个包菜，煮了一锅绿豆粥，配着馒头吃。她说，自己平时吃得很简单，一个人就凑合凑合。等到晚上，再去她家时发现，她到家时已是夜幕降临。推门而入，家中漆黑一片，没有一盏灯等着她归来。看着她独自在厨房忙碌，真是很心疼，可她笑着说：“我都习惯了。”采访多次，李秀红几乎没说过自己苦，尽管一双沧桑的手早就“出卖”了她。

驻村故事：远嫁的女儿归来：回家真好

在采访了 10 多天后，我们用心、用情撰写、拍摄的《梨嫂的欢乐颂：从今往后都是笑》这一全媒体报道获得了好评，读者和网友们纷纷称赞梨嫂身上所具有的正能量，这说明我们成功地把脱贫攻坚战里一个小人物身上最鼓舞人的力量传达给了大众。最开心的是，报道也得到了梨嫂的称赞：“写得特别真实。”

而梨嫂，其实是袁家庄脱贫群体中的一个缩影，她身上的品质，是这群人身上所共有的。感谢遇见了这些可爱的人，让我们更加懂得了坚强、乐观、勇敢、快乐。

在袁家庄村驻点期间，我们住在村支书郑继奎家中，与他们夫妇二人也结下了深厚的情谊。他们是不善言辞的人，阿姨最常说的话是“吃饱了不想家”，而村支书更多的是聊工作。离别时，我不知道还能说什么来道别，就抱住了村支书的爱人白阿姨。她抱得很紧，抱了好久，一直在我耳边说：“舍不得你走，一定要再回来看我们！”

“一定会回来的。”我们含泪告别，郑重承诺。

我看到了一种拼搏向上的力量

个人感言

现代快报记者◎田　沁

在河北威县袁家庄村的时间虽然不长，但这里勤劳质朴、豁达乐观的民风还是让人记忆犹新。短短5年时间，袁家庄村的变化翻天覆地。这离不开精准扶贫政策的扶持，但更多靠的是村民们努力奋发向上的拼搏精神，这值得我们每个人学习。

恐惧、欣慰、振奋。这是我蹲点期间的心理史。出发前，更多的是恐惧和忐忑，村里的生活条件好吗？我能习惯吗？但到达驻点后，发现贫困村的新面貌，立即感到了欣慰。而在采访过程中，接触了村干部、村民，他们总有一种拼搏向上的力量感染鼓舞着我，又让我感受到了振奋。

初来乍到

为了做好精准扶贫的工作，“五一”前夕，我们背着重重的行囊，怀揣着责任与希望，历经8小时的舟车劳顿，来到了河北邢台威县的袁家庄村。

刚踏上袁家庄村的土地，炽热的阳光与干燥的风沙让人措手不及，可袁家庄村郑继奎书记朴实温暖的笑容，却为我们驱散了初来乍到的燥热与不安。郑书记告诉我们，威县袁家庄村曾经是西沙河流域内贫困人口最多的地方，由于这里土地都是河滩地，沙化非常严重，漏水漏肥，以前袁家庄村普遍种植棉花，人均每年纯收入只有3920元，是典型的贫困村。可当我们走在袁家庄村的街道上时，却惊讶地发现这个曾经“典型的贫困村”，现已经完全脱胎换骨：宽阔整洁的马路、路两旁排列有序的景观树、家家户户高门独户，安静而祥和。说这里是城市中的一隅也不为过。

“梨果带动了全村的收入，土地流转给梨园以后，村民们都能挣到‘三金’，现在人均收入达到1.1万元，日子好过多了。”郑书记乐呵呵地告诉我们。郑书记上任5年来，在村里修建硬化道路1700米，别出心裁地提出征收每年每人10元的卫生费，带头保持村容的整洁干净，建设了村民舞台、活动广场和敬老院，保证村民的娱乐生活，也让老人们老有所依。带领村民们将2600亩土地全部流转，推进梨产业的发展。一谈到梨，郑书记就兴奋得像个小孩子，他领着我们到梨园，熟练地拨开树叶，找到一颗颗拇指大小的梨果自豪地说：“咱们的这个梨，可是‘阅兵梨’！”“得过好几次农产品金奖的！”梨园里整齐划一的梨树多到看不见尽头，一颗颗小小的梨子还在风中摇曳，它们承载着全村人的希望，带领着袁家庄村走上脱贫致富的大路。

跟着郑书记回家已是傍晚，恰逢夕阳余晖洒满了简朴的小院子，屋顶上喳喳叫的鸟与之交相辉映，一幅惬意的乡村风貌。在那一刻，我们的心也跟着安定了下来。

现代快报记者田沁（右）与村民在一起

年纪最大的舞者

晚餐后，几个上了年纪的阿姨上门来找郑书记的夫人白美英，她们每晚雷打不动都要去跳广场舞。白美英告诉我们，广场舞是她从石家庄学过来的，现在广场舞的队伍已经壮大到三四十人，每年都去县里参加比赛，日子好过了，物质生活丰富了，精神世界也不能空着。

在这群摇曳的身姿中，一位头发花白的舞者格外引人注目，她叫孙书肖，今年已经 72 岁了。隔日，当我们踏进她简陋陈旧的木门后才知道，这个时刻都满面笑容的老人，已独自生活了十几年。老伴早逝，膝下也无儿女，她自己因病失去了劳动能力。关于丈夫去世后的那段日子，孙书肖从没提起过，她只开心地告诉我们：“土地流转给梨园了，他们给我现成钱。”不用再为生计发愁的孙书肖渐渐打开心扉，每晚和老姐妹们的说笑、跳广场舞便是她最大的奔头。

驻村故事：贫困县的广场舞大赛：越跳越有奔头！

“这么多年了，你会想老伴吗？”面对老人的笑脸，这个问题我们有些不忍问出口，谁知老人反而比我们更豁达，“我现在啥也不想，有吃有喝就行。”“我现在过得很好，老伴你放心吧，你别惦记我了。”每一句，老人都满面笑容，看起来没心没肺，而我们在一边听着，却偷偷地酸了鼻子。问起老人的愿望，她开心的告诉我们：“我希望我的身体壮！”“村里有养老院啦，我以后上养老院去。”望着老人灿烂的笑容，不禁暗暗庆幸：在今天，袁家庄村的养老早已不是问题，可以让这位前半生历尽风霜的老人，能够安然幸福地度过晚年。

梨嫂的朋友圈

“上个月这里梨花都开了，特别美”“我拍了发到朋友圈，好多人都给我点赞呢。”梨嫂李秀红一边翻着朋友圈给我们看，一边开心地说。这位梨嫂给我们的第一印象就是特别乐呵，她告诉我们，从梨园刚开始翻田，挖沟，种树的时候她就在这儿工作了，5 年来一天天看着梨树长大“就像看着自己的孩子一样，有感情的”。李秀红告诉我们这段时间，她的主要工作就是给梨树疏果，把多余的梨果修剪掉，她负责的果树有 1.7 万棵，一年在梨园大概可以赚到 1.8 万元。“以前是贫困户，现在脱贫了，一天天的，日子好过起来。”李秀红笑着说。

说起孩子，李秀红笑的最开心，女儿去年考上大学，儿子也在县里读书，

驻村故事：一个孤寡老人的“520”，她想告诉老伴现在过得很好

她说自己的文化水平不高，也不会教孩子，但让孩子们好好念书，长大后出去看精彩的世界，是她最大的愿望“我从来没有想过不让孩子继续上学。我们忙活一年的钱都给孩子花了，我也觉得特别值！”李秀红给我们看女儿发给她的照片，一张洋溢着青春欢乐的脸庞跃动在屏幕上“女儿特别懂事，上学期还拿了奖学金呢。”她自豪地说。

李秀红的微信名叫“笑看人生”，“以前哭过，从今往后，都是笑。”她说这句话时，把“笑”的尾音拖得特别长，眼中的笑意也蔓延出来。女子本弱，为母则刚，这位坚强乐观的母亲，借着扶贫的东风，用自己的双手撑起下一代的天空。这也是袁家庄村成百上千位梨哥梨嫂的缩影。

袁家庄村“土地流转”的脱贫路

个人感言

现代快报记者◎刘玉莹

在袁家庄村蹲点一个月的日子里，让我感受到久违的乡土气息，因为自小就在农村生活，各种亲切感油然而生，也感受到百姓的勤劳、纯朴，村干部一心只为群众谋福利的事业心和责任感，更让我这个从农村长大的孩子看到了农村的发展充满无限希望。

2017 年 4 月底，我有幸参加了到河北省威县袁家庄村的“精准扶贫驻村调研”采访活动。

第一天到袁家庄村，让人意想不到的是，袁家庄村铺着平整的水泥路面，街道两旁种着茂盛的绿化树，干净整洁的街道，映入眼帘。我想，这怎么是贫困村呢?

“咋想也想不到现在会过这么好。”这是袁家庄村村支部书记郑继奎的一句话，却也说出了村民们的心声。

2013 年，威县县委、县政府着力西沙河流域沙化土地开发，谋划建设 10

万亩梨产业带，被确定为国家级扶贫开发重点村的袁家庄村则是全县第一个完成土地流转的村庄，2800 亩地基本都流转出去，建立了梨产业园，这是威县的标志性产业。威县梨产业园区管委会总工程师刘明亮说，在明清时期就有记载，威县梨很出名，曾经远洋出口。可见袁家庄村的地理环境、气候是最符合发展梨产业的基地。

“这是村里发展的一次机会，就算是再硬的骨头，我们也要把它啃下来。”郑书记对这次机遇下定了决心。当机遇来临时，一个环节出现问题，就可能和机遇擦肩而过，脱贫工作是要多部门协调合作，有一级出现状况都会影响到农村脱贫进程。为什么袁家庄村能完成土地流转，除了政策的扶持，走扶贫之路，这少不了直接联系群众来开展工作的基层村干部们。

现代快报记者刘玉莹在劳动

现代快报记者刘玉莹在梨园拍摄

我们住在袁家庄村的这段时间，郑书记除了和我们一起吃饭，他几乎就没有闲下来过。打扫村里卫生是他每天都要做的事情，开始我还觉得他是作表面工作，可经我认真观察，路面有碎砖头、烟头、柴火枝等杂物都逃不脱他的法眼，他真的是把村子当成了自己的家，就像他每天要把自己家的小院子打扫得干干净净一样。

村里的绿化也是村干部智慧的“结晶”。道路两旁免费租给景观树种植企业，前提是要保证村貌美观，景观树企业可以进行树木买卖，但是卖出去的树的坑位要有新树补上，土地得以利用，村里不用出资金，一举多得。

郑书记还是个有毅力有耐心的人，他说过这样一句话：“做事要有冲劲，要敢于承担。”他要处理好上级与百姓的关系，不知道他要跑多少路，做多少群众工作，承受什么样的压力，有的一个家庭都需跑十几趟，就是在这样一位书记的带领和真情感悟下，村民们抓住了这次机遇。

驻村故事：梨嫂的“欢乐颂”：从今往后都是笑

脱贫攻坚的战役，需要一批合格的村干部带头，必须要有坚定的信念、先进的理念和良好的沟通能力，必须要坚持走在为人民服务的道路上去。村干部的工作岗位很平凡，但是工作却不简单，平凡的岗位却能干出大作为。

“土地流转”应该是今后新农村建设的重要工程，是企业、合作社和个人承包的新挑战，如果一亩田地种植农作物年收入在1000元以内，其中还要除去工时、肥料和农药等的投入，这样是脱不了贫困的帽子的。我们采访了在秋月梨园中工作的梨嫂，她说：“现在日子好了，田地不种了，流转土地的钱和种地差不多，我们又能在梨产业园打工赚钱，又能学习种植技术做顾问”，梨嫂很勤奋，每天早出晚归，家里的收入越来越高，她希望能在县城买个大房子，现在离目标的实现越来越近，这种欢喜都写在了梨嫂的脸上。我们征得产业园的同意和梨嫂在一起劳动，给小果子套袋子看着简单干起来难，这个需要熟练的过程，从没接触过这样的劳动，再加上炎热的天气，真正感受到农民的艰辛。袁家庄村的土地流转，把梨嫂变成了学到种植技术的新型农民。

眼下，袁家庄村找到了自己的致富路，难免也会遇到困难，比如梨子的销路问题，多家梨园的产品涌入市场，价格肯定会受到冲击，自然也就影响到村里的收入，正巧我们现代快报有这样的销售平台，我们向单位汇报情况，“亚夫优品”水果销售平台立刻与袁家庄村取得联系。同时，我联系河南长垣中原新发地农批大市场，想办法通过家乡的市场扩大梨园的销路。

有理由相信，他们会在扶贫之路上，日子过得越来越好。

扶贫是用真心换真情，新闻报道也是

个人感言

现代快报记者◎王冬艳

在村里住的时间越久，我们与村民的感情就越深。在洪溪村的日子，我们不是远远地观望，而是与当地的百姓同吃同住，一起实践。好的新闻故事一定是在现场的。用真心换真情，这是我们这一个月最大的感受。

2017年6月1日，一个月的驻村调研结束了，离别时，是个大晴天，我们和大家一一拥抱，拍照留念。来时的两个行李箱已经变成了四个，蜂蜜、茶叶、腊肉，行李箱里已经塞满了当地的土特产。“太多了，我们根本吃不完。”我想把腊肉拿出来，照顾了我们一个月的严春华大嫂紧紧地握着我们的手，不让动。“这都是大家的一片心意，你们不能拒绝。”

从南京到四川绵阳，经过一天的辗转，5月1日一早，我们坐到了平武县南坝镇洪溪村支书严华国的车里。老成青路高家磨段，曾经是进入洪溪村的唯一通道，2013年7月12日，被洪水引发的泥石流冲毁，抢修后成为成青路便道。行驶在颠簸的成青路便道上，迎面而来的是从山上滚落的巨石。

精准扶贫工作都做些什么？我们又该如何去报道？同吃、同住、同劳动式的驻村调研，对我们来说，充满着太多的未知。

四川省绵阳市平武县洪溪村，是一个位于大山深处的小村庄，全村 205 户 540 多人，分为 9 个社，分散在两座大山中。

驻村的第一天，村支书老严就带我们去参观了洪溪村的蜂园。老严告诉我们，中蜂加蜜源作物是平武县的主打产业，关系每一个贫困村的脱贫致富，意思是充分利用当地的资源，在养蜂的同时种植草本、木本等经济作物，经济作物开花也就成了蜜源。按照计划县里的每个贫困村能分到 100 箱中蜂，洪溪村的蜜源少，因此只拿到了 70 箱。

老严向我们算了一笔账，一箱中蜂，平均产蜜 25 斤，按照收购价 50 块钱一斤算，一箱就能卖到 1000 多块钱，70 箱就是七八万块钱。入股的贫困户

现代快报记者王冬艳（右）在采访村民

分 4 成，集体分 4 成，蜂箱、蜂具，是蜂蜜加工公司出的，分 2 成。这样也就解决了空壳村没有集体经济的问题。

跟着老严一起往蜂园跑的次数多了，我们也发现，其实老严的养蜂技术也是才学不久，还没学到家，他遇到问题，也要去请教县里的技术员。没有办法，村里的年轻人大多外出打工了，村里要搞集体经济，他这个带头人，就要身兼数职。

5 月 4 日是我们在平武县洪溪村蹲点的第四天，晚饭刚过，天就下起了雨，淅淅沥沥地下了几个小时。下过雨后，山里变得凉爽，但忙碌了一天的严春华大嫂却焦躁不安了起来，临睡前还要出门去看一眼出山的路。原来，隔天是周五，严大嫂要下山乘车去绵阳看正读初中的女儿。村里没有学校，孩子们都要外出求学。天气热了，她想给女儿添几件短袖衣服。雨要是再大点，山下河沟里涨了水，洪溪村就变成了孤岛，山上的人出不去，外面的人也进不来。

道路不通，不仅限制出行，还影响了当地的发展。平武县南坝镇洪溪村，是一个位于大山深处的小村庄，全村 205 户 540 多人，分为 9 个社，分散在两座大山中。洪溪村的大山里有数百亩的核桃树，到了雨季，村民们就开始发愁，道路不通，核桃打下来也卖不出去，错过了季节，又卖不出好价钱。

基础设施落后是贫困村的普遍现象，要想脱贫致富，就要加强基础设施建设。驻村期间，我们了解到，洪溪村道路不通的日子，很快就要成为过去时了。政府投资了 3000 多万元，开山修路，计划修通洪溪村以及周边几个村的道路，方便老百姓出行。老严说，明年这个时候，路通了，日子就好过咯。

作为一名新闻工作者，为了报道的客观与公正，我们更多的时候，需要把感情隐藏起来，把专业放在第一位。然而，在洪溪村的日子，我们不是远远地站在扶贫工作之外，观察它，记录它，而是与当地的百姓同吃同住，一

驻村故事：山里的大婶龙清菊：生活靠双手不靠眼泪

起实践。

2008 年“5·12”地震后，洪溪村的地质结构发生了变化，以前的水源地变得干枯，天稍微干一点，村民就得下山驮水吃。为了寻找到合适的水源，我们曾与当地的村民一起在深山里徒步走了 6 个多小时，最后在官帽顶找到了山泉水。找到水后，每个人都很兴奋。等到引水成功后，村民就可以喂猪、喂牛、种地、种菜，再也不用花半天的时间去驮水吃。基础设施落后是贫困村的普遍现象，要想脱贫致富，就要加强诸如水、路、电等基础设施建设。除了新闻工作者的身份以外，记者也是个普通人，书本无法教会我们的，实实在在的生活给了我们更多的体会。

住在洪溪村的日子

个人感言

现代快报记者◎徐 洋

四川省绵阳市平武县南坝镇洪溪村是一个经历过大灾大难的地方，乡亲们身上那种笑对人生的大智慧让我印象深刻，感恩在这里发生的一切，感恩被这方土地温柔以待。

4 月 29 日，我满心期待、脚步欢快地前往洪溪村，6 月 1 日离开的时候，离别的伤感压在心里，我们一一拥抱，走几步就要回头看看住了一个月的家。强忍着眼泪走到山下，抬头一看，乡亲们还站在村口没有离开，我的眼泪再也忍不住了。

在这一个月的时间里，我度过了自己 27 岁的生日，同吃同住同劳动，对于在平原地区长大的我来说，从没有体验过的山村生活也在改变着我。我现在吃得惯四川辣子，学会了上山锄草，徒步穿越原始森林 6 个多小时，为村民寻找水源。这些经历让我对基层扶贫工作有了更深刻的认识，在村民身上学会笑对人生的大智慧，感恩在这里发生的一切，感恩被这方土地温柔以待。

我的驻村调研采访工作，是从了解洪溪村致贫原因开始的。对于村民来说，那是一段不愿想起的记忆。四面环山的洪溪村，位于四川省绵阳市平武县南坝镇，这里也是龙门山地震断裂带，2008 年“5·12”地震，洪溪村是极重灾区，地震过后的余震以及次生灾害让当地的村民痛失家园。灾后 29 户居民集中在公路边修起了新房子。2013 年“7·12”洪灾引发的泥石流灾害来势凶猛，道路被毁，29 户村民集中居住点被夷为平地，村民的家被厚厚的泥土掩盖，洪溪村震后建起来的希望，再一次遭受打击。自然灾害是洪溪村致贫的主要原因。

现在每次进出洪溪村，都要经过 29 户集中居住点的位置，两个危房架子、被冲毁成几段的水泥桥还在那里，看到这些我总是感觉很沉重，对洪溪村的村民心生敬意。经历过两次天灾的洪溪村村民，承受着房屋倒塌带来的伤痛以及失去亲人的打击。我难以想象，他们是用怎样的坚韧，克服创伤开

现代快报记者徐洋（左）同村民一起劳动

始新的生活，但是在村里住下来的这些日子，我发现村民们都很爱笑，那笑容阳光、真诚。

“四川男人怕老婆是出了名的，其实说的是四川女人能干的意思，很多家庭都是靠一个女人笼络起来过日子”洪溪村的第一书记张红莉告诉我，在洪溪村能干的女人有很多。

59 岁的杨兴菊就是这样一位受人敬佩的山里女人，村里人都说她“凶”（厉害）得很！20 世纪 90 年代末，杨兴菊家就盖起 3 层楼房，她丈夫是个聪明能干的人，开杂货铺、药铺、磨坊等生意，是村里名副其实的首富。2008 年“5・12”大地震，让她失去了丈夫。2013 年的泥石流灾害，冲垮了她新盖的房子，还差一点失去儿子。经历两次灾害后，杨兴菊从洪溪村的“首富”变成了贫困户。

2014 年，精准扶贫建档立卡的第一年，杨兴菊家里 5 口人，当年领到了低保、耕地保护补助以及公益林补助，共计有 9070 元。杨兴菊说这些钱就能让一家人活下去了，而要想活得好，就得靠自己的努力，加上政府的帮扶政策，搞起养猪场，再次成为村里脱贫致富的典范。

跟杨大妈聊天，说到在镇上读书的两个孙子，杨大妈就乐开花了。这个晒的皮肤黝黑、眼角已有几道深深皱纹的女人，讲话中透着一股子倔劲。报道发表后，很多读者网友纷纷留言感叹，杨大妈的笑容印在了我的心里，我相信也印在了很多人的心里。

山里女人的脆弱，总是被隐藏的很深。有一次路过龙大妈家门口，看见她坐在那里叹气。一头白发，手掌粗粝，和平时爱说爱笑的她完全不同。

66 岁的龙清菊和老伴有 3 个孩子，大儿子和儿媳在地震中去世，留下了一双儿女。地震后国家供两个孙子读书到 18 岁，之后两个孩子读大学都是老两口供，龙清菊要强，再难也要供孩子读书成才，龙清菊和老伴种了 20 多亩驻村故事：70后村支书的攻坚战：村里年轻人越来越少怎么办？

地，养猪养鸡，平时起早贪黑，老伴想吃口好的她都舍不得。

如今，在精准扶贫的政策下，龙清菊家入股了村里的集体经济，家里新修了房子，她计划着等两个孙子大学毕业后给他们养老，她和老伴也能有一个安逸的晚年。

有一天村里70多岁的陶爷爷给我们送来煮鸡蛋，他拉着我的手说："感谢你们，感谢党、感谢政府来关心我们，做梦也没有想到我们村能修这么好的路。"我知道那几个鸡蛋的分量有多重，那是老人家的一片心意。

深山里修路确实不易，开山劈石，政府投资3200多万元解决3个村子的出行难题，对于在城市长大的我来说，置身其中，体会到自己渺小的同时，也感受着我们的祖国之强大、我们的政府没有忘记每一个角落里艰难生活的老百姓。

现在通村道路已经基本成型，下半年进行道路硬化。村里有了自己的集体经济，丹参产业和"中蜂+"产业能够给全村的老百姓带来一定收益。再过几天全村老百姓也将喝上放心的饮用水。

这一切的改变换来的是全村老百姓越来越好的精神面貌，我相信洪溪村的未来充满希望，越来越多的老百姓可以摆脱贫困，过上幸福的日子。

离开洪溪村以后，我经常想念起那里的青山白云，想念那里纯朴善良的村民，这一个月的驻村调研生活，对于我来说，是一次深刻的洗礼，教会我勇敢地面对未来，简单生活，享受幸福。

我在遵义宝山村的“小长征”

个人感言

现代快报记者◎臧晓松

打赢脱贫攻坚战，是以习近平同志为核心的党中央从实现全面建成小康社会战略高度作出的重大决策部署，作为新闻人，参与其中是我们的历史使命。我们也相信，包括宝山村在内的中国广大贫困村，“脱贫长征”必将取得成功。

遵义市，红军长征的转折点；宝山村，遵义市正安县的贫困村。

在这里，我开始了为期一个月的“精准扶贫驻村调研”采访活动的“小长征”。

宝山村方圆 86.4 平方公里，是正安县面积最大的贫困村，处于云贵高原的深山之中，道路崎岖。其实我从正安县坐车赶往宝山村时，就一直抓着车里的安全扶手，生怕车在转弯的时候，不小心就翻到山谷里去。在我到了宝山村以后，发现它村内的路更难、更陡、更险。有些路甚至在下坡的同时，还会有 180 度的急转弯。1400 米左右的海拔，再加上“虐人”的急坡陡弯，让我这个平时不晕车的人也开始出现耳鸣、眩晕的症状。

宝山村的水泥路，是2016年在正安县和庙塘镇的帮助下修起来的。在宝山村蹲点的一个月里，我每天都要从这条水泥路经过，有次突然心血来潮要数数它究竟有多少个弯。数下来真是吓自己一跳：都说山路十八弯，这条村内水泥路竟然有180多道弯，还有数十个坡！都说“蜀道难”，我们的感受是“黔道”更难。

我们采写的《运牛车险翻山谷：“扶贫牛”脱险记》，就发生在这条水泥路上。5月4日上午，我们与当地基层干部一起商量“扶贫牛”发放细节，突然听到有人喊了一声，“车要翻了！”就在100米外的水泥路上，载着37头“扶贫牛”的货车，已经歪向山谷一侧，随时可能翻落。车内37头牛犊也都滑向山谷一侧，有的跌倒，有的勉强站立，还有的牛腿伸出了护栏——这辆从“蜀道难”顺利开来的货车，却在贵州宝山村遇险了。

当时，我们和当地干部群众一起狂奔100多米，拼命地跑到卡车跟前参与救牛，这个场面也被同事用镜头记录了下来，确实非常震撼，也让我们感受到了当地干部群众团结一心、拧着劲儿往上干的精气神。村民曾德伦领到免费的“扶贫牛”后笑容灿烂地说“感谢党和政府！”，我们能感受到这是他发自肺腑的声音。

这样一条并不宽敞的水泥路，当地村民却十分知足——修水泥路前，村民出山到庙塘镇要花四五个小时，如今则已经减少到一个小时。也正是因此，村女支书郑艳芳开心地表示，“这条路可以说算是我们村的‘高速路’了！”“我们这里的山上有天麻、方竹笋、重楼、野生猕猴桃，以后运出去就方便多了。”在郑艳芳看来，“这条路就是我们村的致富路”。

见识完宝山村的“高速路”，接下来我又见识了村里的“低速路”——目前尚未完成硬化的毛石路。

宝山村方圆86.4平方公里，面积甚至和一些乡镇差不多，但村民居住极

现代快报记者臧晓松、施向辉采访村民

为分散，户籍人口2000多人，其中一半已经出去打工，留守的大多数是老人。有人住在山谷，有人住在山上，一眼能望到的房子，沿着毛石路走过去要花上几个小时。

蹲点调研期间，我每天都一大早出发，每天步行八九公里山路，一天下来也只能走访一个村组。走访的前几天，还真有点不适应。坚持到一个星期时，浑身酸痛的感觉已经消失。在蹲点调研的34天内，我和同事累计步行250公里，相当于红军长征百分之一的距离。

我们眼中的“小长征”，却是宝山村居民的生活日常——路对他们太重要了。也正是因此，当地村民不仅主动让出自家土地支持政府修路，甚至还会自发修路。

蹲点调研期间，我认识了木林组的80后罗鑫。他在当地政府的扶持下，牵头成立正鑫竹业农民专业合作社，他在带动全村人致富的同时，还坚持每年将合作社利润用于修路，至今已经投入 50 余万元，为村里修起近 20 公里的毛石路，不仅解决了方竹笋的运输，也方便了周边数十户居民的出行。

还有和平组的“60 后”黄德科，年近半百还学会了骑摩托车，他说，“我学摩托车，就是想出山看看”。为了出山，黄德科和附近居民集资 10 多万元，再加上国家公益林基金补助，终于修成了一条毛石路。而从黄德科家向山下步行 1.5 公里，30 分钟后就能看到木林组张德发的家，他自筹 5.7 万元，再加上国家公益林基金补助的 1.2 万元，在山谷中修出了 3 公里长的毛石路，最终通过一个陡坡，与村里的水泥路连通。

在宝山村，几乎每个家庭都参与过自发修路。如今，迫切希望能够将毛石路升级为水泥路。宝山村的山上有天麻、方竹笋、重楼、野生猕猴桃，只要路修通了，这些都能变成村民致富的宝贝。在中央精准扶贫政策的背景下，他们的愿望也正在逐步实现。

在修路上，整个正安县都在发力。正安县交通局数据显示：该县“十三五”期间共将修建村硬化公路 2009 公里，其中 2016 年完成道路硬化 1098 公里，剩下的 900 多公里水泥路，也将于今年年底全部完成。

成就的背后，是宝山村乃至正安县的基层干部都非常拼命工作，加班其实已经成为常态，“中央精准扶贫的政策这么好，我们更要抓住机遇，争取早日脱贫了。”宝山村党支部书记郑艳芳这样说。

平时下组走访贫困户时，郑艳芳就坐着村委会主任杨宗现、村支部副书记梁大贤等人的摩托车进山。雨天摩托车都不能走时，就只好靠步行，“下雨天，路滑得走一步退半步”。到了周末，郑艳芳还要下组走访贫困户，丈夫顾立勇干脆就赶来陪她一起走访，“周六周日大多数时间，他都是陪我在村里度过的”。

而村委会主任杨宗现为了村里的工作，9 年下来已经骑坏 3 辆摩托车，每辆车无一不是里程表爆表，现在骑的第四辆，刚买不久，已经开始修修补补了。还有县扶贫办工作人员向来，他到宝山村任第一书记后，已经吃住在村里几个月，并从扶贫办争取112万元的项目资金，用于修建宝山村中心组到九里组2.764公里的产业路。

驻村故事：90后打工仔回乡：想让全村都富起来

而我在蹲点调研期间，也逐渐融入这场扶贫攻坚的战斗中，与当地村民同吃同住同劳动，割草、担粪……与干部群众唠家常、问困难、谈发展，驻村调研的一个月里，我们既是扶贫攻坚的记录者，更成为参与者，希望今后能通过现代快报的“亚夫优品”这一电商平台，将宝山村的方竹笋、蜂蜜、野生猕猴桃等推向全国。

打赢脱贫攻坚战，是以习近平同志为核心的党中央从实现全面建成小康社会战略高度作出的重大决策部署，作为新闻人，参与其中是我们的历史使命。我们也相信，包括宝山村在内的中国广大贫困村，“脱贫长征”必将取得成功。

蹲点一个月，我成了半个“村里人”

个人感言

现代快报记者◎施向辉

一个月的驻村调研采访中，我和同事与村民同吃同住同劳动，参与到扶贫攻坚的奋斗之中，零距离见证了精准扶贫工程给贫困山村、给每一个村民的生活带来的变化。作为摄影记者，定格一张张幸福洋溢的笑脸，是此行最大的收获。

“五一”小长假，朋友圈被满屏的旅途美照占领，而我也在路上——带着两个摄影器材包、一个行李箱和一个采访任务，奔赴贵州省遵义市正安县宝山村，这是正安县面积最大的贫困村，处于深山之中，地广人稀，村里人口2000多，其中一半都出去打工了，留守的大多数是老人。

初来乍到，穿越原始森林，来到丛林掩映的村庄。我和同事落脚的地方，是一座小木屋，屋顶盖的是青瓦，屋外横着长条形的板凳。小屋门前是一塘碧水，农田依水而造，田埂的尽头，是绵延起伏的山岭。放眼望去，青山与绿水相依相傍。隐居山水之间，难道就是眼前这样的光景？我不禁拿起相机，记录下此刻的美好画面。

在这里住下来之后，我才发现，之前的想法太简单了，“遗世而独立”的生活，其实并不容易。

我和同事计划好，要在一个月内，把这里的16个村组都走访一遍。可这里地方大、人少、山路崎岖，村民居住极为分散，有人住在山谷，有人住在山上，一眼能望到的房子，可能要走上几个小时才能到。这给我们的采访带来巨大的挑战。为了完成这个计划，我们每天都要徒步走十几里的山路，才能跑一个村组。5月1日（第一天）晚上，一直到天黑了，我们才终于歇下脚来。我打开手机一看：一天走了20058步，13.5公里，翻山越岭相当于爬楼119层。平时在南京，作为一名摄影记者，为了拍到好的画面，我背着十几公斤的摄影包，刷过比这更多的步数和公里数，但爬楼119层还是很少的。

现代快报记者施向辉（中）和村民一起劳动

走访面临的另一大难题是下雨。宝山村地处深山，基本上每周有一两天要下雨，听说秋冬季节几乎天天下雨。一个月的采访中，我背着十几公斤的摄影包，踩着泥泞的山路负重前行，深一脚浅一脚，根本走不快，还得靠拄着拐杖以防摔跤。一天走下来，经常是满身大汗，裤腿上全是泥巴。

不过，尽管踏破铁鞋，还是有柳暗花明的时候。雨过天晴的时候，我们的心情也是一扫阴霾。趁着天气好，在村干部的引导下，我们走进原始森林寻宝。宝山村村如其名，山上遍地是宝。各种食用菌、树耳、白茶、野生猕猴桃树、方竹笋、漆树……这些当地的宝贝，其中很多我都是第一次见。

2016 年，在县里和镇里的帮助下，村里的主公路硬化完成。这条水泥路，尽管有 180 多道弯，还有数十个坡，却还是成了村支书郑艳芳眼里的“高速路”“致富路”。村民出山进镇的时间缩短了，以前到庙塘镇需要四五个小时，现在可以骑上摩托，一个小时就能到了。山上有天麻、方竹笋、重楼、野生猕猴桃，以后运出去就方便多了。

逐步修建完工的水泥路，让村里村外的往来更方便了，一辈子窝在山里的老土著们也想出山看看。采访中，我们遇上一位54岁的大叔，他叫黄德科，家所在的和平组，被一座座大山紧紧包围，想去一趟镇上，要横整个村庄。为了出山看看，几年前，49 岁的黄德科开始学骑摩托车，现在，他已经可以载着老婆到县里去了。

在这一个月的蹲点采访中，我第一次出山，是到镇上去看病。当了十几年的摄影记者，背着相机经历了无数的风霜，我自认为已经算是皮糙肉厚了，可没想到，在山里住了不到一个星期，我就接连被口腔溃疡、皮肤过敏等小毛病问候。

不过，我很快就适应了这里的环境。一个月以来，我发现自己俨然已经成了半个“村里人”。口腔溃疡好起来之后，原本吃不惯辣的我，现在入乡随

现代快报记者施向辉在劳动

俗，跟着大伙儿一起无辣不欢了。跟村民聊天，还时不时地会蹦出几句当地方言。村里大爷大妈们砍柴、择菜、生火、做饭，甚至包括下地干活儿，我都能搭把手。我还参与了村里的一次集体“抢险”，那是5月4日，村里发放“扶贫牛”。“扶贫牛”是贵州省实施“精准扶贫”的缩影。政府采购优质品种的小母牛，免费发放给贫困户，确保每户家庭都要有致富项目。宝山村从县里争取来了“扶贫牛”。货车载着37头牛犊，在进山公路上，突然歪向山谷一侧，随时可能侧翻甚至掉入山谷。千钧一发之际，百余米开外，村干部带着村民，一路狂奔，随即开始紧急救牛。当时，我也在人群中，跟大家一起努力，度过了这一“劫”。万幸，牛犊都没有受伤，顺利被赶到了空地上。领到牛犊的村民们，全都乐得合不拢嘴，连声说着感谢。“抢险”成功，我也长舒了一口气，端起相机，定格下村民们脸上灿烂的笑容。

18岁的曾鹏飞领到了“扶贫牛”，家里还养羊、养蜂、养鸡、养猪、养驻村故事：29 岁女支书和她的“山路十八弯”

鱼……他曾到福建打工一年，在一家鞋厂，每天的工作就是贴鞋底，辛苦一年挣了不到两万块钱。不久前，曾鹏飞回到村里，靠着在家搞养殖，成了全家的顶梁柱，也成了全村脱贫致富的希望。几次接触下来，我发现，这个小伙子始终保持着嘴角上扬，脸上挂着招牌式的笑容。他的日子很有“奔头”，未来 5 年，他想把养猪搞成规模化，带着全村人致富，还想再讨个老婆……

年过半百的老大爷，想骑上摩托车出山去看看；到大城市兜了一圈的小伙子，却回来了。宝山村虽然不富裕，但每一个人都在积极地奔着自己想要的好日子。大山里的生活，有苦也有乐，最可爱的是苦中作乐的人们，最宝贵的是努力脱贫上进的人心。